U0840658

烟雾和骨头的女儿

DAUGHTER OF
SMOKE AND BONE

Laini Taylor

［美］莱妮·泰勒　著
叶品娟　译

重庆出版集团　重庆出版社

献给简，

献给一个充满各种可能的全新的世界。

从前，一个天使和一个魔鬼相爱。

……

他们的爱情最终以悲剧收场。

1
天不怕，地不怕

星期一早上，踩着青石板上厚厚的积雪朝学校走去时，卡鲁全然不知险恶的一天正等待着她。现在正值一月份，寒气逼人。除此之外，似乎这就是星期一而已，纯粹就是个平静的一月份中的星期一。天又冷又黑——隆冬时节，太阳八点才会探出头来——不过，这样的天气也很怡情。清晨，漫天飞舞的雪花把布拉格装扮得格外妖娆，白茫茫的大地看上去犹如一张年岁已久的旧相片。

河边大街上有轨电车和巴士交错而过，车声隆隆，二十一世纪的时代气息扑面而来。但那些偏僻幽静的小路，在冬日里却是一派安静祥和的景象，仿佛这里来自另一个时空——青石板上的积雪、幽幽发光的路灯、卡鲁踏出的脚印、她咖啡杯里如飞羽般袅袅升起的热气。卡鲁独自一人，边走边心不在焉地想着学校、课业之类的日常琐事。偶尔想到伤心的往事，她便咬咬牙，强挺过去。对她而言，伤心痛苦总难免，她已想好应对之策，准备了断这一切。

她肩上背个画夹，一手端着咖啡杯，一手紧紧拽住外套，那头飘逸的孔雀蓝的长发缀满了晶莹的雪花。

又迎来新的一天。

突然……

身后传来重重的脚步声，有人朝她咆哮着冲过来。一个男人从后面一把拽住她，使劲把她拉到宽阔的怀里，用力把她的围巾扯到一边，把嘴凑到她的脖子上。霎时间，她感到有牙齿触到她的皮肤。

他一点一点地细咬着。

袭击她的人在一点点细咬她。

她有些恼怒，拼命把那人推开，又不想让咖啡溅出。推搡之中，还是有咖啡泼了出来，落到脏兮兮的雪地上。

“真该死！卡兹，放开我。”她气急败坏地说，转身面对她的前男友。柔和的路灯照着他那张俊美的脸庞。美得让人生厌，她想，然后一把推开他。让人厌恶的脸。

“你怎么知道是我？”他问。

“你就爱耍这招。但对我不管用。”

卡兹靠唬人为生。令他不爽的是，卡鲁不吃他这套。“你真是天不怕地不怕。”他抱怨着，还故意撅起嘴——以为这可是难以抵挡的诱惑。要是在过去，她定会就范。她会沉浸在热吻之中，整个人如暖阳下的蜂蜜般融化在他怀里。

那样的日子一去不复返了。

“也许你的招数太烂。”她说，继续往前走。

卡兹追了上来，手插在口袋里，与她并排走。“我的招数烂？又是吼声又是咬脖子，正常人都会吓出心脏病的。只有你不怕，冷血动物。”

见她没搭理他，他又接着说：“约瑟夫和我准备推出一条新的旅行线路——老城吸血鬼之旅。游客肯定会蜂拥而至。”

肯定会的，卡鲁心想。他们会花上一大笔钱报名参加卡兹的“闹鬼之旅”。在导游的带领下，他们夜幕下穿过布拉格迷宫般的小巷，来到假定的杀人现场，这时“鬼”将会从门口跳出来，把游客们吓得尖声大叫。有好几次，她自己也扮成鬼，等到游客们惊魂稍定，突然高举一个人头不停地呻吟。真是太好玩了。

卡兹以前挺风趣的，但现在他全变了。“祝你发大财。”她目不斜视、语气平淡地说。

“我们想雇你。”卡兹说。

“没门！”

“你可以扮成热辣的吸血鬼泼妇——”

“没门！”

“诱惑男人上钩。”

“没门！”

“你可以穿那件披风……”

卡鲁的身体一下子僵住了。

卡兹温声软语，竭力想说动她。“你还留着它，对吧，宝贝？黑丝绒披风衬得你肤若凝脂，明艳照人，无人能及——”

“闭上你的臭嘴！”她厉声地说，在广场停了下来。上帝啊！她想。她怎么会蠢到这个地步，爱上这个长相俊美却自私自利的蹩脚街头演员，为他盛装打扮，还共度过那样的时光？她真是愚不可及。

孤独让人盲目！

卡兹抬起手想掸掉落在她睫毛上的雪花。她正色道：“你敢碰我一下，小心我把咖啡泼到你脸上。”

他把手放了下来。“哎哟，我的姑奶奶，你要闹到什么时候才肯罢休啊？我都说‘对不起’了。”

“那真对不起，这话说给别人听吧。”他们用捷克语交谈，她的外来口音与他的本地口音相得益彰。

他叹口气，对她拒不接受他的道歉恼怒不已。这可不在他的计划之内。“好了，”他哄着她，声音粗中带柔，如同布鲁斯歌手把粗犷与柔和的嗓音融合在歌声里，“你和我，我们注定要在一起。”

注定。卡鲁衷心希望，如果她注定要和某个人在一起，这个人绝不是卡兹。她盯着他——俊美的卡兹。过去，只要他一展笑颜，她就应招而至，义无反顾地来到他身边，好像他那里是个圣地，色彩都会变得更鲜艳，感触也会变得更深刻。她后来发现，经常有女孩子围着他转，只要她不在他身边，马上就有人顶替她的位置。

“让塔拉做你的吸血鬼泼妇。”她说，“她天生是个泼妇。”

他一脸痛苦的样子。“我不想要塔拉。我要你。”

“啊哈！我可不是你的替补。”

“别这么说嘛。”他说，伸手去拉卡鲁的手。

她往后退了退，竭力显得无动于衷，心痛的感觉还是如潮水般一阵阵涌来。不值得为他伤心，她告诫自己，一点儿也不值得。“请注意，你这是在跟踪我。”

“呸，我才没跟踪你呢。我碰巧路过这里。”

“那就好。”卡鲁说，往前再走几户人家就到她的学校了。波希米亚艺术学校是所私立高中，坐落在布拉格一座粉红色的宫殿里。这里在“二战”期间曾名噪一时。在纳粹统治时期，两位捷克爱国青年割开一个盖世太保指挥官的喉咙，蘸着他的血写下“自由”两个大字。这次反抗纳粹统治的勇敢行动很快被镇压下去，两位青年被捕后，被钉在宫院大门的尖桩上示众。现在，不少学生在这座大门的四周徘徊，有的在抽烟，有的在等朋友。但卡兹不是学生——他已经二十岁，比卡鲁大好几岁——卡鲁以前从未见过他在中午十二点前起床。“你今天起得真早，太阳打西边出来了？”

“我找到一份新工作，”他说，“要早起。”

“哦，你现在改为早上‘闹鬼’之旅了？”

“不是，是别的事。一件……露出庐山真面目之类的事。”他咧开嘴，得意地笑了起来。他想吊一吊她的胃口，让她主动问他的新工作是什么。

她不想问，冷冷地说：“玩得开心！”然后走开了。

卡兹在后面喊：“你不想知道是什么工作吗？”听得出来，他还在笑。“没兴趣。”她应了一句，穿过大门走进学校。

她真该问一问。

2

露出庐山真面目

卡鲁在星期一、星期三和星期五的第一节课是人体写生。她走进画室时，朋友苏姗娜已经到了，并在模特展示台前支起画架。卡鲁撂下画夹，脱下外套，解下围巾，大声地说："有人跟踪我。"

苏姗娜挑起一条眉毛。她可是个挑眉高手，卡鲁对此羡慕不已。她自己的两条眉毛不能分头行动，极大地影响了传神地表示怀疑或不屑。

苏姗娜总能恰到好处地控制她的眉毛。不过，这次她的眉毛只是微微弯曲，表示她有点好奇："那头蠢驴又想吓唬你啊。"

"他演了吸血鬼的戏码，还咬我脖子。"

"他可真会演戏。"苏姗娜低声说，"我说，你用电棒啊，给他个教训，让他以后不敢随便吓唬人。"

"我没有电棒。"卡鲁没说她不需要电棒。她受过特殊训练，完全有能力保护自己，根本用不着什么电棒。

"去买一个吧。说真格的，干坏事就该受惩罚。再说了，这事一定很好玩儿，你不觉得吗？我一直想电人来着。吱！"苏姗娜模仿中电抽搐的样子。

卡鲁摇摇头："用不着，电棒太小儿科，没意思。你真无聊。"

"我不无聊，卡兹才无聊。别说我没提醒你。"她瞥了卡鲁一眼，"你不会原谅他吧。"

"不会，"卡鲁说，"我正要让他相信这一点。"卡兹就是想不明白，居然会有女孩子自动弃他而去。他们在一起的那几个月，除了助长他的虚荣心外——痴痴地注视着他，把……一切都献给他，她都做了些什么啊？她心里清楚得很，他现在反过来追她不过是他的自尊心在作怪，无非想证明他想要什么就能得到什么，一切由他说了算。

或许苏姗娜说得没错。也许她应该电他一下。

"素描本。"苏珊娜命令道，像外科医生索要手术刀似的伸出手。

卡鲁的好朋友身材娇小，却霸气十足。穿上厚底靴，她的身高也不过五英尺多一点儿。卡鲁身高五英尺六英寸，她像芭蕾舞演员一样，脖颈修长，四肢柔软，因而显得更高。她并不是芭蕾舞演员，却有芭蕾舞演员的样子——即使装扮不像，体形也像。不过，芭蕾舞女演员中极少有人头发湛蓝或四肢有文身，卡鲁是两者兼而有之。

她掏出素描本递给苏姗娜。这时，她腕上的文身清晰可见，像一串手链——每只手腕上各文有一个单词："真实"和"故事"。

苏姗娜接过素描本时，另外几个学生，帕沃尔、迪娜，全都围拢过来观看。卡鲁的素描本在学校受到同学们的热捧，他们每天竞相传阅，啧啧称奇。这一本——"终生"序列中的第92本——用橡皮筋绑着。苏姗娜刚取下橡皮筋，本子就哗啦一声散开。每张素描涂上石膏粉和颜料，这样一来，本子比原来厚了不少，钉子都被撑掉了。当素描本扇形散开时，卡鲁的招牌人物摇曳在纸上——造型奇特、美轮美奂。

阿萨，下半身是蛇身，上半身是女人身，裸露着浑圆饱满的乳房，和《摩加经》雕像中的人物一样。她那张天使般的脸庞上长着长而尖的毒牙，颈部肋骨鼓起时像在背上背了顶兜帽。

脖颈长长的特维加弓着身，一只半眯的眼上嵌着珠宝商常用的鉴定镜。

亚西里长着鹦嘴人眼，头巾下方散落着一缕缕橙色的鬈发。她一手端着果盘，一手拿杯红酒。

当然，肯定少不了布里斯通，他是素描本上的明星。画面上，他和基什在一起。他的头上长着巨大的羊角，基什站在其中一只羊角弯上。通过图画，卡鲁讲述着一个个荒诞不稽的故事。在这些故事里，布里斯通经营愿望商店。有时她称他为“愿望贩子”，有时则称他为“坏脾气的人”。

她从小就开始画这些人物。她的朋友们常常谈论画中人物，好像他们是活生生的人。“这个周末布里斯通做了些什么？”苏姗娜问。

“与往常一样，”卡鲁说，“从杀人犯手里买牙齿。他从这个可怕的索马里偷猎者手里买了些尼罗河鳄鱼齿，不过，这个蠢猪又想偷回去，结果被缠在脖子上的蛇勒个半死。他能活下来就算走运了。”

苏姗娜在本子上找到新画的故事：索马里人，鞭子大小的蛇如绞索般缠在他脖子上，勒得他喘不过气来，眼珠子直往上翻。卡鲁以前解释过，人类在进入布里斯通的商店前，得乖乖地在脖子上戴上阿萨的蛇。要是他们在交易时暗中搞鬼，布里斯通轻而易举就能把他们制服——让蛇紧紧勒住他们的脖子。这不一定会要他们的命。如有必要，让蛇在他们的咽喉咬上一口，那才会致命。

“我的老天，你是怎么编出这些故事的？”苏姗娜问，惊叹之余嫉妒不已。

“谁说是编的？我再三说过，这全是真的。”

“哟嗬，你的头发　长出来就是那种颜色。”

“不信？骗你是小狗。”卡鲁说，一缕长长的蓝发从指缝间滑过。

“鬼才会信。”

卡鲁耸耸肩，把头发胡乱绾起来，用画笔把发髻固定在颈背。事实上，她的头发的确一长出来就是那种颜色，湛蓝湛蓝的，像刚从颜料管里挤出来。问题是，她说真话时脸上总是似笑非笑，似乎她根本没有认真。这么多年来，她总结出一条规律：只要脸上挂着慵懒的笑容，她讲真话别人也不会相信。这比整天说谎容易多了。于是，这成了她的一个标识：挂着狡黠的笑容、拥有疯狂想象力的卡鲁。

实际上，她的想象力并不疯狂，而是她的生活近乎疯狂——蓝发、布里斯通以及一切。

苏姗娜把本子递给帕沃尔，然后哗啦啦地翻着她那本超大的素描本，想找张空白页。“不知道今天谁做模特？”

“可能是维克多，”卡鲁说，“我们很久不画他了。”

“我知道。真希望他死掉。”

“苏姗娜！”

“怎么了？他都八百万岁了吧。与其画他这个令人毛骨悚然、瘦得皮包骨的家伙，我们不如画人体骨骼解剖图得了。”

画室有十来个男女模特，他们的身形各异，年龄不一。有体形硕大的博尼克夫人——她的肌肉松弛，东一堆西一坨；也有娇小玲珑的艾莉丝——细腰丰臀，深受男生欢迎。他们走马灯似的出现在画室。苏姗娜最讨厌维克多，并声称，一画他，她就要做噩梦。

“他像具干瘪的木乃伊。”她哆嗦了一下，“一大早就盯着一个裸体老男人看，你说恶不恶心？”

“总强过被吸血鬼袭击。”卡鲁说。

老实说，她并不介意画维克多。他严重近视，从不与学生对视。这太让人欣慰了。有一次，她画一个稍为年轻点的男模特。在仔细观察他的生殖器后——必画的一部分，这一区域总不能留空吧，她抬头发现男模特正盯着她看。虽然画裸体像画了多年，这种情形还是让她尴尬不已。每每碰到这种场合，她都会窘得双颊绯红，把脸躲到画架后面。

以往种种难堪的情形，与今天她所受的羞辱相比，简直是小巫见大巫了。

她正用刀片削铅笔，突然听到苏姗娜发出一声怪异、像被呛住的声音：“噢，我的老天，卡鲁！”

卡鲁不用抬头就知道是怎么一回事。

露出庐山真面目，他是这么说的。哦，真聪明。她抬起头，看到卡兹站在菲亚拉教授旁。他身穿浴袍，打着赤脚，刚才被冷风吹得凌乱不堪、缀满晶莹雪花的齐肩金发拢在脑后扎成一个马尾。那张完美的斯拉夫人的脸既棱角分明又线条柔和：平滑的颧骨像被切割钻石的车床打磨过；柔软的双唇让你指尖发痒，极想伸手触摸，看看像不像丝绒。他的双唇柔软无比，着实可以媲美丝绒，这点，卡鲁很清楚。讨厌的嘴唇。

教室响起叽叽喳喳的声音。新来的模特，噢，天哪，太美了……

突然有人大声地说：“那不是卡鲁的男朋友吗？”

前男友，她想打断那人的话。是前前男友。

“应该错不了，瞧他……”

卡鲁紧绷着脸，装作若无其事地望着他。不要脸红，她告诫自己。千万不要脸红。卡兹和她对视，向她微微一笑，脸上露一个小酒窝。当他确信吸引了卡鲁的关注时，他便放肆地朝她挤眉弄眼。

卡鲁周围爆发出一阵咯咯的笑声。

“呃，狗杂种……”苏姗娜低声骂道。

卡兹走上模特展示台，解下腰带，脱下浴衣，眼睛却一刻不离卡鲁。就这样，卡鲁的前男友一丝不挂地站在她全班同学的面前，像《大卫》雕像中的大卫，美得让人心碎。在他胸前，心脏正上方，有个新文身。

一个精心绘制的“K”字母。

咯咯的笑声越来越响。学生们不知道看谁，卡鲁还是卡兹，目光在两人之间来回穿梭，等待一场好戏的上演。“安静！”菲亚拉教授大喝一声，把大家吓了一大跳。她使劲拍掌直到大家都安静下来。卡鲁身上一阵燥热，她已经无法自持，先是胸口和脖颈阵阵发热，然后是脸。卡兹一直盯着她看。见到她如此慌乱，他得意地笑了，酒窝更深。

“请摆一分钟姿势，卡兹。”菲亚拉说。

卡兹开始摆第一个姿势。这是个动态姿势，模特要在一分钟之内做出扭动身躯，收紧肌肉，伸展四肢这一连串的动作。在热身阶段，学生们主要是画些基本动作和松散的线条。卡兹趁机炫耀自己的身材。卡鲁觉得周围很安静，好像没怎么听到作画时铅笔发出的沙沙声。难道班上其他女生也和她一样，傻傻地盯着卡兹看？

她垂下头，拿起削尖的铅笔——想着其实它们还有更令自己高兴的用途——然后开始作画。很快，流畅的线条和人体轮廓跃然纸上。她不断地叠加线条，它们看起来宛如一幅跳跃、灵动的图画。

卡兹的动作十分优雅。他花了大量的时间对镜练习，知道如何运用身体来增加表演效果。他曾说过，这是他的武器。除了声音之外，身体是演员的武器。卡兹是个蹩脚的演员——只能靠装神弄鬼为生，偶尔在低成本的《浮士德》演出中客串一把——但在艺术家眼中，他是个难得的模特。卡鲁清楚这点，因为她以前曾多次画过他。

第一次看见他的裸体时，卡鲁想起了米开朗琪罗。与文艺复兴时期喜爱苗条、孱弱模特的艺术家不同，米开朗琪罗崇尚力量。他画虎背熊腰的采石场工人，既呈现他们世俗的一面，又表现他们优雅的另一面。这就是卡兹：既世俗又优雅。

还有善于欺骗、自恋，老实说，还有点愚蠢。

“卡鲁！”英国女孩海伦用沙哑的声音低声叫道，想引起她的注意，“是他吗？”

卡鲁没有搭理她，继续画，假装一切正常，和往常的写生课没什么不同。可是，假如台上的模特厚颜无耻地笑着，目不转睛地看着她，她该怎么办？她尽力假装没看见。

下课铃响了。卡兹平静地拿起浴袍穿上。卡鲁希望他不要随意在画室走动。待在原地别动，她暗中命令他。但他不听她的指挥，信步走来。

“嗨，蠢驴，”苏姗娜说，“今天这么低调？”

卡兹没理睬她，问卡鲁：“喜欢我的新文身吗？”

学生们全都站起来伸伸懒腰休息一会儿。不过，今天他们既不出去抽烟也不上厕所，全都张着耳朵在画室里晃来晃去。

“当然，”卡鲁说，让自己的声音听起来很轻快，“‘K’代表卡兹，对吧？”

“傻妞。你知道它的意思。”

“嗯。”她摆个《沉思者》的姿势，故作沉思，“我知道你只爱一个人，他的名字的确用‘K’开头。不过，有一个比你的心脏更适合它的地方。”她拿起铅笔，在刚画好的卡兹画像上，在他那线条分明、颇有古典美的臀部写了个“K”字母。

苏姗娜大笑起来，卡兹绷着脸。和大多数爱虚荣的人一样，他讨厌被人嘲笑。“我不是唯一有文身的人，对吧，卡鲁？”他问。他看着苏姗娜：“她有给你看过那个吗？”

苏姗娜挑起眉毛，满脸疑问地望向卡鲁。

“我不知道你说什么，”卡鲁若无其事地撒谎，“我有很多文身。”她既没有伸出文有“真实”和“故事”的手腕，也没有露出盘在她脚踝的蛇文身，或其他隐秘的文身让他看。相反，她把手举到脸前，掌心向外。她每只掌心各文着一只深蓝色的眼睛，把她的手变成汉萨斯——对抗邪恶之眼的古老符号。众所周知，掌纹很容易脱色，但卡鲁的掌纹从不掉色。从她懂事时起，这些眼睛就一直陪伴她左右。就她所知，这些眼睛文身有可能是她从娘胎里带来的。

“不是这些，”卡兹说，“我指的是绘有‘卡兹’的那个，正在你心脏上方。”

“我没有那样的文身。”她假装迷惑不解地说，解开毛衣上边的几颗扣子。毛衣下面是件背心，她把背心向下拉了几英寸，证明她胸部没有什么文身。她那里的肌肤雪白如霜。

卡兹很吃惊：“怎么会呢？你是如何……”

“跟我来。”苏姗娜一把抓住卡鲁的手，拉着她就走。当她们在画架中间穿行时，所有的人都看着卡鲁，眼里充满好奇。

“卡鲁，你们分手了吗？”海伦用英语小声地问，但苏姗娜举起手，做了个凶狠的手势让她不敢再开口。她拉着卡鲁走出画室，走进女洗手间。在那里，她仍挑着眉，问道：“这到底是怎么回事？”

“怎么了？”

“怎么了？你在撩拨那家伙。”

“别闹了，我才没有撩拨他。”

“随你的便。你胸部的文身是怎么回事？”

“我刚给你看过了。那里什么也没有。”她觉得没必要解释那里曾有过文身。她宁愿假装自己从没做过那种傻事。此外，现在向她解释如何除去这个文身未必是最佳之举。

“好吧，绝不要把那个蠢蛋的名字文在身上。你能相信他说的鬼话吗？他真的以为你会随便跟他跑？”

“他不这么想才怪。”卡鲁说，“他自以为那很浪漫。”

“你只要告诉菲亚拉他是个跟踪狂，她会把他轰走的。”

卡鲁想过这么做，但她摇摇头。她一定会想出更好的法子，把卡兹赶出画室，彻底从她的生活中消失。她有常人所没有的手段。她会有办法的。

“虽然这家伙当个模特还不赖。”苏姗娜走到镜子前，理了理前额的几缕黑发，“该给他点颜色看看。”

“没错。只可惜他是大混蛋。”

“大蠢蛋。”

“能说会走的王八蛋。”

“王八蛋。”苏姗娜笑起来，“这个词我喜欢。”

卡鲁有主意了，嘴角情不自禁浮起一抹淡淡的坏笑。

“怎么了？”看见她的表情，苏姗娜问。

“没什么。我们回画室吧。”

“你确定？你不必回去。”

卡鲁点点头。“没事。”

卡兹这招玩得相当漂亮。看得出来，他对自己的表现很满意。该轮到她出招了。走回画室时，她摸了摸颈上的项链。它由几股五颜六色的非洲串珠做成。即使不是真的非洲串珠，它们看起来也像。不过，它们不是一般的串珠，它们有别的功能。虽然这种功能不是太强，但足以实现卡鲁的计划。

3

王八蛋

菲亚拉教授让卡兹在余下的时间摆成斜卧姿势。他斜靠在沙发床上，双膝斜歪，笑容暧昧。他那样子，即使称不上淫猥，也会让人想入非非。教室里无人再笑，但卡鲁感到室温陡然升高，似乎画室里的女生们——甚至不止一位男生，需要吹吹风、降降温。她自己倒未受影响。当卡兹斜眯着眼懒洋洋地盯着她看时，她坦然地把目光迎了上去。

她开始作画并尽自己的最大努力，心想，他们的关系因一幅画而开始，用一幅画结束，倒也合适。

她第一次遇见他，是在大胡子酒吧。当时，他坐在离她两张桌子远的地方，戴着一副恶棍式的翘胡子。现在看来，那胡子似乎是个不祥之兆。但因为是在大胡子酒吧，每个人都戴着胡子。卡鲁玩弄着一副从自动售货机上买来的傅满楚[1]式胡须。当天晚上，她把两撇胡子粘在序列号为90的素描本上。这一大坨东西贴在那里，她一眼就能找到描绘他俩故事的那页。

他在和朋友一起喝啤酒。一看见他，卡鲁的眼睛就无法从他身上挪开半分，她不由自主地画他。卡鲁随时画画，不单画布里斯通以及她不为人知的生活中的其他人物，还画普通世界中的人与景——养鹰人、街

① 傅满楚，英国作家萨克斯·儒默笔下的小说人物。

头音乐家、胡须长及腹部的东正教牧师，偶尔也画美男。

通常，她画完一走了之，被画者仍蒙在鼓里。这一回，美男注意到她。他戴着假胡子笑盈盈地朝她走过来，当场把她逮个正着。不过，卡鲁笔下的人像使他受宠若惊。他把画拿给朋友们观赏，拉着她的手力邀她加入他们的行列。即使她落座后，他还紧握着她的手不放。他们的故事就这么开始：她迷恋他的容貌，他则陶醉其中。他们的恋情也就这样一步步发展下去。

当然，他也不断夸她漂亮。要是她相貌平庸，一开始他就不会过来和她搭讪。卡兹可不是那种注重内在美的人。卡鲁是个大美女，她肤如凝脂、身材高挑、蓝发飘飘，目光流转，宛如默片中的女星。她举手投足优雅得似有诗情；笑容神秘，似斯芬克斯女神般让人琢磨不透。更惹人注目的是，她容光焕发，双眸闪闪发亮，时不时像小鸟似的歪着个脑袋。但当她双唇紧闭、黑漆漆的眼珠闪烁不定时，她一下子变得神秘莫测，不可捉摸。

卡鲁的确神秘莫测。表面上，她孤身一人。她对自己的身世讳莫如深，极善避开此类话题——就她的朋友所知，她有可能是从宙斯的脑袋里蹦出来的。她总让人惊奇不断，口袋里装着奇奇怪怪的东西：古铜币、牙齿、比她拇指甲大不了多少、用绿玉雕成的老虎。和街头卖太阳镜的非洲小贩讨价还价时，她会无意中冒出几句流利的约鲁巴语。有一次，卡兹在脱她衣服时发现她的靴子里藏着一把匕首。还有，她根本不怕吓；她的腹部有疤痕：三块亮闪闪的伤疤。它们只能是子弹造成的。

"你是谁？"意乱情迷时，卡兹常常这样问她。卡鲁则伤感地回答："我不知道。"

因为她真的不知道。

现在，她画得飞快，抬头注视卡兹时不再躲避他的视线。她要看着他的脸。

她想看看他表情变化的一瞬间。

把他的基本姿态勾勒出来后，她抬起左手——右手继续作画，捻着项链的珠子；然后，用拇指和食指捏住一颗珠子。

她许了个愿。

这是一个小小的愿望。毕竟，这些珠子不过是卡皮。和钱币一样，许愿币也分不同的面值，卡皮类似于便士，甚至连便士的价值都不如。与钱币不同，许愿币的价值不能累加。许多便士加起来可以变成镑，但卡皮就是卡皮，整串卡皮的价值，像这条项链，是无法相加从而获得威力更大的愿望的，只能许些小小的、没多大用处的愿望。

比如，让人身上发痒这类愿望。

卡鲁希望卡兹身上发痒。珠子从她指尖间消失，被花掉，不见了。她以前没有许过这种愿，为了慎重起见，她先在卡兹的肘子——他挠起来不会觉得难为情的地方进行实验。果然，他若无其事地用肘子蹭了蹭坐垫，姿势一动不动。卡鲁暗自偷笑，继续画画。

几秒钟后，她捏住另一颗珠子，又许了个愿。这回，她让卡兹的鼻子发痒。又一颗珠子不见了，不知不觉，项链变短了。他的脸抽搐了一下。一开始，他坚持不动。很快他受不了，用手背很快地搓了一下鼻子，然后迅速恢复成原来的姿势。卡鲁注意到他脸上暧昧的表情消失了。她用力咬住嘴唇，不让自己笑出来。

哦，卡兹，今天你真不该来这里。你应该睡懒觉。

接下来，她让卡兹身上一个隐秘的地方发痒。他的痒痒发作时，她直勾勾地看着他。看见他突然眉头紧锁，她把脑袋微微歪向一边，好像在问：“亲爱的，你怎么了？”

卡兹发痒的地方是个私密部位，他不可能在大庭广众之下，堂而皇之地伸手去挠。他的脸色顿时变得苍白。他挪了挪屁股，几乎无法保持原来的姿势。卡鲁暂停攻击，继续作画，好让他缓解一下紧张的情绪。待他一放松……稍稍舒展一下身体……她又发起进攻。看到他的脸变僵，她费了好大的劲儿才强忍住笑。

又一颗珠子从手上消失。

再捏住一颗珠子。

这颗珠子，她想，她要用它为自己讨回公道——不仅为今天所受的羞辱，更为过去所承受的一切。他让她心碎——伤心痛苦总在猝不及防时来袭，每一次都让她痛不欲生，仿佛肚子被人重重击了一拳；他堂而皇之地向她撒谎；她无法把他的影子彻底从心里赶走；她天真地相信他的话，结果让自己蒙羞；他让她重陷孤独——经历爱情的甜蜜之后，孤独更让人难以忍受，就像人鱼穿上湿漉漉的泳衣，黏糊糊的，难受不已。

卡鲁不再笑。她想，她要用这颗珠子为所有无法挽回的事讨回公道。

为她失去的童贞讨回公道。

她的第一次，身下只有黑披风，但她觉得自己已经长大——与那些常与卡兹和约瑟夫一起玩的捷克女孩一样。那些名为塔拉或弗兰蒂的捷克冷艳美女，总是一副见惯不怪的样子。她真想像她们那样吗？虽然她还是个少女，却装成一个对此事毫不在乎的女人。她把童贞看成是童年的消失，一转眼就过去了。

她没想到要后悔。一开始她没有。这事本身既不令人失望，也没什么不可思议。它就是这样：一种新的亲密关系，一个可与另一个人分享的秘密。

她是这么想的。

“你看起来不一样，卡鲁。”再次见到卡兹的朋友约瑟夫时，他问她，“你……全身发热吗？”

卡兹一拳打在他肩上让他闭嘴，样子有点难堪却又得意扬扬。卡鲁知道他把这事告诉了约瑟夫。他甚至告诉了其他女孩子。她们会意地撅起猩红的嘴唇。塔拉——后来她逮住他和这女孩在一起——居然当着她的面嘲讽说披风有再度风行的趋势。卡兹的脸一阵红一阵白，眼望别处。这是他表示知道自己做错事的唯一方式。

卡鲁甚至没把这事告诉苏姗娜。一来，这是她和卡兹两人的秘密；再者，她觉得不好意思说。她没有告诉任何人，但神通广大的布里斯通猜到了是怎么回事。他教训了她一通。这可是很罕见的。

那是一次很有意思的谈话。

这个愿望贩子的声音低得几乎让人听不清：低沉的声音像是从嗓子眼里挤出来似的。“我知道的生活箴言并不多，”他说，“但我这里有一条。简单明了。不要把乱七八糟的东西塞进体内。不嗑药，不吞云吐雾，不狂喝滥饮，不吞尖利物品，不用可有可无的针头——不吸毒，不文身，还有，还有……不与无关紧要的男人滥交。”

“无关紧要的男人？”卡鲁重复道，虽然伤心，但这个说法让她感到好笑。

“世上存在有关紧要的男人吗？”

“当有关紧要的男人出现时，你会知道的。”他说，“别作践自己，孩子。等待爱情的到来。”

“爱情。”她的兴奋劲儿消失了。她以为卡兹给她的就是爱情。

“爱情到来时，你自然会知道。”布里斯通向她保证。她很想相信他的话。他活了几百年，不是吗？卡鲁以前从未想过布里斯通会和爱情扯上关系——瞧他那个样子，怎么看也不像谈过恋爱——但她相信，他活了几百年，肯定长了不少见识，给她的承诺肯定错不了。

天地万物之中，孤独寂寞的她最渴望得到的就是爱情。显然，卡兹并不能给她爱情。

想到这里，她的手不知不觉加了力，铅笔尖啪一声断了。顿时，她怒火攻心。盛怒之下，她发起凌厉的攻击，令卡兹周身发痒。项链一下子变成短颈链，她的猛攻让卡兹从模特台上滚落下来。卡鲁松开颈链，注视着卡兹。只见他抓起浴袍，冲向门口，把门拉开，蹿了出去。因为急于奔出去找个地方处理身上痛苦难当的痒痒，他连浴袍都来不及穿上。

门哐一声关上，留下全班同学呆呆地望着空空的沙发床。菲亚拉教授站在门口，从眼镜上方朝里张望。那一刻，卡鲁感到羞愧难当。

也许她做得有点过分。

“那头蠢驴怎么了？”苏姗娜问。

“不知道。”卡鲁说，继续作画。画上的卡兹既世俗又优雅，好像在等待某位情人的到来。这原本是张佳作，但被她画坏了。她把线条勾得过重，导致整幅画丧失了细腻感。到后来，她乱涂一气，遮住他的……无关紧要的老二。她不知道布里斯通会怎样看待她的行为。他老爱训斥她滥用许愿币——前不久，她用许愿币让塔拉的眉毛一夜之间变得像毛毛虫一样粗，刚拔掉马上又长出来。

“卡鲁，从前女人会因小事被烧死在火刑柱上。”他说。

算我走运，她想，现在不是中世纪。

4

毒药厨房

那天的其他课风平浪静。她在实验室连着上化学课和配色课，接着又上临摹课。吃过午饭，苏姗娜去学木偶表演，卡鲁去学习油画，两人都是三小时的课。等她们走出学校时，外面和她们早上来时一样，又冷又黑。

“毒药厨房？”跨出校门时，苏姗娜问卡鲁。

“还用问吗？”卡鲁说，“我快饿死了。”

她们低着头，顶着刺骨寒风，朝河边走去。

布拉格纵横交错的街道犹如一首低缓深沉的幻想曲，轻轻地诉说着它的沧海桑田，从二十一世纪回溯到二十世纪，甚至十九世纪。

这里一度是炼金术士和空想家云集之地，石魔人[1]、神秘主义者和外国侵略军在中世纪铺就的鹅卵石路上横冲直撞。菊黄、洋红或浅蓝的高大建筑交相辉映，洛可可风格的墙面装饰金碧辉煌、美不胜收。洛可可式的屋顶均为朱红色，巴洛克式的青铜圆屋尖顶则呈嫩绿色；哥特式的尖塔随时准备刺穿天上掉落的天使。空气中似乎弥漫着魔力、暴力、音乐的张力。铺着鹅卵石的小巷蜿蜒曲折，如同小溪在流淌。戴着莫扎

① 石魔人，据说，十六世纪后期，布拉格的犹太教大法师用黏土造了一个傀儡，并赋予生命，以对抗鲁道夫二世对犹太人的迫害。

特式假发的街头混混在街角推销室内乐；不少人家的窗户上挂着木偶，天鹅绒窗帘后面似乎有一双双无形的手在操纵着它们，整个城市仿佛是一座露天大剧院。

坐落在山上的布拉格城堡俯视着整座城市，远远望去，城堡尖塔的轮廓尖如芒刺。到了晚上，华灯初上，整座城堡笼罩在若有若无的光影之中，显得静谧而神秘。今晚，天幕低垂，白雪皑皑，唯有路灯在地上投下薄纱般的柔光。

毒药厨房位于魔鬼小溪的下游，它的位置隐秘，想靠运气找到它几乎不可能。你得知道它的准确地点。低头穿过一个低矮、无标识的石拱门后，你会看到一块有围墙的墓地。在墓地的另一头，你可以看到这家咖啡厅的窗玻璃上透出的柔光。

可惜的是，旅行者现在无须碰运气就能找到这家咖啡厅。最新出版的《孤独星球指南》把它的位置公之于众——

三百多年前，隶属于这座中世纪的小修道院的教堂被大火烧毁，但僧侣的寝室还在。后来这间寝室被改造成一间世上绝无仅有、最为奇特的咖啡厅。里面摆满了古典雕像，每张雕像的脸都套上防毒面具，这些第一次世界大战时用过的面具是店主苦心收集到的。关于毒药厨房的传说可以追溯到中世纪。有一次，修道院的厨师鬼迷心窍，在一大盆红烧牛肉里下毒，把修道院的僧侣们全部毒死。咖啡厅和它的招牌菜“红烧牛肉”由此得名。坐在天鹅绒沙发上，您可以把双脚搁在棺材上。摆在吧台后的骷髅头或许就是、或许不是那些被害死的僧侣。

半年来，背包客们时常在拱门外探头探脑，想寻找布拉格不为人知的另一面，以便写在明信片上。

但是今晚这里很安静。在角落里，一对外国夫妇正在给戴着防毒面具的孩子拍照；几个男人佝着背坐在吧台边，但多数桌子——棺材，两侧是低矮的天鹅绒沙发——空无一人。罗马雕像随处可见：真人一般大小的神像和仙女像或缺胳膊或少翅膀；在大厅中间，摆着一座马库斯·奥勒留[1]骑马的大型雕像。这座雕像是从卡比托山运来的。

“太好了，瘟疫那桌空着。”卡鲁说，径直朝中间这座雕像走去。和店里其他的雕像一样，巨大的皇帝雕像和他的马都戴着防毒面具。每次看到这座雕像，卡鲁总会想到《启示录》中那个伸出一只手播撒瘟疫、名字就叫瘟疫的天命骑士。她们最喜欢的那张桌子恰好在雕像的阴影里，既不容易被人看见，又能把整个咖啡厅收入眼底——穿过马腿——任何有趣的人进来，她们都能看到。

她们放下画夹，把外套挂在马库斯·奥勒留石像的指尖上。独眼店主从吧台后朝她们摆了摆手，她们也挥手向他致意。

从她们十五岁，即上艺术学校的第一年算起，她们上这里喝咖啡已有两年半。那时，卡鲁刚到布拉格，一个人也不认识。她刚会说捷克语（通过许愿，不是通过学习；卡鲁收集语言，所以布里斯通在她生日时送各种语言给她作为礼物），像品尝新香料一样，捷克语的味道有点怪。

来布拉格之前，她在英国一所寄宿学校上学。虽然她能说一口标准的英国英语，但她一直使用小时候用惯的美国英语，所以她的同学以为她是美国人。实际上，她没有国籍。她的文件全是伪造的。她的各种口音　　除了她的母语外，全是假的，但那母语不是人类语言。

苏姗娜是捷克人，来自波希米亚南部小镇的一个木偶艺人世家。她哥哥没有继承家族传统而跑去当兵。这件事震惊整个家族。但苏姗娜身上流淌着木偶艺人的血液，她继承了家族传统。和卡鲁一样，她也不认识学校的任何人。幸运的是，第一学期刚开始，老师让她俩搭档给当地小学画一幅壁画。她们需要花一个星期的晚上时间登梯作画才能完成。每晚结束工作后，她们常常到毒药厨房坐一坐，喝杯咖啡。在这里，她

---

① 马库斯·奥勒留，利奥三世之子，世界历史上著名的政治家、军事家、哲学家和改革家。

们结下深厚的友谊。壁画画好后，毒药厨房的店主雇她俩给咖啡厅卫生间的墙上画一些骷髅。作为回报，他免费让她俩在毒药厨房吃晚餐，为期一个月，以确保她们以后还会光顾这间咖啡厅。两年多过去了，她们成了这里的常客。

她们点了两碗红烧牛肉，边吃边议论卡兹的蠢行、化学老师的鼻毛——苏姗娜戏说老师的鼻毛长得可编辫子——还有她们期末作业的选题。很快，她们的话题转到布拉格木偶剧场乐队一个新来的小提琴手身上。

“他有女朋友。”苏姗娜哀叹道。

“什么？你怎么知道？”

“休息时他老发短信。”

“这就是你的证据啊！不足为信。说不定他私下调查犯罪分子，正和他的对手捉迷藏呢。”卡鲁说。

“对啊，我想是这样的。谢了。”

“我说，发短信不一定证明他有女朋友，也许还有别的解释。你什么时候变得羞答答了？和他聊聊！”

“说什么呢？帅哥，提琴拉得不错？”

“对极了。”

苏姗娜扑哧一笑。她周末在剧院给木偶表演艺师当助手。圣诞节前几个星期，她迷上一个小提琴手。她不是那种害羞的人，但一直不敢和他说话。“说不定他还以为我是个孩子。”她说，“你当然不知道小个子的烦恼。”

“和木偶差不多大小。”卡鲁说，一点儿也不同情她。她觉得苏姗娜小巧的身材很完美，像在森林里找到的精灵，很想把她放进口袋里。虽然就苏姗娜而言，她这个精灵可能会突然发飙，张口咬人。

“是的，苏姗娜是个了不起的人类木偶。看她翩翩起舞。”她抬起手臂，像木偶一样直挺挺地做了个芭蕾手位。

卡鲁一下子有了灵感。她说："嗨！你的选题有着落了。制作一个巨形木偶操纵者，你扮成木偶。你可以这样设计：你一动，大木偶也跟着动。这个绝对没人做过。你是木偶，被线绳牵着。实际上，是你的动作控制着木偶操纵者的手。"

苏姗娜正要把一块面包送进嘴里，她停了下来。看到朋友的眼神恍惚，卡鲁知道她被这个想法迷住了。她说："那将是个巨型木偶。"

"我可以为你化装，把你装扮成一个木偶芭蕾舞演员。"

"你真的要把这个点子给我？这可是你想出来的。"

"没关系。难道你想让我扮成一个大木偶不成？"

"谢了。你的选题有眉目了吗？"

卡鲁暂时还没什么好点子。上学期她从戏服获得灵感，制作了一对天使翅膀。她在背带上装上滑轮，然后把翅膀固定在背带上，通过滑轮控制翅膀的开合。如果她把翅膀全部展开，这对巨型翅膀的翼幅宽达十二英尺。她把翅膀绑在身上想让布里斯通看看，但没能进到内室。阿萨在前厅拦住她——温柔的阿萨——颈部鼓起，对她发出嘶嘶声。她这种样子，卡鲁一辈子只见过几次。"天使，最可憎的东西！赶快解下来！噢，甜妞，看见你这样子，我实在受不了。"这真是太让人奇怪了。现在，那对翅膀挂在卡鲁的床上方，占据她斗室的一整幅墙。

这学期她要为一系列的作品想出个主题，但迄今为止，她也没想出什么好主意。正当她沉思默想时，卡鲁听到挂在门上的铃铛响了。几个男人走了进来，他们身后一个摆动的影子吸引了卡鲁的注意。它看起来像只乌鸦。不过，它可不是一般的乌鸦。

是基什。

她直起身，扫了苏姗娜一眼。她正把刚才的点子画在笔记本上，卡鲁借口说上厕所，苏姗娜几乎没有作声。她走进卫生间，那个影子跟了进来。它飞得很低，没有被人发现。

布里斯通信使的身体和喙与一般乌鸦完全相同，但它膜状的翅膀像蝙蝠，舌头猛然伸出时呈叉状，看起来像希罗尼穆斯·波希[①]一幅画中的逃犯。它的脚上绑着一张字条。卡鲁取下字条时，发现它的小利爪子把纸刺穿了。

她打开字条，两秒不到便读完其中的内容，因为上面仅写着：有急事。回来。

"他从不用'请'字。"她对基什说。

这小家伙像乌鸦似的歪着头，好像在问："你走不走？"

"就走，就走，"卡鲁说，"我有哪次不回去？"

过了一会儿，她对苏姗娜说："我要走了。"

"什么？"苏姗娜从素描本上抬起头来，"可是，甜点。"甜点已摆在棺材上：两碟苹果派，和茶放在一起。

"噢，见鬼，"卡鲁说，"我吃不了了。我有事。"

"你总有事。你要做些什么事啊，这么突然？"她瞟了一眼卡鲁放在棺材上的手机，知道卡鲁没有接到过电话。

"有点事。"卡鲁说，苏姗娜没有再追问，知道再问也问不出个所以然来。

卡鲁有不少差事要办，有时她花上几个小时，有时她要去几天。回来时疲惫不堪、衣衫狼狈；不是脸色苍白，就是皮肤黝黑；不是走路一瘸一拐，就是身上有咬痕。有一次，她回来后一直高烧不退，后来转成了疟疾。

"你在哪个鬼地方染上这种热带疾病的？"苏姗娜责问她。对此，卡鲁答道："噢，我不知道。也许在电车上吧？几天前有个老妇人冲着我的脸打喷嚏。"

"这也不至于让你得疟疾吧。"

---

① 希罗尼穆斯·波希（1450—1516），一位十五至十六世纪的多产荷兰画家。他多数的画作多在描绘罪恶与人类道德的沉沦。波希以恶魔、半人半兽甚至是机械的形象来表现人的邪恶。

“我知道。这很恶心。我想买部轻便摩托车，这样我就不用搭电车了。”

事情就这样不了了之。想与卡鲁做朋友，就得无奈地接受一个事实：永远无法摸清她是个什么样的人。苏姗娜叹口气说：“好的，两份苹果派归我，我长胖了怪你。”卡鲁离开毒药厨房，一个类似乌鸦的影子抢先飞出了门口。

5
别处

基什飞向空中，刹那间消失得无影无踪。卡鲁注视着天空，希望自己能紧跟随其后。她揣摩，要多大等级的许愿币，才能赋予她飞行的能力。

那可得是一枚威力强大的许愿币，起码要比她现有的许愿币威力强大得多。

布里斯通对卡皮从不吝啬。他准许卡鲁随时从他装满珠子的豁口茶杯里挑选珠子更新她的项链。卡鲁为他办事，他付给她铜闪。铜闪的币值大于卡皮，能实现比卡皮大一些的愿望——塔拉的眉毛、卡鲁文身的消失以及她的一头蓝发就是很好的例子——但她还没能得到一个有真正魔法的许愿币。布里斯通不可能给她这种币，她得自己挣。她太清楚人类是如何挣到这些许愿币的。基本上靠猎取、盗墓和谋杀。

噢，还有一个奇特的方法：用钳子自残以及效忠布里斯通。

这种事并不像故事里所描写的那样。没有巫婆装扮成老太婆躲在岔路口，让过路人吃她们的面包，给他们下套；妖怪不会从灯里蹦出来；人鱼也不会为自己的性命讨价还价。在这个世界上，人类只有一个地方可以弄到许愿币：布里斯通的商店。他只收一种货币。它既不是金子，也不是谜语或善心，更不是什么神话故事。不，它也不是灵魂。它比这些东西还要诡异。

是牙齿。

卡鲁穿过查理大桥，坐上朝南开往犹太区的电车。这个中世纪的贫民窟现在被密密麻麻、风格简单的新艺术派公寓建筑所取代。她的目的地是那里一栋公寓后面的一个便门，那扇普通的金属门看上去并无特别之处。门本身没什么特别。如果你从外面打开它，它不过是一间发霉的洗衣房。卡鲁没有开门，她敲了敲门，然后等门打开，因为当门从里面打开时，会别有洞天。

门吱呀一声开了。是阿萨开的门，她的样子和卡鲁素描本上画的一模一样，像某座古庙里的蛇神。她盘卷的身躯隐在窄小前厅的暗影里。“祝福你，宝贝。”

“祝福你。”卡鲁亲热地回了一句，亲了亲她的脸，“基什回来了吗？”

“回来了。”阿萨说，“他落在我肩膀上像块冰柱。进来。你的城市冷得够呛。”阿萨负责守门。她让卡鲁进来，随即关上身后的门。她们俩单独待在一个壁橱般大小的地方。前厅的门一定要完全关紧，内室的门才能打开，就像鸟类饲养场防止鸟儿飞走的安全门一样。只是这里的安全门并非为鸟儿而设。

“今天过得怎么样，甜妞？”阿萨身上共有六条蛇，它们或缠着她的手臂，或在她头发里钻来钻去，还有一条绕在她细腰上，好像肚皮舞娘的腰链。任何人想进来，在内门打开之前，都得乖乖地在脖子上套上一条蛇——除了卡鲁外的任何人。她是唯一无须蛇项圈就能进入内室的人类。她是信得过的。毕竟，她在这个地方长大。

“又过了一天，”卡鲁叹道，“你简直不敢相信卡兹做了什么。他居然成了我写生课的模特。”

当然，阿萨从未见过卡兹，但她了解卡兹就像卡兹了解她一样：通过卡鲁的素描本。不同的是，卡兹认为丰满性感的阿萨是卡鲁虚构出来的人物，阿萨知道卡兹是活生生的人。

和卡鲁的朋友一样，她、特维加和亚西里也被卡鲁的素描本迷住了，原因刚好相反。他们喜欢看正常的东西：伞下挤成一团的游客、阳台上的小鸡、公园里玩耍的孩子。阿萨对裸体像异常着迷。对她来说，人类的身体——简简单单，没有和其他物种粘连在一起——是错失了机会。她经常审视卡鲁，说些“我想，鹿角适合你，甜妞”或“你会是条可爱的人蛇”之类的话，就像某人推荐一个新发型或新口红。

阿萨眼冒凶光。“你是说他去了你的学校？这个无耻的啮齿动物！你画他了吗？给我看看。”生气归生气，她不会错过观看卡兹裸体像的机会。

卡鲁取出她的素描本，翻到画有卡兹的那一页。

“你把最好看的那部分涂坏了。”阿萨责备她。

“相信我，他那里没那么大。”

阿萨用手捂住嘴咯咯地笑起来，这时内门嘎吱一声开了，卡鲁跨了进去。和往常一样，时空的转换让她感到有点恶心。

她已经不在布拉格了。

即便她在布里斯通的店里长大，她仍弄不清楚商店究竟在哪里，只知道她能穿过入口到世界各地，最终还会回到这里。小时候，她常问布里斯通“这里”到底是哪里，但他总是简单地说：“别处。”

布里斯通向来不喜欢被人追问。

无论它在哪里，商店本身是一间无窗的房间，里面堆满了架子，看上去就像是某位牙齿大仙倾倒垃圾的场所——如果是的话，这个牙齿大仙购买各种牙齿。毒蛇牙、犬牙、带槽的大象臼牙、又老又黄的门牙——来自异域丛林的啮齿动物。它们全都被装在箱子和药柜里，或挂在从挂钩垂下来的花环上，或装在好几百只可以像沙铃一样摇晃的罐子里。

天花板像地穴一样拱起，许多小东西躲在阴暗处，小爪子与石头摩擦发出沙沙声。与基什一样，这些生物由两种不同的物种组成：蜘蛛鼠、壁虎蟹、甲虫鼠。在排水沟周围潮湿的地方，有牛蛙头的蜗牛；在头顶上方，蛾翅蜂鸟随处可见，义无反顾地向灯笼撞去，把灯笼撞得摇来摆去，弄得挂着灯笼的铜链嘎吱嘎吱作响。

角落里，特维加在埋头工作，难看的长脖子弯得像块马蹄铁。他在清洗牙齿，给它们镶上金边，以便用肠线把它们串起来。厨房传来刀叉碰撞的声音。那里是亚西里的辖区。

靠左边，一张巨大橡树桌后面，是布里斯通本人。基什栖息在主人右角弯上，它习惯站在那里。桌上摆着一盘盘的牙齿和许多用小盒装着的钻石。布里斯通正把这些东西串成项链。他没有抬头。“卡鲁，”他说，“我写的是‘有急事。’”

“我这不立马赶回来了。”

“已经过了——”他看了看怀表，“四十分钟了。”

“我得穿过城区。你想让我速度快一些，给我一双翅膀，我会和基什比赛看谁先回到。要不，给我一个加夫里，我让自己飞起来。”

加夫里是具有第二大威力的许愿币。理所当然，它能赋予人飞行的能力。仍然在埋头工作的布里斯通答道：“一个飞行的女孩在你的城市会很显眼。”

“小事一桩，”卡鲁说，“给我两个加夫里，我让自己隐身。”

布里斯通抬起头看了看卡鲁。他长着一双鳄鱼眼——黄中带绿，垂直的瞳孔小而长，眼里没有一丝笑意。卡鲁知道，他才不会给她加夫里。她这么说并不是抱着什么希望，而是因为他的埋怨太不公平。她不是一收到信息就马上赶回来了吗?

“我能放心地把加夫里交给你吗？”他问。

“当然可以。干吗这么问呢？”

她感到他在审视自己，好像在心里重温她许过的每个愿望。

蓝发：轻浮。

去掉粉刺：虚荣。

让灯自动关上，这样她就无须起床：懒惰。

他说：“你的项链短了不少。你今天很忙吧？”

她赶紧用手盖住项链，但太迟了。“你管那么多干吗？”毫无疑问，这个老魔头对她用卡皮干什么一清二楚，又在他的心灵清单上加上一条——让前男友的身体发痒：报复。

“你太小肚鸡肠，卡鲁。”

“他罪有应得。”她答道，忘了先前的愧疚。正如苏姗娜所说，干坏事就该受惩罚。她加了一句，“还有，你从来不过问你的客户用许愿币干些什么，我相信他们做的坏事远不止让人身上发痒。”

“我指望你会比他们强。”布里斯通简单地说。

“你的意思是我不如他们？”

来商店的牙贩，除了少数几个之外，基本上都是人渣、败类。虽然布里斯通有几个不会让卡鲁感到恶心的老客户——例如那个退休的钻石商，还曾好几次冒充她奶奶到学校给卡鲁注册——大部分人都是臭气熏天、冷酷无情的家伙。卡鲁厌恶他们，她当然要比这些人强多了。

布里斯通说：“那就用许愿币做点好事，证明你比他们好。”

他的话激怒了卡鲁。她说：“你有什么资格谈做好事？”她指着他用大爪子抓住的那条项链。鳄鱼齿，可能是从索马里人手里买来的。还有狼牙、马臼齿以及赤铁矿石珠。“我不知道当今世界有多少动物因你而死，更别说人了。”

她听到阿萨倒吸了一口冷气，知道她该闭上嘴，可她收不住话头，连珠炮似的脱口而出。“不，你才没有资格谈。你和杀人犯做交易，你像个食人魔似的躲在这里，甚至不必看见他们丢弃的尸体。”

“卡鲁。”布里斯通说。

“但是我看见过那些尸体。只要我还活着，就永远忘不了。这是为什么？你用那些牙齿来干什么？如果你告诉我，我也许会谅解。一定有原因——”

“卡鲁。”布里斯通说。他没说“闭嘴”。用不着。声音已经清楚地表达了这个意思，接着他突然站了起来。

卡鲁立刻收声，噤若寒蝉。

有时，也可能有大部分时间，她忘记去看布里斯通。对她而言，他是再熟悉不过的人。每当见到他时，她看到的不是一头野兽，而是一个人。出于某种不为人知的原因，他把卡鲁从小抚养大，对她宠爱有加。但时不时，他那低沉的语调仍会吓得卡鲁说不出话来。他的声音让人毛骨悚然，让她看到他真实、让人恐怖的一面。

布里斯通是只怪兽。

假如他和阿萨、特维加和亚西里走出商店的话，人类只会称他们为怪兽、妖魔或魔鬼。但他们称自己为奇美拉。

布里斯通的身上唯有手臂和巨大的身躯像人类，上身皮肤很粗糙，看起来不像皮肤，更像毛皮。一块年岁久远的疤痕组织把他宽大的胸部一分为二，一只乳头完全不见。他的肩背也布满了疤痕：皱巴巴的白色疤痕纵横交错，像张大网。从腰部往下，他变成了另一个样子。他的腰腿被狮身取而代之，上面覆盖着一层淡色毛皮，但到脚爪部分，狮的蹼爪变成了邪恶的利爪。卡鲁猜想，有这种利爪的动物不是猛禽就是蜥蜴，也可能是龙。

再看他的头。整体上看是一只公羊头。头上没长软毛，长着一层与身上其他部位相同的粗糙棕色毛皮，扁平的鼻子周围布满鳞片，两只巨大的黄色公羊角螺旋式弯曲，紧贴着他的脸。

他戴着一副珠宝商常用的眼镜，镜框两边用一条链子连着。如果不算挂在他脖子上的东西，黑边镜框是他身上唯一的装饰物。除此之外，他身上再无其他醒目的东西。那是一根很旧的许愿骨，正挂在他喉咙口。卡鲁不知道他为什么要戴它。只知道她不能碰它。越不让碰的东西，她就越想碰。在她小的时候，他常常把她放在膝上轻轻摇着她，她有时会突然伸头去抓这块许愿骨，但布里斯通的动作更快。所以，至今为止，卡鲁连许愿骨的边都没碰到。

现在她长大了，举止端庄得体。但她有时仍觉得心痒痒的，很想去摸一摸那件东西。当然，现在不是恰当的时机。布里斯通的动作把她吓坏了，她感到叛逆心理如潮水般消退。她向后退了一步，小声地问：“嗯，有什么急事？你想让我去哪儿？”

他扔给她一个盒子，里面装满了花花绿绿的纸币，全是欧元。许许多多的欧元。

“巴黎，”布里斯通说，“玩得开心！”

6

灭绝天使

玩得开心?

“噢，太对了。”当天晚上，拖着三百磅重的非法象牙走下巴黎地铁站时，卡鲁气鼓鼓地说，“真是开心得不得了。”

她离开布里斯通的店时，阿萨让她从来时的那个门出去。但当她再踏进街道时，她人已不在布拉格，而是到了巴黎。每次都是这样。

虽然她多次穿过时空转换门，恐惧感却从未消失。时空转换门通向十几个城市，这些城市卡鲁全都去过。有时是去办事，像今天这样，有时纯粹是去玩。布里斯通让她到世界上任何无战乱的地方去画画。当她想画杧果，他就打开通往印度的门，条件是给他带些杧果回来。为了装饰她的公寓，她哄骗布里斯通同意她前往好几个具有异域风情的集市购物。她也曾来过这里，巴黎跳蚤市场。

无论她去哪里，门在她身后关上时，和商店的连接就被切断了。不管是什么魔法在运作，它在另一个地方——在别处，她是这么认为的——所以魔法不可能从这头出现。没人能强行进入商店。他们只能冲破世俗的门，这扇门并不通往他们想要去的地方。

即使卡鲁要进这扇门，也得经过布里斯通同意。有时，不管她敲多少次，他就是不开。虽然每次从外地办事回来，他从未把她挡在门外。她祈望他千万不要这么做。

这趟差事实际上是参加黑市拍卖会。拍卖会在巴黎外围的一个仓库里进行。卡鲁到过几次这样的拍卖会，情况基本上大同小异。当然，只用现金交易。参加拍卖会的人均为形形色色的黑道人物，如流亡的独裁者、自命不凡的在逃领主。拍卖的物品像个大杂烩，有博物馆失窃的物品——一幅夏加尔的画作，还有一整套来自非洲成年公象的长牙。

没错。一整套来自非洲成年公象的长牙。

一看见它们，卡鲁叹了口气。布里斯通没有告诉她买什么东西，只说她一看见东西自然就会知道，现在她知道买什么了。噢，要是带上列车肯定能引起一阵骚动，该多有趣啊，不是吗?

卡鲁和其他的竞标者不同。没有加长的黑色轿车等着她，也没有两个凶神恶煞的保镖帮她扛重物。她只有一串卡皮和她的魅力。结果，这两样东西都不足以说服出租车司机，让他同意把七英尺长的象牙挂在车后。卡鲁只好一边嘟嘟哝哝，一边拖着三百磅重的象牙，走过六个街区，来到最近的地铁站，走下台阶，穿过旋转栅门。象牙被包在帆布里，用胶带缠紧。一个街头音乐家放下小提琴问卡鲁：“嗨，美女，你拖的是什么东西？”她答道：“提问题的音乐家。”然后继续往前走。

当然，情况有可能更糟，而且经常会这样。布里斯通曾派她到一些非常可怕的地方买牙齿。圣彼得堡事件之后，在枪伤恢复期间，她问布里斯通：“我的命对你真的一文不值吗？”

话一说出口，她就后悔了。如果她的命对他一钱不值，她并不想让他承认这一点。布里斯通有诸多过失，但除了阿萨、特维加和亚西里，他是她唯一的家人。即使她是个可以牺牲的女奴，她也不想知道。

他既不肯定也不否定：“你的命？你的意思是，你的身体？你的身体只是个皮囊，卡鲁。你的灵魂是另一回事。据我所知，它没有什么危险。”

“皮囊？”她不喜欢把自己的身体看作是个皮囊——某种别人有可能打开、枪击、随意剪切的东西。

“我想你有同感，”他说，“当你在身上乱涂一气时。”

布里斯通不赞成她文身。这可真好笑。因为她的第一个文身——手掌上的眼睛就是他文上去的。反正，卡鲁怀疑是他干的，但她没有十足的把握。因为他答不出许多最基本的问题。

“无所谓。”她说，痛苦地叹了一口气。真的痛苦。被枪打中很痛，这不足为奇。当然，她不能说布里斯通毫无准备就把她推入险境中。在她很小的时候，他就让她练习武术。她从未向朋友提起这事——她的老师很早和她说过，这不是一件值得夸耀的事——得知卡鲁优雅地侧滑、连续旋转与致命的技能密不可分，她们大吃一惊。她沮丧地发现，空手道和枪支抗衡起来也不是那么厉害。

在刺鼻的药膏的帮助下，她的伤口很快愈合了。她怀疑，是阿萨他们施了魔法。但经过那次事件后，她不再是当初那个初生牛犊不怕虎的女孩。现在，她外出办事要谨慎多了。

她要搭的列车来了，她又推又拽把那一大包东西弄进车厢里，尽量不去想里面装的是什么，或一条鲜活的生命在非洲某个地方戛然而止，虽然那事可能不是最近才发生的。这些象牙硕大无比，卡鲁还知道，现在的象牙极少能长这么大——偷猎者是罪魁祸首。在猎杀所有大的公象后，他们改变了大象的基因库。实在令人不齿。在这里，她也参与了那桩血腥的交易，拖着濒危物种的违禁品一路走到该死的巴黎地铁。

她不愿再想这件事，把它撇到一边。列车在黑漆漆的隧道飞驰，她一路盯着黑漆漆的窗外。她不许自己再去想它。一想到它，她就觉得自己的人生变得龌龊，充满血腥。

上学期，做好那对大翅膀后，她给它取名“灭绝天使”。这个名字非常妥帖。翅膀用真羽毛制作而成，这些羽毛是她向布里斯通“讨”来的——成百上千根羽毛是他的客户这些年来卖给他的。她小时候常常玩弄它们。那时，她还不懂得人们为了这些羽毛而猎杀鸟儿，导致所有鸟类濒临灭绝。

她曾经天真烂漫，一个坐在魔鬼巢穴里的地板上把玩羽毛的小女孩。现在她不再纯洁了，但她不知道该做些什么。这是她的生活：魔法、愧疚、秘密、牙齿，还有空荡荡的心，里面像有个深不可测的洞。显然心里缺了样东西，让她心神不宁。

她不是个完整的人的想法一直纠缠着卡鲁。不知道是怎么一回事，但她一直都有这种感觉，好像弄丢了某样东西。小时候，有一次她试着向阿萨描述这种感觉。“就好像你站在厨房里，却怎么也想不起你到厨房来的目的。”

“那就是你的感受？”阿萨皱着眉问。

“每时每刻。”

阿萨只能紧紧抱着她，用手摸着她的头——那时阿萨长着一头黑发，底气不足地说：“我想没什么，宝贝。别往心里去。”

是的。

唉。等她到站下车后，她发现把象牙拽上地铁站的台阶比拖下台阶难多了。上到最后一级台阶时，卡鲁已经快累趴了，汗水湿透了她的内衣。她的心情糟透了。时空转换门在几个街区外，和一家犹太教堂小仓库的门口连在一起。她好不容易走到那里时，发现两个东正教的拉比正站在那个门口前热火朝天地讨论某件事。

“太好了。”她嘟哝了一句，从他们身边走过，靠在一扇铁门上等他们离开。这扇门刚好在他们的视线之外。她听见他们用迷惑不解的语气讨论某种蓄意破坏他人财物的行为。终于，他们走了。卡鲁把象牙拖到小门前，敲了敲门。当站在世界某个偏僻小巷的时空转换门前等待开门时，她一如往常，想象自己被拒之门外。有时阿萨要花上好几分钟才来开门，对卡鲁而言，这几分钟极其漫长。每当这个时候，她会不由自主地想到门可能永远不再向她打开。她总害怕被挡在门外，不仅是今晚，而且是永远。这种场景让她极度无助。假如，有一天，时空转换门不再打开，她就变成孤零零一个人。

时间一分一秒地过去。卡鲁疲惫地靠在门框上，突然，她注意到某样东西。她直起身。门上有一个大大的黑手印。这本来没什么可奇怪，但它的样子像是用手掌烙进木头里，烙。这准是那两拉比讨论的话题。

她用指尖摸了摸，发现手印陷进木头里，她的手可以放进去，但显得小多了。等手拿出来时，她发现手上沾了不少灰。她掸掉手指上的灰，一脸迷惑。

这个手印是怎么印上去的？一个别具一格的烙印？有时，布里斯通的客户留下记号，以便下次再来时方便找到入口。但那些记号通常都是用油漆抹一下，或用刀划个×号。这个符号对他们来说太复杂了。

门嘎吱一声开了，她松了一口气。

“一切都好吧？”阿萨问。

卡鲁把象牙拖进前厅。厅太小，她只好把象牙斜着放。“当然。”她颓然地靠在墙上，“要是我有力气的话，会拖着象牙穿过整个巴黎。真是了不起的享受！”

7

黑手印

几天的工夫，世界各地的许多门上出现了黑手印。每一只手印都深深地烙进木头门或金属门上。内罗毕、德里、圣彼得堡和几个别的城市都是如此。这不是个别现象。在开罗，一个水烟馆老板在后门发现这样的印记，手印透过油漆冒出黑烟，几个小时后，当他发现时，手印变得黑乎乎的。

有几个人目睹了这种破坏他人财物的行为，但没有人相信他们所描述的事。

“他光着手，”在纽约，一个孩子指着窗外对他妈妈说，“他只是把手放在那里，然后，他的手变红并冒出烟来。”

他妈妈叹了叹气，走回床边睡觉。这男孩有撒谎的习惯，但这次他没有说谎。他真不走运。他看见一个高个子男人把手放在门上，在上面烙了个手印。“他的影子有点不太对劲儿，”他对着妈妈走远的背影说，“和他这个人不相称。”

曼谷有个喝醉的游客看到了类似的场景。但这次，手印是一个艳光四射的女人烙上去的。他像着了魔似的跟着她，没想到看见她——据他说——飞走了。

“她没有翅膀，”他跟朋友说，“但她的影子却有翅膀。”

“他的眼睛像火。”一位老人说。他从屋顶鸽舍旁看见其中一个陌生人。“他飞走时，火花像雨点般落下来。”

在吉隆坡、伊斯坦布尔、洛杉矶、巴黎贫民区的胡同小巷和黑乎乎的院子，影子上带有翅膀的俊男美女，在一些门上烙下手印，然后消失在天际，看不见的翅膀发出嗡嗡声，扬起一阵阵热流。时不时有羽毛飘落，它们像一束白炽的火焰，一触地立即化为灰烬。在德里，一位修女伸出手，抓住雨滴般的羽毛。可是，它与雨滴不同，羽毛灼伤她的手，在她的掌上留下一根完整的羽毛轮廓。

“天使。”她低声说，享受被烙伤带来的痛苦。

她并没说错。

8

加夫里

卡鲁走进商店，发现里面除了布里斯通外还有一个人。一个客户坐在他对面，那是一个令人作呕的美国猎人，堆满横肉的脸留着一把她所见过的最为肮脏、最为浓重的大胡子。

她转向阿萨，做了个鬼脸。

“我知道，”阿萨表示同意，下半身蠕动着滑过门槛，“我把阿吉丝给他。它就要脱皮了。”

阿吉丝是条银环蛇，正绕在这个猎人的粗脖子上，对他这种人来说，这个颈圈真是太漂亮了。它身上的黑、黄、深红三色条纹，即使很淡，看上去也像精致的中国景泰蓝。除了美丽之外，阿吉丝还能置人死地，特别是它快要脱皮时，身上的痒痒让它性情非常暴躁。它在那一大丛胡子里钻进钻出，时时提醒他，如果他想活命，就得规规矩矩。

“为了保护北美洲的动物，”卡鲁小声说，“你能不能让阿吉丝咬他一口？”

“我能，但布里斯通会不高兴的。你是知道的，贝恩是他最有价值的客户之一。”

卡鲁长叹一声：“我知道。”在她出生前，贝恩就一直向布里斯通提供牙齿——美洲灰熊、黑熊和北极熊以及猞猁、狐狸、美洲狮、狼，有时甚至是狗。他专营食肉动物的牙齿，在这里总能卖个高价。卡鲁曾多次向布里斯通指出，这些动物对这个世界也极有价值。那一堆牙齿意味着多少美丽的动物被猎杀？

布里斯通从金属箱里取出两枚金色的大徽章，每枚如小碟般大小，上面刻有他的肖像。卡鲁注视着大徽章，沮丧不已。两枚加夫里，足以让她拥有飞行和隐身的能力。布里斯通把加夫里推给桌子另一边的贝恩。卡鲁气鼓鼓地看着贝恩把加夫里放进口袋，小心翼翼地从椅子上站起来，以免激怒阿吉丝。他用死鱼眼得意扬扬地瞟了卡鲁一眼，然后又朝她挤眉弄眼。

阿萨领他出去时，她紧咬牙关，一言不发。一大早卡兹在模特展台上朝她挤眉弄眼，晚上这个家伙又朝她挤眉弄眼。今天真是倒霉透了。

门关上后，布里斯通示意卡鲁上前。她把帆布裹住的象牙拖到他那里，然后一撒手，那一大捆象牙咚一声倒在地板上。

“小心点，”他呵斥她，“你知不知道这些东西有多贵重？”

“我当然知道，我刚付过钱。”

“那是人类的价值。那些白痴们会把它们割成一块块，然后制成小饰品和小玩意。”

“你用它们来干什么？”卡鲁问。她让自己的声音听起来很随意，似乎布里斯通可能会忘乎所以，最终泄露核心机密：他到底用这些牙齿干什么。

他只是疲惫地看了她一眼，似乎在说，想得美！

“怎么了？是你先挑起来的。不，我不知道象牙的非人类的价值。我一点儿也不知道。”

“无价。”他开始用弯刀割开胶带。

“还好我随身带了些卡皮，”卡鲁说，一屁股坐在刚才贝恩坐过的椅子上，“要不，你的无价之宝早落到别人手里了。”

“怎么了？”

“你没给够我钱。那个家伙不断地加价，他一心想把这些象牙弄到手，所以我……也许我不该那样，因为你并不赞同我的……小肚鸡肠。

你是这么说的吧？”她甜甜一笑，晃动着项链上其余的珠子。现在它短得像条手链。

她把早上用于卡兹的那招用在那个家伙身上，向他发起一连串的猛攻，让他身体发痒直到他落荒而逃。布里斯通当然知道这事。他无所不知。她想，要是他能说上一句“谢谢你”，那该有多好。相反，他只是把一枚硬币啪地扔在桌上。

一枚少得可怜的铜闪。

“就这点啊？那个大胡子带走两个加夫里，而我累死累活，替你拖着那些鬼东西穿过整个巴黎，你才给我一个铜闪？”

布里斯通不理她，取掉包着象牙的帆布。特维加过来和他商量事情，他们用自己的本族语嘀嘀咕咕地说着话，卡鲁从小就说这种语言，是自然学会，不是靠许愿得来的。这是一种很刺耳的语言，全是些低吼音和摩擦音，大部分的音都是从喉咙里发出来。相比之下，德语或希伯来语似乎悦耳动听得多。

他们讨论象牙的形状，卡鲁则把头埋在装有卡皮的茶杯中，给她那串几乎无多大用处的许愿链添加许愿币。她把原先的长颈链变成一条由多股珠子组成的手链。等到特维加把象牙搬到他那个角落准备清洗时，卡鲁打算回家。

家。这个字一直萦绕在她耳边。她尽可能把自己的小屋弄得温馨舒服，房间摆放着各式的艺术品、书籍、华丽的灯笼以及像猞猁皮般柔软的波斯地毯。当然，还有占据一堵墙的天使翅膀。但她还是无法填补它的空虚：空气里只有她一个人的气息。孤身一人时，她心里空落落的。每当她想到这点，失去某种东西的感觉一层层漫上来。卡兹在她身边时，虽然填补了部分的失落感，但远远不够。永远不够。

她想起过去睡的小床，现在折叠着放在商店高高的书架后面，古怪地希望她今晚能待在这里过夜。她会像往常一样，在布里斯通和特维加的嘀咕声、阿萨缓缓的滑行声、暗处小东西疾走时发出的沙沙声中安然进入梦乡。

“宝贝。”亚西里端着一只托盘急急从厨房奔出来。除了一壶茶，盘里还有一碟角型牛奶沙司——她的招牌糕点。“你一定饿坏了。”她用鹦鹉的声音说。瞥了一眼布里斯通，她补充了一句，“让一个还在长身体的女孩子整天东奔西走不益于她的健康。”

“那人就是我，东奔西跑的女孩。”卡鲁说。她拿了个糕点，倒在椅子上吃起来。

布里斯通扫了她一眼，对亚西里说：“我可不觉得一个还在长身体的女孩靠糕点为主食会有益健康。”

亚西里哼了一声：“你这个无情的家伙，就算你这么说，我还是很乐意做些她爱吃的饭菜。”她转过头对卡鲁说：“你太瘦了，宝贝。这可不好。”

“嗯，”阿萨抚摸着卡鲁的头发，表示同意，“她应该是猎豹，你不觉得吗？强壮而慵懒，不太瘦，毛发被晒得发烫。一个营养良好的豹女郎，舔着一碗奶油。”

卡鲁笑了，继续吃东西。亚西里根据他们各自的口味给他们倒茶。就是说，布里斯通的茶要放四颗方糖。过了这么些年，卡鲁仍在想，真滑稽，这个愿望贩子居然爱吃甜食。卡鲁注视着他。喝完茶后，他又埋头做永远也做不完的工作，把牙齿串成一串串的项链。

“阿拉伯大剑羚。”她认出他从托盘选出的那颗牙齿。

他不为所动。“小屁孩都认得出羚羊牙。”

“那就挑颗难认的。”

他递过来一颗鲨鱼牙齿。卡鲁一下子想起小时候她和他坐在这里辨认牙齿的那些难忘的时光。“灰鲭鲨。”她说。

“长鳍还是短鳍？”

“噢。呃。”她一动不动，用拇指和食指握住牙齿。从她年少时起，布里斯通就锻炼她这方面的能力。她能通过牙齿细微的振动辨认出牙齿的来源及它的完整性。她说：“短鳍。”

他咕哝了一声，算是表扬了她。

“你知不知道，”卡鲁问他，“灰鲭鲨在娘胎里就开始互相残杀？”

正摸着阿吉丝的阿萨，恶心得“嗤”地叫了一声。

“真的。只有吃同类的胎儿才能存活到被生下来。要是人类也这样，你能想象会怎样吗？”她把两只脚搁在桌上。此举立刻招来布里斯通谴责的目光，她吓得赶紧把脚放下来。

店里暖意洋洋，她有点昏昏欲睡。她想念放在角落里的小床、亚西里为她做的被子。因为陪伴了她多年，被子变得非常柔软。“布里斯通，”她犹犹豫豫地说，“你觉得……”

这时，传来一阵猛烈的敲击声。

“噢，天哪。”亚西里说，边收拾茶壶茶杯等东西，边焦虑不安地叩着她的喙。

敲击声来自商店的另一个门。

在特维加工作区的后面，灯光照不到的地方，还有一个门。卡鲁长大至今，这扇门从未当着她的面打开过。她不知道门里面有什么。

敲门声再次响起。猛烈的敲门声震得罐子里的牙齿嘎嘎作响。布里斯通站了起来，卡鲁知道她应该做什么。她也应该站起来，马上离开。但她无精打采地坐在椅子上。“让我留下来，”她说，“我睡在小床上，不出声、不看——”

“卡鲁，”布里斯通说，“你知道规矩。”

“我讨厌这些鬼规矩。”

他向前走一步。要是她还坐着不动，他准备把卡鲁从椅子上拉起来。卡鲁马上跳起来，举手投降。“好了，好了。”砰砰的敲门声还在响着。她穿上外套，又从亚西里的托盘里拿了一块糕点，然后才让阿萨领她进了前厅。她们出来后门就关上了，切断了所有声音。

她懒得问阿萨来人是谁——阿萨绝不会泄漏布里斯通的秘密。她可怜兮兮地说：“我刚要问布里斯通能否让我睡在小床上。”

阿萨身体前倾亲了亲她的脸，说：“噢，甜妞，再好不过了。我们可以在这里等。你小的时候我们常那样做。”

哦，是的。卡鲁太小还不能独自离开商店外出时，阿萨让她待在这里。她们有时在这个小小的地方蹲上好几个小时，阿萨变着法子用唱歌或画画的方式逗她开心——事实上，正是阿萨开启了她的绘画才能——或把毒蛇盘在她头上当花环。而在里边，布里斯通忙着处理那扇门的另一边所发生的事情。

“你可以再进去，”阿萨接着说，“……等一会儿。”

“没事，”卡鲁疲惫地说，“我这就走。”

阿萨拉着她的手说：“做个好梦，甜妞。”卡鲁缩着肩，重新回到寒冷的世界。她正走着，布拉格的钟楼开始午夜报时。漫长难挨、令人不快的星期一终于结束了。

9

魔鬼之门

阿吉瓦站在利亚得市一栋屋顶的平台边上，俯视着下面那条小巷的一个门口。它平平常常，和其他的门口相差无几。不过，他知道这个门口是干什么用的。他的眼睛一阵刺痛，他闻到施了魔法的门口发出一股刺鼻的气味。

这是魔鬼通往人间的入口之一。

他张开透过影子才能看见的大翅膀，朝那个门口俯冲下来，落地时抖落雨点般的火花。一个街道清洁工看见他，当即双膝跪地。阿吉瓦没有理会他，一只手紧握剑柄，转身面对门口。他只想拔剑攻进布里斯通的店里，手起刀落消灭他们，迅速摧毁那里的一切。但是，施了魔法的门口并不好对付，他最好还是别去招惹它。于是，他来这里做该做的事。

他把手按在门上。他的手隐隐发光，接着传来一股烧焦的味道。当他把手拿开时，门上赫然留下一个手印。

他转身走开，人们退避到墙边让他过去。

当然，他们没有看到他真实的样子。他那熊熊燃烧的翅膀被施了魔法，隐了起来。照理说，他应该能像普通人一样从人群中穿过而不引人注意，但他自己把这事搞砸了，人们的视线不由自主地被他吸引过去。他们看到一个高大的年轻人，美如天神——美得夺人心魄，现实生活中极少能遇上——在人群中穿行，动作如猛禽般优美自然，似乎根本没有注意到他们，好像他们是天神花园里的雕像而已。他身佩宝剑，袖子卷到胳膊肘，露出黝黑的皮肤和发达的肌肉。他那双手更让人好奇，上面布满了白色的疤痕和黑色的文身——一条条简单、重复的黑线穿过手掌延伸到各指的指尖。

他的黑发短得几乎贴到头皮上，额头的发际线呈V字形，金黄色的肌肤被晒成古铜色，脸上凸起的部位——高耸的颧骨、突起的眉骨、高挺的鼻梁——颜色更深，似乎他一生都生活在充满蜜色的阳光之中。

虽然他美得惊人，冷若冰霜的神情却令人望而生畏，很难想象他会绽放一丝笑容。的确，阿吉瓦已有多年不曾笑过，也无法想象自己会再展颜一笑。

所有这些印象转瞬即逝。让人驻足凝眸的是他的那双眼睛。

他的眼睛，和老虎的眼睛一样，呈琥珀色，周围有一圈黑边——由浓密的黑色眼睫毛和黑色眼睑组成。在黑边的衬映下，金色的瞳孔状似两束光，闪闪发亮。他的眼睛纯净明亮、漂亮迷人，但有点不对劲，好像缺少某样东西。或许是人性，即人类拥有的善良品质。人类用自身的名字创造出这个词，并无半点戏谑之意。一个老妇人拐过街角时，发现自己挡了他的道。他的目光全部集中在她身上，她倒抽一口冷气。

他的双眼燃烧着熊熊的火焰，她相信他会把她点燃。

她吓坏了，被东西绊了一下。他伸手扶住她，她立刻感到他身上传来一股热流。他从她身边经过，身上的隐形翅膀碰到她，顿时火花四溅。看着他渐渐消失的身影，她站在那里，惊得目瞪口呆，无法呼吸，动弹不得。很显然，他振翅起飞、刮起阵阵热风吹掉她的头巾时，她看见映在地上的翅膀影子扇形展开。

一转眼，阿吉瓦冲上了云霄，在稀薄的空气中，他几乎感觉不到冰晶打在身上的刺痛。他收起施在翅膀上的魔法，霎时，两团熊熊燃烧的火焰划过黑色的苍穹。他朝着另一个人类城市全速前进，去找出另一个被魔鬼施了魔法的门口，一个接着一个，直到所有的门口都烙上黑手印。

在世界的另一端，哈梓和里拉兹正做着同样的事。一旦所有的门都被烙上印记，魔鬼的末日即将来临。

一切将由火开始。

10

东奔西跑的女孩

总的来说，卡鲁能游刃有余地穿梭于两种截然不同的生活。一方面，十七岁的她是布拉格的一名艺术学生；另一方面，她替魔鬼跑腿，这个魔鬼是她的家人，与她的关系最为密切。多数情况下，她都能轻松自如地应付两种不同的生活。即使不是每星期，至少大多数星期都是这样。

这个星期是个例外。星期二，她还在上课，基什落在教室的窗台上，用喙敲击着窗玻璃。他带来的字条比昨天的更简洁，上面只有一个字“来”。卡鲁立刻回去。当然了，要是她知道布里斯通派她到那个鬼地方去，她有可能不想回去。

西贡的动物市场是这个世界上她最不喜欢的地方之一。关在笼子里的小猫、德国牧羊犬、蝙蝠、马来熊和长尾猴，不是当作宠物而是当作食物出售。一个屠夫的母亲把牙齿存放在一个骨灰瓮里。卡鲁每隔几个月就得来这里收集这些牙齿。每次她都得喝上一大口酸米酒才算完成交易，害得她肚子不停地反胃，难受不已。

星期三，加拿大北部。两个阿萨巴斯卡猎人，令人作呕地拔出狼的牙齿。

星期四，旧金山，金发女郎。这个爬行动物学家有一批响尾蛇毒牙，是她那倒霉的实验对象留下来的。

“嗯，你可以亲自到店里来。”卡鲁说。她很生气，因为有一张自画像作业第二天要交，她只好找别的时间完成。

客户不来商店的原因五花八门。有些人因为行为不端被取消资格；有些人未经过审查；更多人是害怕戴上蛇环，不过，对这位特殊的科学家来说，这并不成问题，她自愿与蛇打交道。

爬行动物学家打了个冷战。“我去过一次。我觉得那个蛇身女人想要我的命。”

卡鲁忍住笑。“哦。”她明白了。阿萨对爬行动物杀手没有一丝好感，据说她脾气不好时，会哄骗她的蛇把那些人勒个半死。“好吧。”她数出厚厚的一沓钱，总共是二十张纸币递给她。“要知道，你真来的话，布里斯通会付给你更值钱的许愿币。”

让卡鲁难过的是，布里斯通从不委托她发放许愿币。

“也许下次吧。”

“随你便。”卡鲁耸耸肩，摆手和她再见后转身离开，返回时空转换口。穿过入口时，她注意到，门上烙了一个黑手印。她打算把这事和布里斯通说一说，但他在见一位客户，而她还有作业要做，于是就径直回公寓了。

因为花了大半夜的时间画自画像，星期五她一整天都昏沉沉的，希望布里斯通不再传唤她。通常他每个星期派她外出不超过两次，但这个星期已经四次了。早上，画维克多时，他身上只搭条女式长围巾——苏姗娜最见不得他这样——她时不时朝窗口瞥上一眼。下午画油画时，她一直害怕基什会出现，但整个下午它没有再露面。放学后，外面下着蒙蒙细雨，她站在窗台下等苏姗娜。

“哇，”她的朋友叫道，“是卡鲁。大伙儿，都看清楚点。以后想要见到这个神出鬼没的家伙可是越来越难了。”

卡鲁注意到她讽刺的口吻。“毒药厨房？”她满怀希望地提议。像陀螺似的忙了一周后，她很想到咖啡厅，蜷缩在沙发里，和朋友东聊西扯，开怀大笑，画画素描，喝喝热茶，弥补失去的正常生活。

苏姗娜挑起眉毛：“噢，不用办事了？”

"不用了，谢天谢地。走吧，我快冷死了。"

"我不知道，卡鲁。也许我今天有秘密任务。"

卡鲁咬着嘴唇，不知道说什么好。她恨布里斯通向她隐瞒秘密，她更恨自己不得不以同样的方式对待苏姗娜。哪门子的友谊是建立在回避、谎言的基础之上的？长大后她才发现，她几乎不可能有朋友；谎言阻碍她交任何朋友。更糟的是，因为她生活在商店里——完全忘记请朋友过来玩一玩这事儿了。每天早上，她通过时光转换口到曼哈顿上学，放学后接着去练习空手道和合气道，晚上再通过时空转换口回到商店。

在曼哈顿附近一个叫东村的地方，有一栋废弃的大楼，里面有一扇用木板钉成的门。上小学五年级时，一个名叫贝琳达的朋友看见卡鲁从那个门口走进去，便断定她无家可归。消息很快传开了。家长老师也都被卷了进来。因为一时没能说出那个冒牌奶奶伊丝塔的名字，卡鲁被国土安全部监护起来。她后来被送到青少年之家。第一天晚上她从那里逃出来，再也没有回去。那件事之后，她换到香港上学。每次从时空转换口进出，她都特别小心，以防被人看见。然而，这意味着她要撒更多的谎，隐藏更多的秘密，因此不可能交上真正的朋友。

现在她已经长大，不再有社会服务人员四处探查。但至于交朋友这档事，她每次都如履薄冰。苏姗娜是她最好的朋友，她不想失去这个朋友。

她叹了一声："这个星期我很抱歉。忙死了。是工作——"

"工作？你从什么时候起工作了？"

"我当然得工作。你认为我靠什么为生，雨水和白日梦？"

她指望苏姗娜会笑起来，但她的朋友只是斜视着她："卡鲁，我怎么会知道你以什么为生？我们做朋友多长时间了，你从来没提过工作、家庭或其他事？"

忽略"家庭或其他事"，卡鲁回答："嗯，算不上是份工作。我只是为那家伙跑跑腿，帮他提提货，接待一下客人。"

"什么，像个毒贩？"

"行了，苏苏。我想，他是个……收藏家。"

"噢？他收藏什么？"

"一些杂七杂八的东西。谁在乎？"

"我在乎。我有兴趣。这听起来有点邪门。卡鲁，你没有卷入什么邪门的事吧？"

噢，没有，卡鲁想。根本没有。深吸一口气，她说："我真的不能说。那不是我的事，是他的事。"

"很好。随便你。"苏姗娜抬脚走进雨中。

"等等。"卡鲁在后面叫她。她很想说一说这事，把一切告诉苏姗娜，向她抱怨无聊的一周——象牙、噩梦般的动物市场、布里斯通只付给她铜闪，以及从另一个门传来让人毛骨悚然的"砰砰"敲门声。她可以把这一切画在素描本上，那只是一部分，远远不够。她想找人倾诉。

当然，那是不可能的事。"我们可以去毒药厨房吗？"她疲惫地低声问道。苏姗娜回过头，看见卡鲁露出悲伤、无助的表情。只有当无人注意时，她才偶尔这样做。更糟的是，它像是事先埋伏在那里——一直隐藏在那里，她所有其他的表情只是用来掩盖它的一组面具。

苏姗娜的语气变得温和起来："好，行。我太想吃红烧牛肉了。明白吗？想死了。哈哈。"

下了毒的红烧牛肉。那是她们两人最爱用的一句戏言。卡鲁知道这场暴风雨总算过去了。暂时过去。下次又该怎么办呢？

因为没有雨伞，她们挤在一起，冲进雨中，匆匆朝毒药厨房走去。

"你应该知道，"苏姗娜说，"那头蠢驴一直在毒药厨房闲逛。我猜他可能正坐在那等你呢。"

卡鲁低声说："好吧。"卡兹不断地给她打电话，发短信，她一直没有理睬他。

"我们可以到别处——"

"不。我不会把毒药厨房让给那个啮齿动物。毒药厨房是我们的。"

“啮齿动物？”苏姗娜重复一遍。

这是阿萨最喜欢用来骂人的话。就阿萨的饮食习惯而言，这是合乎逻辑的。她的食物主要是一些有皮毛的小动物。卡鲁说：“是的。啮齿动物。老鼠肉加上面包屑和番茄酱——”

“啊哟。住嘴。”

“要不，你可以用仓鼠代替。”卡鲁说，“或天竺鼠。知道吗，秘鲁人用小树枝串起天竺鼠烤着吃，就像吃棉花糖那样。”

“住嘴。”苏姗娜说。

“唔，吃天竺鼠的习惯——”

“别说了，我快要吐了。求你了。”

卡鲁真的停住不说了，不是因为苏姗娜的恳求，而是她瞥见一个熟悉的影子。不，不，不，她对自己说。她没有——也不会转过头去。不要是基什，不要在今晚。

苏姗娜注意到卡鲁突然不说话，问道：“没事吧？”

远处路灯下，她又看到那个影子。因为它离得太远，很难引起别人的注意。是基什，绝对错不了。

可恶！

“我很好。”卡鲁说，毅然继续朝毒药厨房走去。不然的话，她该怎么办？猛拍脑门，说突然想起还有事要做？都走这么远的路了，说这谁信啊。她很想知道，要是苏姗娜有机会见到布里斯通的这只动物小信使——一对蝙蝠翅膀怪异地从长满羽毛的身上冒出来的家伙，她会说些什么。就苏姗娜而言，她可能会做一个蝙蝠木偶。

“木偶项目进展如何？”卡鲁问，尽量让自己表现正常。

苏姗娜眼睛一亮，开始滔滔不绝地说了起来。卡鲁看似在听，实际上，她心神不定，想着违抗命令带来的后果。如果她不回去，布里斯通会做什么？他能做什么，出来抓她回去？

她意识到基什在跟着她，当她低头穿过拱门走进毒药厨房的院子时，她朝它使了个眼神，好像说，我看见你了。我不打算回去。它偏着头望着她，茫然不知所措。她不再理它，径直走了进去。

咖啡厅里人满为患。庆幸的是，四处未见卡兹的身影。本地工人、背包客、外籍艺术家、学生等形形色色的人坐在棺材旁消磨时间。不少人在抽烟，整个咖啡厅烟雾弥漫，使得戴着防毒面具的罗马雕像看上去如鬼魅般阴森可怕。

“可恶！”卡鲁说，看见三个脏兮兮的背包客懒洋洋地斜坐在她们最喜欢的桌子旁，“‘瘟疫’有人坐了。”

“到处都坐满了，”苏姗娜说，“可恶的《孤独星球指南》。我迟早要回去，在胡同尾打劫那个该死的旅游书作者，让他再也找不到这个地方。”

“这么暴力。这段时间你老想打劫和电击任何人。”

“没错，”苏姗娜同意，“我敢说，每天我讨厌的人越来越多。每个人都让我生气。我现在就这样，等我老了会变成什么鬼样？”

“你会变成一个自私自利的老太婆，用玩具枪从阳台上向孩子射击。”

“不，玩具枪太小儿科。我更喜欢弹弓，或火箭炮。”

“你真是个辣妹。”

苏姗娜行了个屈膝礼，然后泄气地扫了一眼挤满人的咖啡厅。

“妈的。想上别处去吗？”

卡鲁摇摇头。她们的头发全湿透了。她可不想再走出去，只想坐在她最喜欢的咖啡厅里，她最喜欢的那张桌子旁。在她夹克上衣口袋里，她把玩着这个星期为布里斯通跑腿得来的铜闪。“我想那几个家伙打算离开了。”她朝坐在“瘟疫”旁的背包客点了点头。

“我可不这么想，”苏姗娜说，“他们的啤酒满满的。”

“不，我想他们会的。”卡鲁手中的一个铜闪消失了。不一会儿，那几个背包客站了起来。“我说得没错吧。”

这时，她仿佛听到布里斯通的批评：把陌生人从咖啡桌旁赶走：自私。

“真是邪门。”当她们悄悄溜到巨型马雕像后面占那张桌子时，苏姗娜说。

几个背包客一脸茫然地离开了。“他们有点可爱。”

“噢？想叫他们回来吗？”

“好像我当真似的。”她们严禁自己与背包客男孩打交道。这些人一阵风似的涌来，过不多久，个个胡子拉碴，衬衫皱巴巴，看起来样子都差不多。“我只是觉得他们可爱。还有，他们看起来有点失落，像几只小狗。”

卡鲁感到一阵内疚。她都在做些什么？无视布里斯通的命令、滥用许愿币，做出让无辜的背包客冒雨出去这样卑鄙的事情。她一屁股坐在沙发上，疲惫不堪，头痛欲裂，头发湿漉漉。她没法不去想许愿贩子的反应。他会说什么呢？

她和苏姗娜吃红烧牛肉时，眼睛不断地朝门口瞟去。

“提防谁？”苏姗娜问。

“噢，只是……是怕卡兹会来这里。”

“呃，要是他真来，我们把他按到这棺材里，然后把盖子钉上。”

“好主意。”

她们点的茶被盛在一套古银色的茶具里端了上来，装糖和奶油的碟子分别刻着“砒霜”和“士的宁”的字样。

“那么，”卡鲁说，“你明天会在剧院见到小提琴手，有什么计划？”

“我没什么计划。”苏姗娜说，“我只想略过这一章，直接跳到他成为我男朋友那一章。更不想提，你是知道的，他只意识到我存在的那章。”

“好了，你不会真的想跳过这一章。”

“是的，我会。”

“跳过遇见他那一章？那些蝴蝶、心如撞鹿、羞得满脸通红？你们第一次走进对方磁场的那一章，它就像看不见的能源线把你们两个拴在一起。”

“无形的能源线？”苏姗娜重复了一遍，“你是不是变成了那些戴着水晶，看透人们心思的新世纪怪人之一？”

“你知道我在说什么。第一次约会、第一次牵手、第一次亲吻，心里蠢蠢欲动却故作矜持。”

“哦，卡鲁，你这个浪漫鬼。”

“算不上。我是说，开始部分是极美好的，你和他，两颗悸动的心碰撞出爱的火花，爱情之花在心中盛开。不过，男人到最后都不可避免地露出让人痛恨的真面目。”

苏姗娜做了个鬼脸。“他们不可能全是坏人，对吧？”

“不知道。也许不是。也许只有长得帅才会变。”

“可他长得很帅。上帝，我希望他是个靠谱的人。你觉得他可能既专情又单身吗？说真的，概率如何？”

“微乎其微。”

“我知道。”苏姗娜颓然往后一靠，倒在沙发上，缩成一团，像个被人抛弃的木偶。

“帕沃尔喜欢你，你是知道的。”卡鲁说，“他是大家公认的好男孩。”

“是的，帕沃尔是很可爱，但他身上连蝴蝶的影子都没有。”

“蝴蝶在肚子里，”卡鲁舒了口气，“我知道。知道我怎么想吗？我认为蝴蝶一直在你的肚子里，在每个人的肚子里，一直都在——”

“像细菌？”

“不，不像细菌，像蝴蝶。一些人的蝴蝶与另一些人的蝴蝶起化学反应，像信息素一样。当他们靠近你时，你的蝴蝶开始翩翩起舞。这是化学反应，它们控制不住自己。”

“化学反应。太浪漫了。”

“我知道，对吧？蠢蝴蝶。”卡鲁很喜欢这个想法，于是打开素描本动手画蝴蝶：卡通式的肠和胃里挤满了蝴蝶。卡鲁给它起了个拉丁语名字：凤蝶胃。

苏姗娜问："那，如果是化学反应的话，有件事你没有说。是不是那头蠢驴仍让你的蝴蝶翩翩起舞？"

卡鲁抬起头："哦，不。我想他让我的蝴蝶呕吐。"

苏姗娜刚吸了一口茶，她赶紧用手捂住嘴巴不让茶水喷出来。她笑得直不起腰来，好不容易才把茶吞下。"呃，好恶心。你的肚子全是蝴蝶呕吐物。"

卡鲁也笑了，继续作画。"老实说，我觉得我肚子里全是死去的蝴蝶。卡兹把它们全弄死了。"

她写道：凤蝶胃：娇弱的生物，经不起霜冻和背叛。

"那又怎样，"苏姗娜说，"爱上他那种人，它们只能是些愚蠢的蝴蝶。你的肚子会长出新的、更理性的蝴蝶。聪明的新蝴蝶。"

卡鲁喜爱苏姗娜，因为她愿意陪她把这出傻戏演完。"没错。"她举起茶杯说，"祝新一代的蝴蝶，希望它们比上一代聪明些。"说不定它们正在胖乎乎的蚕茧里茁壮成长。没有蚕茧也说不定。很难想象没过多久，她的心会不可思议地有触电般的酥麻感。她想，最好别为这事操心。她不需要它。她不想要它。对爱情的渴望让她觉得自己像只小猫，整日里围着男人转，喵喵地叫个不停，好像在说：摸摸我、摸摸我、看看我、喜爱我。

最好做一只站在高墙上冷眼向下望，表情神秘莫测的猫。一只冷漠、不需要任何人的猫。她为什么不能成为那样的猫？

做一只那样的猫！她写道，并在那页的边角画了一只神情冷漠的猫。

卡鲁希望自己成为一个独来独往的女孩，过着悠闲自得、逍遥自在的生活，但她做不到。她很孤独，害怕内心深处的那股失落感会扩大并……吞噬她。她渴望有个看得见、摸得着的人守在她身边，轻抚她的颈背；在黑暗中回应她的喊声；下雨时，撑着雨伞接她回家；见到她时展露灿烂笑容；拥着她在阳台上跳舞；了解她的秘密，遵守他的诺言，对得起她的信任。无论他到哪里，他都会用他们俩的臂膀和他的温声细语营造出一个小小的世界。

门开了。她望了望镜子，竭力抑制住想骂人的冲动。在游客的后面，那双有翅膀的影子清晰可见，它又悄悄溜进来。卡鲁站起来，朝卫生间走去。在那里，她取下基什送来的字条。

上面还是只有一个字。但这次，这个字是：请。

11
请

请？布里斯通从未说过“请”字。卡鲁匆匆穿过城区，心急如焚。要是字条上用了些吓人的字眼比如：现在、否则等，她不会如此心烦意乱。

让她进门后，阿萨一反常态，一言不发。

“怎么回事，阿萨？是不是我有麻烦了？”

“嘘。进来吧，今天尽量不要斥骂他。”

“斥骂他？”卡鲁大为不解。她想，如果有谁要被斥骂的话，这人一定是她。

“你有时对他太苛刻，好像它还不够苛刻似的。”

“好像什么不够苛刻？”

“他的生活。他的工作。他的生活就是工作，毫无乐趣，永远也做不完。他的生活过得很艰难，可有时你雪上加霜，使他的生活过得更艰难。”

“我？”卡鲁惊呆了，“我是不是打断了你们的谈话，阿萨？我根本不知道你在说什么？”

“嘘，我说。我是说你尽量友善些，像你小时候那样。你给我们大家带来莫大的快乐，卡鲁。我知道过这种生活，对你来说不容易，但尽量记住，一直尽量记住，你不是唯一有麻烦的人。”

阿萨的话音刚落，内门开了，卡鲁走了进去。她很困惑，做好应付布里斯通的准备。可当她看见他时，全然忘了自己要说什么。

他重重地靠在桌子上，一只手托着他的大头，另一只手握着挂在脖子上的许愿骨。焦虑不安的基什从主人头上的一只角跳到另一只角，关切地发出蟋蟀般唧唧的叫声。卡鲁畏畏缩缩地停了下来。“你……还好吧？”话一说出口，她觉得别扭极了。她忽然意识到，她过去总爱穷追不舍地问他问题，但她这辈子还从未这样问过他。她一直没有理由这么问——他情感极少外露，更别提软弱或疲惫。

他抬起头，松开许愿骨，简单地说了句：“你来了。”他的声音听起来有点吃惊。卡鲁感到很内疚，但压在心中的那块大石头总算落地了。

为了让气氛变得轻松些，她说：“嗯，你知道，‘请’是个神奇的字眼。”

“我想，说不定我们失去你了。”

“失去我？你的意思是你以为我死了？”

“不，卡鲁。我以为你翅膀硬了。”

“我……”她的声音变小。翅膀硬了？“你什么意思啊？”

“我总在想，有一天你的生活之路会在你脚下展开，把你从我们身边带走。这是理所当然、无法更改的事。但我很高兴那天不是今天。”

卡鲁站在那里盯着他看。“当真？我搞砸了一件差事，你就以为我一走了之？我的老天！你是怎么看我的，以为我就那样消失了？”

“让你离开，卡鲁，就像打开窗户让蝴蝶飞出去。没人会指望蝴蝶再飞回来。”

“我不是只怪蝴蝶。”

“不。你是人类。你生活的地方是人类的世界。你的童年快结束了——”

“那……又如何？你不再需要我了？”

“相反，我比以往更需要你。正如我所说，我很高兴今天不是你离开我们的那天。”

将会有那么一天，她要离开她在魔界的家人，而且，如果她想离开的话，无人会阻拦她。这对卡鲁来说挺新鲜的。她不想离开。哦，她只是想少去办些让她毛骨悚然的差事，但并不表示她像只蝴蝶，不断地撞击玻璃，试图飞出去，再也不回来。她不知说什么好。

布里斯通把一个钱包从桌子那边推过来给她。

差事。她几乎忘了她来这里的目的。气愤之下，她一把抓住钱包，翻了翻里面的钱。迪拉姆币，那就是要去摩洛哥了。她皱起眉。“伊兹尔？”她问。布里斯通点点头。

“可是时间还没到。”每个月的最后一个星期天，是卡鲁和马拉喀什的一个盗墓者固定的见面时间。今天是星期五，提早了一个星期。

“是时候了。”布里斯通说。他指了指身后一个高高的药罐。卡鲁非常熟悉这个罐子，通常里面装满了人类的牙齿。现在罐里的牙齿几乎全没了。

“呃。”她扫了一眼架子，大为吃惊。她看到许多罐子里的牙齿也相应减少了。她记不起牙齿的存量什么时候曾变得这么少过。“哇。你真的快把牙齿用光了。发生了什么事？”

她问了个很蠢的问题，好像她能明白他把那么多的牙齿用在什么地方一样，虽然从一开始她就不知道它们是用来干什么的。

“看看伊兹尔有什么，”布里斯通说，“要是有别的办法，我也不愿意派你到别处去收集人类牙齿。”

“是的，我也希望如此。”卡鲁伸手轻轻摸了摸肚子上的枪痕，想起圣彼得堡，那一趟差事出了大岔子。人类的牙齿，尽管在世界上储量极为丰富，可能……设法弄到……很有趣。

她永远不会忘记看见那些女孩的情景。每当卡鲁想起她们，她总会加上一个虚构的结尾。阿萨教她用这个办法对付噩梦，好让她重新入睡。只有当她相信自己给那些女孩足够的时间逃离人贩子时，她才敢去想这件事。说不定她这么做了。她试过了。

被枪打中真是太奇怪了，她发现自己毫不惊慌，快速地拔出藏在身上的刀，用它反击。

用刀。用刀。

她练习格斗多年，但在圣彼得堡事件之前，她从不需要捍卫自己的生命。

一瞬间，她发现自己知道怎么做。

“试试德吉玛广场，”布里斯通说，“基什在那里发现了他，不过，从我第一次传唤你到现在已过了几小时了。要是你走运的话，他可能还在那里。”说完，他埋头开始工作，继续串他前面的那盘猴子牙齿。很明显，他下了逐客令，卡鲁该离开了。现在他变回了原来的那个布里斯通。卡鲁很高兴。布里斯通像换了个人似的，在字条上用“请”字，说什么她是蝴蝶，这表明他很不安。

“我会找到他，”卡鲁说，“我会很快回来，口袋里装满牙齿。哈，我敢打赌今天世界上任何地方都没人说过这句话。”

许愿贩子没有回应。卡鲁犹犹豫豫地走向前厅。“布里斯通，”她说，回头看了看，“我想让你知道，我永远不会……离开你。”

他抬起他那双爬行动物的眼睛，它们疲惫而睡眼惺忪。“你无法知道你会做些什么，”他说，伸手摸着脖子上的许愿骨，“我不会把它当成一个诺言。”

阿萨关上门。直至跨出门口进入摩洛哥之后，卡鲁都无法摆脱他那判若两人的样子，心中忐忑不安，隐约觉得要出大事了。

12
截然不同的人

阿吉瓦看见她走出来。他正朝门口走去，离门只有几步之遥。这时门吱呀一声打开，施了魔法的门释放出一股呛鼻的味道，把他的牙齿都酸倒了。一个女孩穿过时空转换口走了出来。她的头发湛蓝。一般人不太可能有这种颜色的头发。她似乎在想些什么，匆匆从他身边走，没有看到他。

他一言不发，站在那里目送她离开。她和那头飘逸的蓝发很快消失在拐角，再也看不见。他振作精神，转身来到门口，把手放在门上。门被烙得吱吱作响，烟雾中，他的手印出现在门上。事情办完了：他烙完了最后一扇门。在世界的另一头，哈梓和里拉兹也将完成他们的任务，然后一路飞往撒马尔罕[①]。

阿吉瓦正准备展翅高飞，开始他最后的一段旅程，先飞到撒马尔罕和他们会合，再一起飞回家。突然，他的心急速跳了一下，接着又跳了一下。他仍站在地上，遥望那个女孩消失的方向。

不知不觉，他发现自己在跟踪她。

她走在前面，头发在路灯的映照下闪闪发亮。阿吉瓦怎么也想不通，像她这样的女孩怎么会跟魔界的人有瓜葛？他见过与布里斯通来往

---

① 撒马尔罕，乌兹别克斯坦第二大城，撒马尔罕州首府，中亚历史名城。

的其他商人。他们都是些冷酷无情的衣冠禽兽，浑身恶臭，像刚从屠宰场里出来。可她呢？她是个亮丽的女孩，体态轻盈、生气勃勃。当然，这肯定不是他对她产生好奇的原因。他自己种类的人个个美丽无比，长得美丽对他们来说毫无意义。在任务即将完成、他应该马上飞上蓝天时，是什么驱使着他跟踪她？他说不清楚，好像前方有个声音在召唤着他。

马拉喀什的麦地拉[1]像座迷宫，三千多条死胡同相互缠绕，犹如一只挤满了蛇的抽屉。但这个女孩似乎很清楚她的行进路线。她一度停下来用手摸摸一种纺织品的纹路。阿吉瓦放慢脚步，脸侧向一边，以便更好地观察她。

在她那张美丽、苍白、毫无防备的脸上，露出一种悲伤、无助的表情——一种失落感——但小贩和她说话时，它霎时化为笑脸。她轻快的回答，使得那个小贩笑起来。他们笑得前仰后合。她的阿拉伯口音低沉、沙哑，有点含混不清。

阿吉瓦像老鹰一样死死地盯着她。几天前，人类对他而言还只是个传说。现在来到他们的世界，他就像走进一本书——一本充满色彩、芳香、污秽、混乱的书——蓝发女孩是整本书的主角，就像仙子是童话故事的中心一样。光线似乎更宠爱她，空气屏息凝神聚集在她身旁，好像这整个地方都在讲述一个关于她的故事。

她是谁？

他不知道，但直觉告诉他，无论她是谁，她都不可能是布里斯通手下那些冷酷无情的盗墓人。他确信，她是个截然不同的人。

他一直盯着她。当她穿过麦地拉时，他悄悄跟在她后面。

---

① 麦地拉，北非城市中的阿拉伯人或非欧洲人的聚居区。

13
盗墓人

卡鲁双手插在口袋里，边走边试图挥散布里斯通带给她的不安。说什么她“翅膀硬了”。到底是怎么回事？好像她是从小没了父母的某种动物，被好心人收养，不久将被放归大自然。想到自己将孤身一人，她感到不寒而栗。

她不想被放归大自然。她渴望被人爱，渴望有个归属，有个永远属于她的家。

“美女，看这里，神奇疗法，可以治愈因忧郁造成的肠胃不适。”有人大声朝她叫喊。她不由得笑起来，摇摇头表示不感兴趣。她想，受伤的心呢？受伤的心可以治愈吗？或许吧。在这些江湖郎中之中，确实有人会施魔法。她听说有个身穿白衣的抄写员给死者写信，而且送去给他们；还有一个讲故事的老人向作家兜售故事点子，代价是他们会折寿一年。卡鲁看见游客们笑着和他签约，根本不把折寿这种说法当回事，但卡鲁相信有这种事。她见过的事情难道不比这更怪吗？

她继续走着，不安的情绪渐渐被这座城市分散。在这样的地方，你很难闷闷不乐。在一些“德比”，意为弯弯曲曲的窄巷，遍地都是地毯，整个世界似乎被地毯所笼罩。在另外一些“德比”，刚染上猩红色和钴蓝色的丝绸滴答往下掉水，落在过往行人的头上。各色各样的语言像奇特的鸟儿满天飞：阿拉伯语、法语、不同部落的语言。女人呼唤孩子回家睡觉，戴着塔布什帽的老人凑在一起坐在门前抽烟。

银铃般悦耳的笑声、肉桂香料发出的香味、随处可见的驴子、无处不在色彩。

卡鲁朝德吉玛广场走去。它是这个城市的神经中枢，是各式各样江湖艺人狂欢的舞台：耍蛇人、舞女、满身灰尘的赤脚男孩、扒手、倒霉的游客；小食摊出售各类食物，从果汁到烤羊头应有尽有。有时，卡鲁巴不得快点办完差事回去。但是，在马拉喀什，她喜欢四处闲逛，喝杯薄荷茶，在素描本上作画，甚至为了买尖头拖鞋和银手链逛遍整个集市。

不过，今晚她不能久待。明摆着，布里斯通急于拿到牙齿。她又想起那些空空的罐子，强烈的好奇心一下子冒了出来。怎么一回事？怎么了？她尽量不让自己胡思乱想。她要找到盗墓人。别忘了，伊兹尔就是一个活生生的教训。

“千万不要好奇”是布里斯通的首要原则之一。伊兹尔没有遵守这一原则。卡鲁同情他，因为她了解他。在她内心深处，好奇心是一团倔强的火，她越想扑灭，它就燃得越旺。布里斯通越是避而不答她的问题，她就越想知道答案。而她有许许多多的疑问。

当然就如，牙齿：它们到底是干什么用的？

另一扇门呢？它通向哪里？

奇美拉人到底是什么样的人，他们来自何方，有没有更多奇美拉人？

她呢？她的父母是谁，她是如何被布里斯通收养的？她是不是像老套的童话故事，如《侏儒怪》[①]里面所说的那样，是父母的第一个小孩子，被迫送给债权人抵债。或者，她母亲是名牙贩，被套在脖子上的蛇勒死了，留下一个婴儿躺在商店地板上大声啼哭。卡鲁想到过种种情形，但真相仍是个未解之谜。

---

① 《侏儒怪》讲述了一个磨坊主的女儿被锁在房间里，国王要她把麦秆纺成金子，她得到了一个侏儒怪的帮助，但代价是她必须把她的第一个孩子送给侏儒怪。

有没有她本来该过的一种生活？有时，她非常肯定。它如同幻影，似乎触手可及，却无处寻觅。无论她在作画还是走路、甚至跳慢舞、一度和卡兹关系密切时，她都有一种用手、腿、身体做点别的事的冲动。别的事。别的事。别的事。

但做什么呢？

她来到广场，在混乱不堪的广场中穿行。她左突右闪避开摩托车和卖艺人，动作随着神秘的格纳瓦音乐的节奏轻盈摆动。烤肉摊上冒起一股股浓浓的黑烟，好像房子着了火似的。一群十来岁的男孩们“嘘嘘”地吹着口哨；卖水装扮的人高喊：“相片！相片！”远处，在一群街头牙医和染着棕红色头发的艺术家中间，她发现了伊兹尔驼背的身影。

隔一个月再见到他，卡鲁就像看见沙漏里的沙在缓缓地减少。卡鲁年少时，他是一名医生兼学者——一个正直、有教养的人，棕色的眼睛笑意盈盈、一把胡子梳得油光发亮。他自己到店里和布里斯通做生意。与其他的牙贩不同的是，每次到店里来，他总像做客似的。他会和阿萨调调情，给她带些小礼物——用蛇皮刻的蛇、玉缀耳环、杏仁；送给卡鲁的则是些布娃娃，以及一套布娃娃用的银色小茶具。他也没有忘记布里斯通。离开商店时，他会随手在桌上留下一块巧克力或一罐蜂蜜。

那是他还没有做出可怕的决定之前的事了。那个决定带来的恶果是他身体弯曲、性情反常、行为变怪、疯疯癫癫。布里斯通不再让他到商店来，所以卡鲁只好来这里见他。

看到他现在的样子，卡鲁心里一阵阵难过。他的腰更弯了，头快要碰到地上，靠一根多瘤的橄榄木拐杖撑着才不至于摔倒；眼睛凹陷，眼周青一块、紫一块；满嘴的假牙在他那瘦削的脸上显得过大。他一向引以为傲的胡子变得稀疏凌乱。任何人从他身边经过，都会对他投以同情的目光。但对了解他的卡鲁来说，几年前他是多么的温文尔雅，而现在的境况实在是惨不忍睹。

一见到她，他的脸顿时亮了起来：“瞧瞧谁来了！许愿贩子的漂亮女儿，甜蜜的牙齿大使，可否请我这个不幸的老家伙喝杯茶？”

“你好，伊兹尔。喝茶的主意不错。”她说，领着他朝他们平常见面的咖啡店走去。

“亲爱的卡鲁，一个月过去了吗？是不是我把见面的时间给忘了？”

“噢，你没忘。是我来早了。”

“哦，见到你真好，但恐怕我没有多少牙齿给那个老魔鬼。”

“你还是有一些？”

“一些而已。”

不同于大部分的牙贩子，伊兹尔不打猎也不杀人。他从不杀生。以前，他在经常发生武装冲突的地区当医生，有法子获得阵亡军人的尸体，他们的牙齿完好无损。现在疯疯癫癫的他失去了谋生手段，只好去挖坟墓找牙齿。

突然，他厉声地说：“嘘，畜生！老实点，看看情况再说。”

卡鲁知道他不是和她说话，很有礼貌地假装没听见。

他们来到咖啡店。当伊兹尔在椅子上落座时，椅子被他压得嘎吱嘎吱地响，椅子腿都变弯了，似乎它所承受的重量远远不止这个废人的体重。“嗯，”他坐定后问卡鲁，“我的老朋友们都好吧？阿萨呢？”

“她很好。”

“我很想念她的脸。你有她最近的画像吗？”

卡鲁随身带着，她拿给他看。

“真漂亮。”他用指尖轻抚阿萨的脸庞，“太美了。人物和画作都美。你很有天分，亲爱的卡鲁。”翻到索马里偷猎者那一幅画时，他哼了一声，“蠢猪。和人类做生意，布里斯通真是忍辱负重！”

卡鲁扬起眉毛。“算了吧，问题不在于他们是人类，在于他们是人渣。”

“太对了。每个种族都有孬种。我说得对吗，畜生？”说后面这句话时，他扭头向后看。这次，空中似乎有人轻声应答。

卡鲁抑制不住自己的好奇心，朝地上瞥了一眼。地砖把伊兹尔的影子清清楚楚地反射出来。这么偷看似乎有点不礼貌，好像伊兹尔的……情况……应该像弱视或胎记那样被视而不见。他的影子看上去与他本人大不相同。

影子不会说谎。伊兹尔的影子显示有个东西附在他背上。这个肉眼看不见的东西身材粗壮、胸肌发达。它的双臂紧紧地钳住他的脖子。好奇心带来了恶果：这鬼东西把他当驴一样使唤。卡鲁不明白这是怎么回事。她只知道伊兹尔许下获取更多知识的愿望，这就是愿望实现的结果。布里斯通曾警告过她，威力强大的许愿币如果使用不当会闯下大祸。这就是一个活生生的例子。

她认为这个肉眼看不见、名为拉兹古的东西拥有伊兹尔渴望知道的秘密。不管是什么秘密，显然，这个代价太高了。

拉兹古在说话。卡鲁模模糊糊地听到一点儿声音，以及吧嗒着两片肉乎乎的嘴唇发出的声音。

“不行，”伊兹尔说，“我不会问她那事的。她肯定不会同意。”

卡鲁只能透过影子看见伊兹尔背上那鬼东西，当他与它争吵时，她很反感地看着他们。最后，盗墓人说：“行了，行了，嘘！我会问的。”然后，他转向卡鲁，一脸歉意地说：“他只想尝一下。”

“尝一下？”她不解地问。他们的茶还没有上来。“尝什么？”

“尝你。许愿女孩。只舔一下。他答应不咬你。”

卡鲁感到一阵恶心：“呃，不行。”

“我说过的，”伊兹尔嘟哝着说，“现在请你安静下来，好吗？”

作为回应，空中传来一声低低的“嘶”声。

一个服务生过来给他们倒薄荷茶。他穿着带风帽的白色外套，把茶壶高举与头齐平，熟练地把长长的水柱倒进雕花茶杯里。卡鲁看了看盗墓人凹陷的脸颊，又点了些糕点。待他吃饱喝足后，她问：“你有些什么牙齿？”

他把手伸进口袋，掏出一把牙齿放在桌上。

躲在离咖啡店不远的一个门影里，阿吉瓦把卡鲁的一举一动全部收入眼底。他直起身子，周围一片寂静，一切似乎静止不动。除了牙齿和那个分拣牙齿的女孩，他一概视而不见。她分拣牙齿的动作，与他所认识的怪兽老巫师的动作如出一辙。

牙齿。它们静静地躺在桌上，一副无辜的样子——从死人嘴里拔出来的几颗小小的脏东西而已。如果待在属于它们的世界，它们只不过是牙齿。然而，到了布里斯通手里，它们有了另外的用途。

阿吉瓦的使命就是了结这肮脏的交易，再就是除掉那个魔鬼的黑暗魔法。

他看着那个女孩很老练地检查牙齿，好像这事她做过了无数遍。他是既失望又恶心。她看上去超凡脱俗，但实际并非如此。他是对的。照他的猜测，她不单纯是个牙贩。坐在那里干着布里斯通的活计，她远不止是个牙贩。她到底是个什么人呢?

“天哪！伊兹尔，”卡鲁说，“这些牙齿太脏了。你直接从墓地拿到这里?”

“普通墓地。很难找到，不过拉兹古帮了我大忙。他总能找到死尸。”

“真能干。”想到拉兹古在一旁对她虎视眈眈，巴望砾上她一口，卡鲁打了个寒战。她把注意力转到牙齿上。除了有少许的干肉附在牙根上外，这些牙齿被拔出来时还沾有不少脏泥。透过这些脏兮兮的东西，很容易看出它们的质量不高，牙齿的主人属于那种爱嚼坚硬食物、喜抽烟斗、不知道牙膏为何物的民族。她把桌上的牙齿扫进她喝剩的茶渣中，拿起杯子晃了几晃，然后把杯里那堆泡透的薄荷茶叶倒出来。现在牙齿显得略微干净些。她一颗颗捡起来，有门牙、臼齿、犬齿。成人牙和儿童牙都有。“伊兹尔，你知道布里斯通不收婴儿牙。”

“你不是事事都了解，丫头。”他厉声地说。

“什么?”

“有时他收的。有过一次。有一次他要了些婴儿牙。”

卡鲁不相信他说的话。布里斯通绝对不买乳牙，不管是动物的还是人类的。她觉得没必要和他纠缠。“好。”她把小牙放在一边，竭力不去想埋在普通墓地里的小尸体，“他没说要乳牙，我只能把它们挑出来。”

她把牙一颗颗拿起来，放在耳边听了听，然后分成两堆。

伊兹尔焦虑不安，目光在两堆牙之间来回穿梭。“他们嚼得太多了，对不对？贪吃的吉卜赛人！他们死后还不停地嚼。没礼貌。一点儿不懂餐桌礼仪。”

大部分牙齿被磨得很钝，几乎全烂了，对布里斯通没任何用处。卡鲁把牙分好后，其中一堆比另一堆多。伊兹尔不知道卡鲁想要哪堆牙，他满怀希望地指着多的那堆。

她摇摇头，从布里斯通扔给她的钱包里掏出几张迪拉姆纸币。就这些少得可怜的牙齿而言，这笔钱不算少，但仍达不到伊兹尔的要求。

“挖了这么多坟墓，”他呜咽道，“为什么呀？几张印着死去国王头像的纸币而已？总是死人在盯着我。”他的声音变小，“我坚持不下去了，卡鲁。我身无分文。我几乎握不住铲子。我像狗似的刨着坚硬的土层。我要垮掉了。”

她的心难受极了：“一定会有别的活路的——”

“不会有了。只有死亡。一个人如果不能体面地活着，就应该体面地死去。尼采说的。他是个智者，留着大胡子。”他捻着那团乱蓬蓬的胡子，想挤出点笑容。

“伊兹尔，你不会是说你想死吧。”

“但愿有办法摆脱……”

“有吗？”她热切地问，“你一定能想出办法的。”

他那摆弄胡子的手指颤了一下：“我不愿去想它，亲爱的卡鲁，不过……要是你愿意帮我，的确有一个办法。你是我认识的人中唯一勇敢而善良的人。呃！”他用手捂住耳朵。看到鲜血顺着他的手指流了下来，她吓得直往后退。一定是拉兹古咬了他。“如果我想问的话，我会问的。怪物！”盗墓人大声地说，“是的，你是个怪物！我不管你以前是什么东西，你现在是个怪物！”

接下来，出现了奇特的一幕。这个老人和自己扭打在一起。服务生在一旁左躲右闪，焦虑不安。卡鲁赶紧把椅子往后挪，尽量不让看得见或看不见的手脚甩到自己。

“住手。快住手！”伊兹尔大叫，眼冒凶光。他让自己站稳，然后举起拐杖拼命地击打自己的肩膀和趴在那里的东西。一下又一下，他好像在击打自己。突然，他尖叫一声，扔掉拐杖，跪倒在地，双手捂住耳朵。鲜血滴到他的外衣领上——那鬼东西准是又咬他了。他脸上痛苦的表情让卡鲁再也不忍心看下去。她不假思索地跑到他身边，抓住他的胳膊肘，想扶他起来。

她犯了个大错。

突然间，她察觉有东西嗖地在她脖子上舔了一下。她顿时浑身冒起一层鸡皮疙瘩。舔她的是根舌头，拉兹古终于如愿以偿。她急速跳到一边，听见空中传来一阵类似火鸡发出的令人作呕的笑声。

她实在受够了。她收起牙齿和素描本。

“请等一等。”伊兹尔喊道，“卡鲁，不要走。”

听到他饱含绝望的声音，她犹豫了一下。他在口袋里扒拉着，摸出一样东西。是一把钳子。它看上去锈迹斑斑，但卡鲁知道那不是锈。这是他的谋生工具，上面布满了拔死人牙齿时沾上的肉屑。“来吧，卡鲁。”他说，“除了你，没人能帮我。”

她马上明白了他的意思，惊愕地向后退了一步。“不，伊兹尔，我的天哪。绝不。”

“一个布鲁克能救我！我救不了自己。我已用光了我的。我需要另一个布鲁克消除我的蠢行。你可以许愿让它离开我。求你了。求你了。”

布鲁克。那是比加夫里威力大得多的许愿币。它的交易值很奇特：只能用自己的牙齿交换。全部的牙齿，自己一颗颗拔出来。

想到要一颗颗拔掉自己的牙齿，卡鲁心里有种说不出的恐怖。“别开玩笑了。”她小声地说，对伊兹尔竟然提出这样的要求惊骇不已。不过，他本来就疯疯癫癫，现在看起来更像疯子。

她向后退。

“要是有别的办法，我不会求你的，你知道我不会，可只有这个法子。”

她低着头迅速离开。要不是身后爆发出一声尖啸，她会头也不回一直往前走。尖叫声发自熙熙攘攘、吵吵闹闹的德吉玛广场，顷刻间，它盖过广场所有其他的声音。鬼哭狼嚎般的尖厉叫声，不同于她听过的任何声音。

这绝不是从伊兹尔口里发出来的。

令人毛骨悚然的嚎叫声越来越大，狂乱、颤抖，像水波一样传开，接着，叫声转变成语言——低沉忧伤，没有尖硬的辅音，抑扬顿挫的调子表示它在说话。然而，即使卡鲁收集了二十多种语言，她竟然听不懂它在说什么。她转过身去，看到周围的人也都转过身，伸长着脖子。她注意到当人们看到声音发自何方神圣时，脸上的表情由惊慌迅速转为惊骇。

她也看见了。

伊兹尔背上的那个鬼东西赫然在目。

14

夺魂鸟

虽然卡鲁不懂这种语言，但对阿吉瓦来说，它并不陌生。

“六翼天使，我终于见到你了！”它大声喊道，“我认识你！兄弟，兄弟，我的刑期已满。我愿做任何事！我已洗心革面，我已受到应有的惩罚——”

阿吉瓦茫然不解地盯着趴在老人身上的那只怪物。

它赤身裸体，浮肿的身躯长着两根细长的胳膊，两只手紧紧地箍住老人的脖子，两条废腿晃荡着吊在身后；肿胀的紫色头颅绷得紧紧的，好像里面灌满了血浆，随时会砰一声炸开，血浆四溅。这只怪物实在是丑陋无比。让人憎恶的是，它居然会说六翼天使的语言。

如此诡异的情形骇得阿吉瓦动弹不得，他目不转睛地盯着怪物。听了它的一番话后，他的表情由一开始听到有人说自己母语时的震惊转为惊骇。

“他们硬生生地扯掉我的翅膀！”怪物直勾勾地盯着阿吉瓦。它松开一只手伸向他，声泪俱下，“他们折断我的腿，我只能像地上的爬虫那样爬行！我被逐到这里已有一千年，受了一千年的折磨！现在你来了，你来接我回家！”

回家？

不，绝对不可能。

人们纷纷向后退，不敢看这只怪物。有些人顺着它的视线把目光移到阿吉瓦身上。他意识到自己成为众人的焦点，炯炯有神的目光扫向人群。人们吓得直往后退，低声祈祷。最后，他的目光锁定在二十码开外的一个蓝发女孩身上。在惊慌失措的人群中，她淡定自若的神态极其引人注目。

这时，她转过身凝视着他。

他那张古铜色的脸上嵌着一双金色的眼睛，眼周有一圈黑边。卡鲁心中一震——不仅因为吃惊，更因为肾上腺素急剧上升让她身体产生一连串的反应。她感到身轻如燕，浑身充满力量，随时准备战斗或落荒而逃。但是，不管采用何种方式，必定要经过一番苦战。

他是谁？她的思绪竭力想跟上身体的快速变化。

为什么？

显然，一动不动地站在骚乱人群中的那个男人不是人类。她的掌心“扑扑”直跳，她全身热血沸腾，不由得握紧拳头。

敌人。敌人。敌人。一想到这，她心跳加速：这个双目似火的陌生人是敌人。他的脸——美得夺人心魂。他完美无缺，像虚构中的人物——冷若冰霜。她想拔脚就跑，又不敢背对着他，正左右为难。

是伊兹尔提醒了她。

“天使！”他指着那个男人，尖声喊道，“天使！”

天使。

天使？

“我知道你，夺魂鸟！我知道你来干什么！”伊兹尔转向卡鲁，急切地说，“卡鲁，你必须回到布里斯通那里，告诉他这里有六翼天使。他们又回来了。你一定要告诉他！快跑，孩子，快跑！”

她拔腿就跑。

德吉玛广场乱成一锅粥，看热闹的人潮水般涌来，挡住逃离的去路。卡鲁跌跌撞撞地从这些人中挤过去，把人撞到一边；打滑摔到一头骆驼旁；跳过盘成一团的眼镜蛇。它昂起头攻击她，幸好它的毒牙已被拔掉，没有伤着她。她偷偷地向后张望，发现没人追她——没见他的身影——但她感到他就在附近。

她的每根神经都处于紧张状态。她被人跟踪，成为别人追杀的目标。她全身高度戒备，随时准备战斗。因为没料到匕首在这里会派用场，她甚至忘了把它塞进靴子。

她跑出广场，拐进一条胡同。这里的小胡同从四面八方向广场汇聚。集市的人群渐渐变得稀少，不少人关上了灯。她轻巧、有节奏地大步朝前跑，一会儿出现在亮处，一会儿又闪现在暗处，脚步声轻得几乎听不见。为了避开障碍物，她时不时拐个大弯，同时还不停地向后张望。但她始终没有见到任何人影。

天使。这个词不停地在她耳边回荡。

她离时空转换口不远了，拐个弯，再跑上一条胡同那么长的距离就到了。如果她成功到达那里，她就安全了。

一股热流从上方冲下来，与此同时，她还听到鸟儿拍翅时发出的嗡嗡声。

在她头顶上方，一个巨大的黑影遮住了月亮。有样东西拍打着硕大无比、不可思议的翅膀朝着她俯冲下来。除了炙人的热气、呼呼的拍翅声，她还听到利剑在空中划过的声音。只见剑光一闪，她急忙往旁边一跃，撞到一扇弧形门。门被她撞成了碎块，但剑刃还是刺中了她的肩膀。她随手拾起一块边缘凹凸不平的尖木块，转过身面对攻击她的人。

他和她仅隔着一个人的距离，剑尖朝她。

天哪，端详着他，卡鲁不由感叹起来。

天哪！

真的是天使。

他站在那里，露出了真面目。在炽热的翅膀映照下，他手中的长剑发出白森森的光——巨大的翅膀闪闪发亮，展开的翼幅触及胡同两边的墙壁，每根羽毛都在熊熊燃烧，像风中摇曳不定的烛光。

那双眼睛。

他的目光像根哔哔燃烧的导火索，周围的空气顿时紧张起来。他是卡鲁所见过的最完美的人。她的脑子不听使唤，想到的第一件事是记住他的外表，以便以后把他画在素描本上，这与眼前所发生的事格格不入。

她的第二个念头是不会再有以后了，因为他就要杀死她了。

他身形一动，朝卡鲁扑过来，动作如此之快，以至于翅膀上摇曳的光变得一片模糊。他的剑又刺中了她，这次击中她的胳膊。不过，她扭身躲过致命一击。她的反应迅速，总能和他保持一定的距离。他设法缩小包围圈，剑光中，她左躲左闪，举止敏捷，反应灵活。他们的眼光再次相遇。透过他惊人的美貌，她看到他的眼中毫无人性，没有一丝怜悯之心。

他再度发起攻击。尽管卡鲁反应很快，还是无法避开他的剑。对准她喉咙的剑尖一滑，击中她的肩胛骨。她感觉不到疼痛——如果她没被杀死，过不多久她会有知觉的——只知道热乎乎的血流了出来。他又挥剑刺来，她举起手中的木块抵挡。木块被他拦腰劈断，有半节被劈飞，她手上只剩下半截匕首大小的木块——一件极其拙劣的武器。然而，当天使再次倾身上前时，她闪到他身旁，用尽全身力气把手中的木块刺向他，感觉木块触到他的身体，深深扎了进去。

卡鲁以前也刺过人。她憎恨做这种事，用刀或别的东西扎一个活生生的人让她噩梦不断。她向后退了几步，把临时当作武器的木块留在他身上。他没有流露出任何痛苦或吃惊的表情。当他逼近她时，卡鲁想，这是一张死人的面孔，确切地说，是一张活死人的脸。

真是令人毛骨悚然。

他把她逼到角落。他们俩都很清楚她是逃不掉的。她依稀听到胡同和窗户里传来人们恐慌的惊呼声，但她所有的注意力都放在天使身上。到底是怎么一回事，天使？伊兹尔说了些什么？六翼天使在这里。

她以前听过这个词。六翼天使是一些高阶天使。至少基督教的神话故事是这么说的。布里斯通非常鄙视这些神话故事："随着时间的流逝，人类获得一鳞半爪的真相，刚好够他们杜撰出剩余的故事内容，就像一张用童话故事缝成的被子，上面东一块西一块地打着真相的补丁。"

"照你这么说，什么是真的？"她很想知道。

"如果你能杀死它，或它能杀死你，这是真的。"

根据布里斯通的说法，这是个天使，错不了。

他举起剑，卡鲁呆呆地望着他，注意力被他手上一条条穿过手掌延伸到指尖的黑纹吸引住——一个念头一闪而过，这些线条她似乎在哪里见过——她盯住这个要杀她的人，木然地想知道他为什么要杀她，不相信这会是她生命的最后一刻。她把头侧向一边，拼命地想从他脸上寻找一丝的……柔情……突然，她看到了。

他犹豫不决。在那一瞬间，他的神情起了一丝不易察觉的变化，好像五官骤然软化。虽然一闪即逝，但卡鲁还是捕捉到某种悲怆哀婉的表情。情感的波动使得他那僵硬、完美得可笑的五官柔和起来。他下巴微松，嘴唇略开，眉头紧锁，迷惑不解。

与此同时，她察觉到手掌在突突地跳动。第一次看见他时，因为掌心跳得厉害，她只好握紧拳头。现在它仍然在突突直跳，好像有一股力量被压制在那里。这股来自掌纹的不疾不徐的力量让她无比震惊。冲动之下，她举起双手，当然不是乞求投降，而是掌心朝外，双手用力向前一送。不知道为什么，自她懂事起，她的掌上就文有这两只眼睛。

情况发生了变化。

像是砰一声响——她觉得手上有一股强大的吸力，所有气流都被卷进来形成一个硬核；紧接着，这股强大的气流喷涌而出。它无声无息、无光无色——对那些看得目瞪口呆的目击者来说，什么也没有，只是一个女孩举起双手——但卡鲁感觉到它的力量，天使也感觉到了。一看到她掌心的眼睛，他的脸色大变。接着，一股巨大的力量冲向他，他被撞得飞起来，重重地摔到身后二十英尺外的墙上。他趴在地上，翅膀歪到一边，剑飞落到地上。卡鲁快速爬起来。

天使一动不动。

她转身就跑。不管情况如何，周围一片静悄悄。除了自己的喘息声，她什么也听不到。像是在通道里跑步似的，她呼哧呼哧的喘息声被怪异地放大。她飞快地在胡同拐个弯，身体滑向一边，避开挡在路中间的驴子。入口近在眼前，一排普通的门中的一扇普通的门。现在它却有点不同，门上烙着一个黑色的大手印。

卡鲁飞身朝入口扑去，以前所未有的方式用拳头发疯似的捶着门。“阿萨！”她尖叫，“让我进去！”

这一刻漫长得可怕，卡鲁不停地扭头向后张望。门终于打开了。

她闪了进去，突然痛苦地惊叫起来。她看见的不是阿萨或前厅，而是一个拿着扫帚的摩洛哥妇女。噢，不要。那女人眯起眼睛，张嘴便骂。卡鲁没有犹豫，用力把女人推回去，转身出来把门关上。她疯狂地敲打着门。“阿萨！”

她听到那个女人在大声叫骂，感到她拼命想把门推开。要是门开了，施在门口的魔法就连接不上。卡鲁诅咒了一句，死死把门抵住。她用阿拉伯语大喊：“离门远点！”

她向后张望。街上乱成了一团，有人挥舞手臂，有人大声叫喊。那头驴子站在路中，岿然不动。没有天使的影子。她杀死他了吗？没有。不管发生什么，她知道他没死。他还会来的。

她又用力捶门：“阿萨，布里斯通，快开门！”

回应她的只有那个盛怒的阿拉伯女人的叫骂声。卡鲁用脚抵住不让门打开，继续捶着门：“阿萨！他要杀我！让我进去！”

怎么这么久还不开门？时间一秒一秒地过去，像穿在绳上的卡皮，一只又一只相继消失。有人用力推门，想把门打开。会不会是阿萨——这时，她感到一股热气从背后袭来。这次她没有犹豫，直接转身，用背使劲抵住门不让它开，举起双手，似乎想让她掌心的眼睛看看发生什么事。与上一次不同，这次没有爆炸声，只有轻微的噼啪声，气流扬起她的头发，看上去像有无数的小蛇在舞动。

天使正悄悄靠近她。他低着头，动作缓慢，像在逆风而行，灼灼的目光俯视着她。不管藏在卡鲁掌纹中的什么力量把他震得飞到墙上，它只是阻碍他，却不能阻止他。他的手垂在身旁，握成拳头状，剧痛使他面目狰狞，看上去极其凶狠。

他在离她几步远的地方停了下来，端详着她，仔仔细细地端详着她。他的眼神不再呆滞，而是上下打量着她，先是她的脸和脖子，再到她的掌纹，然后又回到她的脸，来来回回看了好几趟，生怕漏掉了什么东西。

“你是谁？”他用奇美拉语问。他的语调非常柔和，她差点没有反应过来。

她是谁？“难道你平常不调查清楚就随意杀人吗？”

她感到身后门上的压力变了。这次不是阿萨的话，她就完蛋了。

天使向前跨了一步。卡鲁挪到一边，门突然打开。

“卡鲁！”阿萨尖声大叫。

她转身冲进门口，旋即把门关上。

阿吉瓦跟着她冲了过去，猛地把门拉开，没想到迎头碰上一个高声叫嚷的女人。一见到他，那个女人顿时脸色苍白，吓得把扫帚扔到他脚上。

那个女孩已经不见了。

他站了一会儿，根本没注意到周围混乱的场面。他的脑子飞快地思索。这女孩会警告布里斯通。他本来可以阻止她，轻而易举地干掉她。然而，他动作缓慢，让她有时间溜走。为什么？

很简单。他再想看看她。

傻瓜！

他看到了什么或以为他看到了什么？过去某一个再也回不来的瞬间——很久以前，那个早已不在的女孩教他学会仁慈，没想到赔上她自己的性命，让他再也不相信所谓的仁慈。他以为自己已变得铁石心肠，再无任何怜悯之心，可他却没能杀死那女孩。还有，让他意想不到是：她手上有汉萨斯。

一个人类的身上刻着魔鬼的眼睛！为什么？

那只有一个可能的答案，既简单又让人不解。

她，实际上，不是人类。

15
另一扇门

一进到前厅，卡鲁就无力地瘫倒在地，靠在阿萨盘成一圈圈的蛇身上，喘着粗气。

“卡鲁！”阿萨一把搂住她，结果弄得两个人一身是血，“发生什么事了？谁把你弄成这个样子？”

“你没看见他？”卡鲁感到头昏沉沉的。

“看见谁？”

“天使……”

阿萨的反应十分强烈。她向后一跃，弓起身子，像要发起进攻，嘴里发出嘶嘶声。“天使？”她身上所有的蛇——钻在头发里、缠在腰上和肩上的——全都发出嘶嘶的声音，随着她一起扭动。卡鲁大叫一声。阿萨猛然后退令她失去重心，触疼了她的伤口。

“噢，亲爱的，甜妞。对不起。”阿萨恢复了原样，抱着卡鲁，像摇小孩似的轻摇着她，“你说什么，天使？不会吧——”

卡鲁惊讶地望着她，心中升起一团阴影：“他为什么要杀我？”

“宝贝，宝贝。”阿萨心烦意乱。她解开卡鲁被剑划烂的外套和围巾，查看她的伤口。伤口很深，血还在不停地往外冒。前厅的灯很暗淡。“这么多的血！”

卡鲁觉得四周的墙在晃动。她在等内门打开，但它一直不开。“我们可以进去了吗？”她用微弱的声音问，“我要见布里斯通。”她想起她浑身是血从圣彼得堡回来时，他是怎样把她抱起来，搂着她的。她信任他，在他怀里，心情很平静，因为她知道他会照顾她。他过去会，以后也会……

阿萨把卡鲁那条被血浸透的围巾束成一团，试着给她伤口止血：“他现在不在店里，甜妞。”

“他在哪？”

“他……他有事。”

卡鲁呜呜地哭。她要布里斯通，非常需要他。她说：“去找他。”她感到天旋地转，身体仿佛浮在半空中。

向下坠落。

阿萨的声音似乎变得很遥远。

之后，她就不省人事。

时不时地，闪烁的画面如同剪切得糟糕透顶的影片，不断重叠出现：阿萨和亚西里的眼睛，很近，焦虑不安。柔软的手，凉凉的水。她不停地梦见：伊兹尔和他背上的怪物，它浮肿的脸像不小心磕碰坏了的水果，青一块紫一块；天使死死地盯着卡鲁，灼灼的目光似乎要把她烧着。

阿萨的声音压得很低，神神秘秘：“他们来到人间世界，这是什么意思？”

亚西里：“他们一定找到了回来的办法。对他们那些自视甚高的人来说，他们所花的时间真够长的。”

这不是在做梦。卡鲁已经醒过来，疲惫不堪，感觉自己好像从海里向遥远的岸边游去——极其费力——她躺着一动不动，侧耳倾听。她无须睁眼就知道，她正躺在商店最里面的那张小床上。她的伤口针扎似的疼，空气里弥漫着一股药膏的味道。两个奇美拉人站在书架之间的过道尽头，低声说着话。

“可是，为什么攻击卡鲁？”

亚西里："你不觉得……他们不可能知道她的事。"

阿萨："当然不。别开玩笑了。"

"不，不，当然不。"亚西里叹口气，"唉，真希望布里斯通能回来。我们要不要去找他？"

"你知道他有事，不过他快回来了。"

"没错。"

她们忧心忡忡，停了一会儿，阿萨斗胆地说："他会大发雷霆的。"

"是的，"亚西里表示同意，她的声音因害怕而发抖，"哦，是的。"

卡鲁感到两个奇美拉人在看着她，尽量装作昏迷不醒。这并不难。她的反应极为迟钝，胸口、手臂、肩胛上的伤口疼痛难当。这一回，剑伤可以与子弹伤疤结伴了。她口很渴，知道只要她轻轻呻吟一声，亚西里就会匆忙端着水走过来，用手轻摸她的头。但她一声不吭。她有太多的头绪要理一理。

亚西里曾说："他们不可能知道她的事。"

知道什么？

这个秘密快让她抓狂。她很想坐起来尖声问她们："我是谁？"但她没这么做。她假装睡着，因为她的注意力转移到别的事情上了。

布里斯通不在这里。

他总在这里。他不在店里时，卡鲁是不许进入商店的。只有在极端的情况，即她快要死了，阿萨她们才会违反布里斯通的规定，抱她进来。

这是个机会。

卡鲁一直耐心地等着。听到阿萨和亚西里的脚步声走远，她才偷偷睁开眼睛张望，确定她们已走。她知道，一旦她翻身站起来，小床的弹簧会嘎吱作响，出卖她的行踪。于是，她伸手捻着戴在手腕的那串卡皮。

无多大用处的许愿币的另一个用途：消除弹簧嘎吱作响的声音。

没发出一点儿声响，她站起来，保持身体平衡。她头昏脑涨，伤口火辣辣地疼。亚西里和阿萨把她的靴子，连同外套和毛衣全都拿走了，她身上只穿着一件血迹斑斑的背心和一条牛仔裤，到处缠满绷带。她赤着脚绕过两个橱柜，从挂着的一串串骆驼牙和长颈鹿牙的下面穿过，停下来，听了听，然后探头朝商店望去。

布里斯通的桌上一片漆黑，特维加的也是如此。没有明亮的灯笼，蛾翅蜂鸟失去攻击的方向。阿萨和亚西里待在厨房里，卡鲁看不见她们。整个商店笼罩在幽暗之中，只有另一扇门的门缝透进一道光。这使得那扇门变得十分的显眼。

卡鲁这辈子第一次发现，那扇门半掩着。

她蹑手蹑脚走近那扇门，心跳如鼓。她手握门把，稍微定一定神，然后轻轻把门推开一点儿，朝里窥视。

16

坠落的天使

阿吉瓦发现伊兹尔躲在德吉玛广场的一堆垃圾堆后面，那只怪物仍趴在他的背上。受惊吓的人群站成半圆形把他们围住，正在恐吓他们。阿吉瓦突然从空而降，身上火花四溅，他们吓得像挨揍的猪似的号叫着四散而逃。

那只怪物向阿吉瓦伸出手。“兄弟，”它低声说，“我知道你会回来接我的。”

阿吉瓦绷着脸，强迫自己面对这只怪物。尽管他的脸依然肿胀如初，但昔日美丽的容颜依稀可辨：杏仁眼、精致高挺的鼻子和性感的嘴唇，它们出现在如此丑陋的脸上显得极不协调。然而它的背部才是显露本来面目的关键：羽翼的断根从它的肩胛骨向外凸出。

令人难以置信，这只怪物是六翼天使。它可能是其中的一个堕落天使。

阿吉瓦听说过那个传说，但从未想过它会是真的。此时此刻，面对着一个活生生的证据，他才明白传说并非虚构。在另一个时代，几个因为与敌人勾结，犯下叛国罪而被流放的六翼天使，被永远放逐到人间世界。这只怪物就是其中之一。他从属于他的世界，从一个极其遥远的地方坠落下来。岁月磨弯了他的脊椎，绷得紧紧的肌肉似乎是扒在每根脊椎骨的上，两条废腿晃荡着挂在身后——那不是岁月的功劳，而是人为的。通过极其残忍的手段，他的双腿被毁掉，令他再也不能走路。好像硬生生撕掉他的翅膀对他的惩罚还不够——不是砍掉而是撕掉——还把他的腿弄残，让他在一个陌生的世界像个爬虫一样生活。

他这样活了一千年。因此，见到阿吉瓦，他欣喜若狂。

伊兹尔并不高兴。他畏缩地靠在臭气熏天的垃圾堆上，与刚才那群暴民相比，他更害怕阿吉瓦。当拉兹古喜出望外，嘴里不停念叨着“兄弟，兄弟”时，老人全身发抖，快要吓瘫了。他想后退，却无路可逃。

阿吉瓦逼近他，未施魔法的翅膀闪闪发光，照得整个地方亮如白昼。

拉兹古满怀希望地把手伸向阿吉瓦：“我的刑期已满，你来接我回去。是这样的，对不对，兄弟？你来接我回家，医好我的残腿，给我接上翅膀，让我变成一个健全的天使，这样我就能走路，我就能飞——”

“这事与你无关。”阿吉瓦说。

“你……你想干什么？”伊兹尔用六翼天使的语言哆哆嗦嗦地说了一句。这门语言是他向拉兹古学来的。

“那个女孩，”阿吉瓦说，“告诉我关于那个女孩的事。”

17
另一个世界

在离另一扇门稍远的边上，卡鲁发现一条黑漆漆的通道。朝里望去，她看到通道向前延伸约十英尺，然后拐个弯不见了。在拐弯处，有一个窗口——一个狭小、装有栅栏的窗户，从她所站的斜角可以透过窗户看出去。淡淡的白光倾泻进来，在地上留下一个个长方形的影子。月光，卡鲁心想。如果她偷偷溜过去往外看，会看到什么景色？这个地方在哪？是不是像商店的前门一样，这扇后门也通往许多不同的城市？或者它是个完全不同的地方，一个布里斯通曾说过、深不可测的别处，从一开始她就无法弄清楚的地方？只需走几步，不出意外的话，她有可能弄清这一切。可是，她敢吗？

她竖起耳朵侧耳倾听。远处的夜空隐隐传来一些声音，但通道里静悄悄的。

她开始行动，在黑暗中潜行。她踮起脚尖，悄无声息、快速地跳几步，来到窗户前。透过粗粗的铁栏往外看。看看那里有什么。

她大惊失色，脸上因焦虑不安而绷得紧紧的肌肉突然松弛下来。实际上，她惊得嘴巴张得大大的。但她马上意识到自己的失态，快速把嘴巴合上。上下牙齿相碰的声音打破寂静时，她吓得一动不动。她倾身向前，察看前方及下方的景色。

无论这是在何处，有一点她敢肯定：这不属于她的世界。

天上挂着两个月亮。这是第一件事。两个月亮。它们都不圆。其中一个半圆，高高挂在空中，光芒四射。另一个是新月，发出淡淡的光，正缓缓从山后升起。月光下，她看到一个巨大的堡垒。高大的护城墙每隔一段距离就有个六角形的棱堡。堡垒的中心是个富裕的城镇。棱角墙塔——根据自己所在的高点位置进行判断，她一定是在其中一个棱角墙塔里——长大成人。塔顶上有卫兵来回走动的身影。要不是有两个月亮，这里与欧洲古老的城堡并没有多大差别。

与众不同的是那些铁栏。

极反常的是，这个城市的上空被铁栏罩住。她从没看见过这种情形。一条条铁栏弯成拱形从土墙的一端飞架到遥远的另一端土墙上，甚至连塔也围起来。整个城市像只黑乎乎的大甲虫，丑陋无比。她快速地研究了一番，没有发现任何出口。铁栅栏的间距很密，没人能从中间钻过去。城镇的街道和露天广场完全被罩住，犹如笼中之物。月亮在所有东西上都投下波浪形花边的影子。

到底是怎么回事？铁栅栏是阻止人出去还是防止人进来？

突然，卡鲁看见一个带翅膀的影子从空中滑翔而下。她吓得惊慌失措，差点想退回去，觉得她已找到了答案。她脑子里闪现的第一个念头是天使——一个六翼天使。她的心猛然狂跳，伤口阵阵悸痛。但她虚惊一场。它不是天使。它从头顶飞过，消失不见了。她清楚地看到它是只动物——某类长着翅膀的鹿。一个奇美拉人？虽然她只见过四个奇美拉人，虽然他们从来不说是否还有其他的同类，但她一直认为一定会有很多。

她马上想到这里的整个城市一定居住着奇美拉人。围墙以外有一个完整的世界，一个有两个月亮的世界，同样住着奇美拉人。她感到一阵眩晕，好像天地万物在摇动，在她周围逐渐变大。她紧紧抓住铁栏才不至于摔倒。

有另一个世界。

另一个世界。

在她对另一扇门所做的种种猜测中，她从未想过这种事：另一个世界，有自己的山脉、陆地、月亮。她本来就因为失血过多而头晕目眩，这个发现让她觉得天旋地转，不得不紧紧抓住铁栏。

就在这时，她听见说话声。很近。也很熟悉。他们俩的两颗脑袋很不协调地靠在一起讨论牙齿时，他们发出的就是这种嘀嘀咕咕的声音，她是听着他们的嘀咕声长大的。是布里斯通和特维加。他们就快到拐角了。

“翁蒂娜把堤亚戈带过来了。”特维加说。

“那个蠢材。”布里斯通低声说，“在这种时候，他以为失去他，部队还能支撑得住？我和他说过多少遍，一个指挥官不必在前线作战。”

“因为有你，他才无所畏惧。”特维加说。对此，布里斯通只是哼了一声。这哼声似乎就在她耳边响起。

卡鲁快吓呆了。她扫了一眼来时的那扇门，跑回去是不可能的了。于是，她挤进窗龛里，一动不动。

他们从她身边经过，近得快要碰到她。卡鲁害怕他们会走进商店，关上门，把她留在这个陌生的世界里。她正要大喊，阻止他们关门时，他们却绕过门口。她松了一口气。突然，一股无名之火从她心里嗖地冒了起来。

想到多年来他们一直对她隐瞒这些秘密，她就气不打一处来。好像自己不值得信任，甚至无权了解她自身存在的最基本情况。愤怒使她胆大包天。她决定找出更多的——趁她在这里，尽可能多的秘密。她想，这次是个千载难逢的机会。当布里斯通和特维加拐进一个楼梯间时，她跟了上去。

它们是塔楼的楼梯，螺旋式向下的窄小楼梯。不停盘旋而下使得卡鲁晕头转向：向下，转弯，向下，转弯，令人眩晕。她觉得自己被这些楼梯困住，会一直不停地走下去。过了一会儿，她看见一些窄小的窗户。它们一闪而过。空气渐渐变得凉爽沉闷，卡鲁觉得好像来到了地下。她断断续续听见布里斯通和特维加的对话，但无法明白他们在说些什么。

“很快我们会需要更多的香。”特维加说。

“我们需要更多的东西。有好几十年没遇到这么猛烈的攻击了。”布里斯通说。

“他们监视着这座城市？”

“他们什么时候没有呢？”

“多久？”特维加用颤抖的声音说，“我们能抵挡多久？”

布里斯通说：“不知道。”

正当卡鲁觉得她再也坚持不下去时，他们到达了底层。在这里，事情变得有趣起来。

真的有趣。

楼梯通向一个巨大、回声激荡的大厅。卡鲁隐藏起来，以便弄清布里斯通和特维加是否继续走下去。听到他们的脚步声在空旷的大厅里愈来愈小，她悄悄地走出来跟在他们后面。

她仿佛来到一座大教堂——倘若地球无意间经过几千年地下水溶蚀而形成一座地下大教堂，它就是。这是一个巨大的天然洞穴，顶部拱起，形成一个近乎完美的哥特式圆拱。古老的石笋被雕成各种野兽形态的柱子，枝形大烛台高高挂起，犹如繁星簇簇。空气里弥漫着一股草药和硫黄发出的浓重气息。洞穴的墙壁上看不见的缝隙里冒出一股股微风，顽皮地吹散绕在柱子上的烟雾，把它们变成一缕缕轻烟。

在下面，布里斯通和特维加沿着大教堂长长的中殿走去。那里没有长凳子供人们做礼拜，而是摆着桌子——大如巨石的石桌。这些桌子奇大无比，只有大象才能把它们运到这里。说真的，桌子大得能可以让一头大象斜躺。在其中一张石桌上，真的有一头大象躺在上面。

一头大象，躺在石桌上。

哦……不。它不是大象。它的脚上有蹼和爪，硕大的头上着长长的獠牙。这是灰熊的头，谁见了都会做噩梦。它是只怪物。一个奇美拉人。

它已经死了。

每张石桌上都躺着一个死去的奇美拉人。共有几十人，几十人。卡鲁的视线从一张桌子移到另一张桌子。没有两个死人是相像的。多数死人带有人类的特征，头或躯干像人，但不是全部。瞧，一头长着鬃毛的狮子；一只像龙一般大小的鬣蜥；一个裸体女人的身上长着美洲豹的头。

布里斯通和特维加在这些死人中间走动，触摸、检查它们。他们长时间驻足在一个男人身旁。

他赤身裸体。他是卡鲁和苏珊娜称之为“身体标本”的那类人。她们常常会带着鉴赏家般自鸣得意的笑容欣赏他这种模特。他宽阔的肩膀往下渐渐变细，延伸至结实的臀部，腹部有些皱褶；身上所有的肌肉纹理清晰。这是卡鲁根据自己从人体写生学来的知识辨别出来的。他健壮的胸部覆盖着一层纯白色的汗毛，头发也是白的，长而柔软地垂在石桌上。

闷浊的香气把他重重围住。香气来自装饰华丽的银灯笼，挂在他头顶的一个挂钩上，正徐徐送出一股股香气。香炉，卡鲁心想，像在天主教弥撒上转动的香炉。布里斯通把一只手放在那个已死的男人的胸部，用一种卡鲁无法理解的姿势在上面停留很长时间。是喜爱有加还是悲伤难过？当他和特维加继续往前走，消失在中殿的尽头后墙下的暗影里时，她从隐藏处钻出来，朝桌子走去。

靠近桌子，她看到这个男人的白发与他极不相称。他的样子很年轻，脸上没有一丝皱纹。虽然他死后脸色蜡黄、表情空洞，但他相貌英俊，看上去不太真实。

虽然比这里大多数的奇美拉人更接近人类，但他并不具备人类的全部特征。腿部的皮肤和肌肉组织在大腿中部变成长着一层白毛皮的狼腿，脚像犬科动物，长长的黑爪向后弯曲。他的手也是混杂物：毛茸茸的大手，从手指开始变细，最后变成了尖爪。他的手心朝上，好像有人故意把它们摆成那个样子。正因为这样，卡鲁才有机会看到他的掌纹。

每只掌心文着一只眼睛，与她的掌纹一模一样。

她吓得向后退了一步。

这事非同一般，意义非凡，至关重要，到底是什么一回事？她走近另一张桌子，上面躺着一头狮人怪兽。它的手像猴，皮肤黑黑的，但她仍能辨认出它掌心上的汉萨斯。

她从一张桌子转到另一张桌子。即使是大象怪兽：硕大的前脚掌也文有汉萨斯。每一只死去的怪兽手上都文有汉萨斯，和她的如出一辙。她的心怦怦直跳，脑子也在飞速地转动。发生了什么事？这里有几十个奇美拉人，他们已死，赤身裸体——她注意到，他们身上没有任何看得见的伤口——躺在某个地下大教堂冰冷的石板上。从某种程度上说，她手上的汉萨斯把自己和他们联系起来。可是她无论如何都弄不明白这到底是怎么一回事。

她又回到躺着白发男人的第一张桌子。她靠在桌子上。闻到香炉传来的香味，她心里一阵着急，想到她的头发会沾上这股味道，等她偷偷溜回商店时，香味会把她的行踪暴露给亚西里和阿萨。商店。想到要爬上没完没了的螺旋式楼梯，她真想重返母体，做个宁馨儿。她的伤口阵阵悸痛，血从绷带里渗出来。亚西里涂在伤口上的药膏药性已过，她全身火烧火燎地疼。

可是……这个地方。这些死去的人。卡鲁头晕目眩，觉得自己无力解开这个谜。白发男人的手正放在她前面，掌心上的汉萨斯似乎嘲笑她。她把自己的手放在它旁边对比彼此的掌纹。但他的手被他身体挡住，看不清，所以她把它拿到亮处。

她和他的掌纹并无二致。她看着掌纹，脑子却想到别的事，只是她的反应过于迟钝。

他的手，这只死人的手……是温热的。

它不是死人的手。

他没有死。

一个快如闪电的动作。他坐了起来，转了个身。他的手，原先无力地被她握在手中，突然卡住她的喉咙，先把她举起，再狠狠地把她摔到石桌上。她的头重重地撞到桌子，视线一片模糊。等她恢复视力时，他已扑到她身上，龇着长长的獠牙，眼神冷峻如冰。她无法呼吸。他的手仍掐住她的喉咙。她又撕又抓，拼命想把他推开，勉强拱起膝盖顶住他，然后双脚用力朝他踢去。

他松开手，她大口喘着气，还来不及尖叫，他又扑了上来。他体格魁梧，赤身裸体，像野兽一样。她用尽全身力气与他搏斗，拼命挣扎。结果，两个人都从桌边滚落到地。他们扭打在一起，到处一片混乱。他的手臂强壮有力，她怎么也挣不脱。他压着她，骑在她腿上，目不转睛地看着她。看着看着，他眼中的疯狂似乎消失了，咆哮声越变越小。他又恢复成人样，差不多是人样，美得惊人，但仍令人毛骨悚然,还有……他似乎迷惑不解。

他抓住卡鲁的手腕，用力掰开她的手查看她的汉萨斯，又犀利地看看她的脸。他上下打量着她，让她觉得自己好像被剥光衣服似的。接着，他低吼一声，吓得她浑身哆嗦。“你是谁？”

她无法回答。她的心在狂跳，伤口在流血。和以往一样，她不知道怎么回答。

“你是谁？”他抓住她的手腕，把她拉起来，摁在石桌上，又扑到她身上。他的动作优美，和动物一样敏捷，尖利的牙齿能轻而易举地咬破她的喉咙。一瞬间，卡鲁看到未经准许闯入另一扇门带来的后果：倒在血泊之中。她喘过气来。

然后尖叫起来。

18

不要和魔鬼搏斗

“女孩？”伊兹尔看着阿吉瓦，“你……你指卡鲁？”

卡鲁？阿吉瓦知道这个词。在敌人的语言中，它的意思是希望。这么说来，她不仅掌上文有汉萨斯，还取了个奇美拉人的名字。“她是谁？”他问。

老人无疑很害怕，他把身子挺直一些。“你为什么想知道，天使？”

“我在问你问题，”阿吉瓦说，“你最好老实回答。”他急于展翅高飞，和其他同伴会合，但他讨厌留下个谜团悬而未决。如果现在他不查明那个女孩是谁，就不会再有机会了。

因为很想讨好阿吉瓦，拉兹古抢着说：“她尝起来像甘露和盐。甘露、盐和苹果。花粉、星星和铰链。她尝起来像童话故事，午夜的天鹅少女，狐狸舌尖上的奶油。她尝起来像希望。”

阿吉瓦脸色铁青，想到这个可憎的怪物舔过那个女孩，很不理智地感到不快。他一直等到拉兹古叽里咕噜说完后才开口。他的嗓音低沉：“我没问她尝起来像什么。我问她是谁。”

伊兹尔耸耸肩，摆摆手表示没什么特别：“她只个女孩。她画画。她对我很好。你还想知道什么？”

他说话油腔滑调，阿吉瓦看出他以为这就能保护她。这个做法虽然高尚却可笑得很。因为没有时间和他周旋下去，阿吉瓦决定采取更加严厉的手段。一只手抓住伊兹尔胸前的衬衫，一只手抓住拉兹古背部断翼处突出的一块粗糙的尖骨，他腾跃到空中。虽然增加了两个人的重量，但他飞起来丝毫不觉得吃力。

一转眼，他们就飞到马拉喀什的上空。从上往下看，整个城市灯火通明。伊兹尔双眼紧闭，吓得不停地尖叫。但拉兹古却很安静，脸上露出难以言表的渴望。阿吉瓦不由得对他起了同情心。但这种感觉却像尖刺扎进他的心——比卡鲁用木块戳他还要疼。阿吉瓦大吃一惊。这么多年，他学会麻木自己。他麻木不仁地活了这么长时间，认为自己的同情心及怜悯之心早已消失殆尽，但今天他经历了双重的刺痛。

他如猛禽一般慢慢盘旋而下，带他俩来到城市最高的尖塔圆顶上，把他们扔到那里。他们扒拉着想稳住身体，但没有成功，沿着滑溜溜的塔面一路往下滑，手脚并用拼命想抓住根救命稻草，却一直往下滑，直到撞上低矮、带装饰性的栏杆，才没有掉到离这座清真寺圆顶七百英尺的地上。栏杆救了他们一命。

伊兹尔脸色灰白，快喘不过气来。这时，拉兹古在老人背上动了一下，结果，两人又往下滑，更靠近栏杆的边缘。伊兹尔惊慌失措地尖叫起来，命令他伏低一点儿，稳住自己，不要移动。

阿吉瓦站在他们的上方。在他后面，阿帕斯山锯齿形的山脊在月光照耀下，闪闪发亮。微风吹拂着他翅膀上燃烧的羽毛，火苗翩翩起舞。他的目光变得温和起来：“如果想活命，就老实告诉我：那个女孩是谁？”

伊兹尔惊恐万状地扫了一眼屋檐，急忙回答：“她对你不重要。她是无辜的——”

“无辜的？她手上有汉萨斯，还为魔鬼巫师收集牙齿。我不觉得她无辜。”

“你不知道。她是无辜的。她为巫师跑腿，仅此而已。”

就像一个奴隶，她的身份仅是如此吗？她手上的汉萨斯又作如何解释？“为什么是她？”

“她是许愿贩子的养女，随你怎么叫。他把她从小抚养大。”

阿吉瓦思索着这句话。“她从哪里来的？”他跪下来，把脸凑近伊兹尔的脸。他知道的东西对他很重要。

“我不知道。我不知道！有一天她出现在那里，许愿贩子抱着她。以后她就一直在那里，布里斯通没做任何解释。你觉得他会跟我说这些事吗？要是他说了，也许我还会是个人而不是头驴！”他指了指拉兹古，歇斯底里地笑起来。“‘小心你所许的愿’，布里斯通说过，但我不听，瞧瞧我现在这个样子！”他不停地笑着，泪水顺着满是皱纹的眼角流下来。

阿吉瓦一动不动。麻烦的是，他居然相信这个驼背说的话。布里斯通有什么理由把一切告诉他的人类奴才，特别是像他这种蠢疯子？可是，如果伊兹尔都不知道，他还有什么希望查明真相？这个老人是他唯一的线索。此外，他已经逗留得太久了。

“那你就告诉我上哪儿找她？”他说，“她对你很友好。你肯定知道她住在哪里？”

老人眼里闪着痛苦的光芒。他把假牙放回嘴里，发出吞咽口水的声音。“我不能告诉你。不过……不过……不过我可以告诉你别的事。秘密的事！有关你们六翼天使的事。多亏了拉兹古，我对你们的了解远远多于对奇美拉人的了解。”

他在讨价还价，仍希望能保护卡鲁。阿吉瓦说：“你认为你了解六翼天使？”

“拉兹古告诉我许多故事——”

“坠落天使说的故事。他有没有告诉你他为什么被放逐？”

“哦，我知道原因。”伊兹尔说，“我不知道你是否了解。”

“我了解我们的历史。”

伊兹尔笑起来。他的一边脸紧贴着尖塔的圆顶，笑声听起来像喘息。他说：“就像时间长了书上会长出霉斑，历史也会变成神话传说。也许你应该问问多个世纪之前那里的人。也许你应该问一问拉兹古。”

阿吉瓦冷冷地瞥了一眼瑟瑟发抖的拉兹古。他不停地小声重复：“请带我回家，兄弟，带我回家。我已改过自新。我已受到应有的惩罚，带我回家……”

阿吉瓦说：“我不必问他任何事。”

“哦，不必？有人曾说过，‘在你的一生中，只要具备无知和自信，你就必然能成功。’马克·吐温，你知道的。他的胡子修剪得很漂亮。智者常常是美髯公。”

阿吉瓦注意到老人的神情发生了变化。他看到他抬起头朝石栏外望了望。正是这些石栏救了他的命，挡住他滑向死亡。他的癫狂似乎消退了，当然，如果这一切不是另一个疯狂之举的开始的话。他正鼓起勇气，在这种情形下，他这么做似乎不引人注意。他也在拖延时间。

“别紧张，老头。”阿吉瓦说，“我不是来杀人的。”

“那你来干什么？即使奇美拉人也不擅自闯入这里。这个世界容不下魔鬼——”

“魔鬼？好极了。我不是魔鬼。”

“不是？拉兹古也不认为他是魔鬼。对不对，我的魔鬼？”

他的语气温柔。拉兹古咕咕地说：“不是魔鬼，是个天使。一个能发出无烟之火的天使。是的，在另一个世界、另一个世纪锤炼过。”他用渴望的目光望着阿吉瓦：“我像你，兄弟，我真的像你。”

阿吉瓦不喜欢这个对比。他说：“我一点儿也不像你，废物。”尖酸的语气让拉兹古退缩了。伊兹尔伸手拍拍像老虎钳一样紧紧箍住他脖子的手臂。“嘿，嘿，”他说，声音充满着同情，“他不会明白的。魔鬼从不觉得自己是魔鬼。从前，有条龙盘坐在村子里狼吞虎咽地啃着少女，听到村民大叫‘魔鬼’时，它还扭头向后看。”

“我知道谁是魔鬼。”阿吉瓦眼神阴沉。他太了解了。奇美拉人把人生的意义简化为战争。在他们之中，各种各样的魔鬼数也数不清，无论你杀了多少，总会有更多的魔鬼出现，而且越来越多。

伊兹尔回答：“有人说过，‘不要与魔鬼搏斗，否则你自己也会变成魔鬼。如果你望着深渊，深渊也望着你。’尼采说的。他留着与众不同的胡子。”

“你只要告诉我——”阿吉瓦刚开口，伊兹尔便打断了他的话。

“你有没有扪心自问，是魔鬼造就了战争，还是战争造就了魔鬼？我明白一些事理，天使。有军队逼迫一些小男孩杀死他们自己的家人，不是吗？这种的恶行摧毁了他们的灵魂，为魔鬼在那里的生长提供了空间。军队需要魔鬼，不是吗？听话的魔鬼，为他们做令人发指的事情！最糟的是，灵魂一旦被毁，就几乎不可能再找回来。几乎不可能。”他热切地看了阿吉瓦一眼，“然而，如果……如果你打算去寻找你的灵魂，它还是能找回来的。”

阿吉瓦勃然大怒，翅膀抖落雨点般的火花，微风把它们吹落到马拉喀什的屋顶上。“我为什么要那么做？在我生长的地方，老头、灵魂和死人的牙齿一样无用。”

“我想，说这句话的人仍然记得拥有灵魂之时自己是个什么样。”

阿吉瓦当然记得。他的记忆像一把把尖刀，他并不乐意把刀尖对准自己。“你应该担心你自己的灵魂，而不是我的。”

“我的灵魂是干净的。我从没有杀过人。可是你呢，噢，看看你的手。”

阿吉瓦没有上当。不过，他还是下意识地握起拳头。刻在手指上的黑纹：每条代表着他杀死一个敌人，他的两只手上记录着一个可怕的数目。

“有多少？”伊兹尔问，“你自己清楚有多少，还是你懒得去数？”

这个被阿吉瓦从德吉玛露天广场拽上天空的、吓得瑟瑟发抖的疯子完全变了一个人。伊兹尔现在坐了起来，或尽可能地坐了起来，因为他受到拉兹古的拖累。拉兹古则来回打量着被他当驴骑的人和他希望来救自己的人，这两个人表情痛苦。

事实上，阿吉瓦清楚自己杀了多少人。“那你呢？”他反驳伊兹尔，“这么多年来，你弄到过多少牙齿？我不相信你清点过。”

“牙齿？哦，可是，我只从死人嘴里拔牙齿。”

“你把牙齿卖给布里斯通。你知道那样做使你成为什么样的人吗？通敌者？”

“通敌者？它们只是牙齿。我看见他制作项链，一串串的项链。”

“你以为他制作项链？蠢材。你与我们的战争有千丝万缕的联系，可是你太愚笨，没能看出来。你说与魔鬼搏斗让我成为一个魔鬼，那么，与魔鬼做交易让你成为什么样的人？”

伊兹尔盯着他，张大嘴巴。突然他明白过来：“你知道，你知道他用牙齿来干什么？”

阿吉瓦低声痛苦地说：“是的，我知道。”

“告诉我——”

“闭嘴！”他已无法再忍下去了。他命令伊兹尔：“告诉我上哪儿找她。你的命对我一钱不值，明白吗？”他听见自己残忍的声音，似乎看见自己如狼似虎般恐吓那些身体衰弱的可怜人。如果玛德加看见他现在这个模样，她会怎么想？可是她不能，再也不能了。这才是问题的关键。

玛德加已经死了。

老人说得没错。他是个魔鬼。如果他是个魔鬼，那是因为敌人把他变成魔鬼。不仅是因为一辈子与魔鬼打仗——那不能使阿吉瓦变成他现在这个样子，而是因为一件事，一件他难以形容的、无法忘记或原谅的事。为了报复，他发誓要摧毁那个王国。他厉声地说：“你以为我无法撬开你的嘴吗？”

面对他的威胁，伊兹尔微笑着回答：“是的，天使，我认为你不能。”说完这句话，他纵身向下一跳，和拉兹古一起，落到两百英尺下的瓦面屋顶上，摔得粉身碎骨。

19

不是谁，而是什么

大教堂传出卡鲁的尖叫声。顷刻间，叫声在空旷的大教堂上方碰撞、回响，宛如一首尖叫声交响曲，在整个教堂里回荡。片刻之间，叫声就消失了。那个奇美拉人用手背捂住她的嘴，让她出不了声。她从桌上滑下来，撞倒金属挂钩和香炉。它们发出清脆的叮当声，但他随后扑了下来。他们的脸近若咫尺。她以为他会用利齿撕开她的喉咙，可是……他被人一把拽开，推到一边。

布里斯通在这里。

见到他，卡鲁从没像现在这么高兴。“布里斯通……”她哽咽地叫起来，可又骤然停下来，刚放下的心又提起来。他那双鳄鱼眼眯成一条黑线，他生气时总这样。要是卡鲁以为她以前见识过他发脾气，这次她才真正体会到什么叫作暴跳如雷。

那一刻时间凝固了。看见卡鲁出现在这里，他极为震惊。但很快他就从震惊中恢复过来。而对卡鲁来说，那一刻却是如此漫长。

“卡鲁？”他咆哮如雷，不敢相信是她。他的双唇向后卷，呼吸急促，嘴里发出嘶嘶声，样子非常恐怖。他伸出利爪一把抓住她。

在他身后，白发奇美拉狼人问道：“那是谁？”

布里斯通大吼：“谁也不是。”

卡鲁想也许她应该逃跑，但为时已晚。

太晚了。

布里斯通突然伸手抓住她的右臂，刚好是在绑着绷带的伤口位置，绷带上血迹斑斑。他紧紧掐住它，卡鲁痛得眼冒金星，倒抽冷气。他又抓住她的另一只手臂，一下子把她举起来，举到离他的脸只有几英寸的地方。她光脚拼命乱蹬，想找个落脚点，却怎么也找不着。她的手臂被钳住，他的利爪深深扎进她的肌肉里，让她动弹不得，只能盯着他的眼睛。她这辈子从未见过他的眼睛像现在这样陌生，这样狂暴。

“把她给我。”那个男人说。

布里斯通说：“你需要休息，堤亚戈。你应该一直睡觉。我会处理她的。”

“处理她？怎么处理？”他问。

“她不会再来烦我们。”

在他们后面，卡鲁看见特维加熟悉的身影。他长长的脖子弓在倾斜的肩膀上。她向他求助。因为惊骇和害怕，他脸上的表情比布里斯通的更难看，好像就要目睹一件他不愿意看到的事情发生。卡鲁顿时胆战心惊。

“等等，”她喘着气说，扭动着身体，“等等，等等——”

但他的影子已经飘动起来。他拎着她上楼，步履极快，跳跃着前行。他一点儿也不在意她，她感觉自己就像幼儿手中的布娃娃，一下子被甩到角落，一下子撞上墙壁，像一件无生命的东西被随手乱摔乱扔。他们回到了商店门口，比她想象的快多了——也许她一度昏了过去。他把她猛地扔进店里。她没有站稳，摔个四脚朝天。脸撞到一张椅子，痛得她眼冒金星。

布里斯通砰地把门关上，阴森森地盯着她。“你脑子进水了啊？”他暴跳如雷。“事情全被你弄砸了，蠢材！还有你们！”他转身对着亚西里和阿萨。她们从厨房里冲出来，吓得目瞪口呆、惊惶后退。“如果我们想把她留在这里，就要遵守规定。神圣不可侵犯的规定。我们不都同意了吗？”

阿萨想回答："是的，可是——"

然而，布里斯通又突然扑向卡鲁，把她从地上揪起来。"他看了你的手没有？"他问。她从没有听过他的声调升得这么高，如同石头摩擦时发出的声音，令她头皮发麻。他用力箍住她的手臂，她的眼前闪过一抹白光，觉得自己快要昏过去。

"看了没有？"他提高声音又一遍。

她知道自己应该回答"不"，可她不能撒谎。她喘着气说："看了，看了。"

他发出一声嗥叫，把她吓得魂飞魄散。现在这一幕比她在大教堂刚经历过的事件更恐怖。"知不知道你干了些什么事？"布里斯通问。

卡鲁不知道。

"布里斯通！"亚西里嘎嘎大叫，"布里斯通，她受伤了！"这个鹦鹉女人挥舞着手臂，试图掰开布里斯通钳住卡鲁伤口的手，但他推开了她。

他拖着卡鲁来到门前，拧开门，用力把她推进前厅。

"等等！"阿萨大叫，"你不能这样把她推出去——"

他充耳不闻。"滚出去，现在！"他朝着卡鲁咆哮，"滚！"他打开前厅外面那扇门——可见他是多么生气——两扇门从来没有同时开启过，从来没有。它们是防止敌人入侵的安全装置——他使劲把她推出去，然后把门砰地关上，她最后看见的是他因愤怒而扭曲的脸。

突然被放开，卡鲁踉跄着向后退了几步，被路边的石头绊了一下，摔倒在烂泥沟里。沟里全是刺骨的雪水。她坐在那里，光着脚、流着血、头昏眼花、喘着粗气。她感到宽慰的是他让她离开——有一阵子，她担心会有比这更糟的事发生——同时，她又不相信他会把满身是伤，几乎没穿什么衣服的她扔到外面。

她头昏脑涨，不知道如何是好。阵阵寒意向她袭来。外面天寒地冻，她除了浑身是血，还满身污泥。她慢慢站起来，迟疑不决地站在那里。她的公寓离这里只有十分钟的路程。她的脚冷得发麻。她望着门——一点儿也不奇怪地看到门上有个黑手印——认为门肯定会开的。起码阿萨会把她的外套和靴子拿给她。

一定会的。

可是，门没有开，没有开，仍没有打开。

在街的尽头，一辆车子隆隆驶过，两边的窗户时不时飘出笑声或争吵声。但附近空无一人。卡鲁冷得浑身发抖，牙齿直打架。她双臂抱肩，让自己暖和些，站在那里盯着门，不敢相信布里斯通会把她丢在外面不管。时间一分一秒过去，她又寒冷又难过。终于，她绝望了，泪如雨下，抱着肩转过身，拖着麻木的双脚一瘸一拐地朝着公寓的方向走去。一路上，街上的行人无不吃惊地看着她。也有些人想帮助她，但她都置之不理。她冷得全身颤抖，走到公寓门口，伸手去摸外套时才发现自己没穿外套。她意识到自己没有钥匙。没有外套，没有钥匙，也没有铜闪。因为她可以用铜闪许愿，把门打开。

"该死该死该死。"卡鲁诅咒道，泪水在她脸上结成冰。她身上仅剩戴在手腕上的那串卡皮。她捏住一只，许了个愿，什么也没发生。打开门锁超出它的能力范围。

她正打算摁邻居的门铃，把邻居吵醒，这时，她觉得背后有个鬼鬼祟祟的动作。

她已失去思考能力。一只手搭到她肩上，她的神经一下绷紧，本能地抓住那只手，重心骤然前倾。身后那个家伙被她拽起——这时，卡鲁听到有个声音关切地问："我的老天，你还好吧？"但已经晚了一步——那个家伙飞过她的肩膀，撞向玻璃门，摔到门里面。

玻璃门被卡兹撞破，玻璃碎了一地。他摔到地上，大叫一声。卡鲁站着没动，意识到他这次并不想吓唬她。现在，他躺在门里的一堆玻璃碎片上。她以为自己应该有所感悟——后悔？但她什么感觉也没有。

至少开门的问题被解决了。

"你受伤了吗？"她语气平淡地问。

他只是望着她，惊诧万分。她瞟了一眼现场，没发现血迹。玻璃碎成长方形块状，他没有受伤。她从他身上跨过，向电梯走去。刚才的动作把她体内所剩无几的力气消耗殆尽，她怀疑自己能否走上六层楼梯。电梯门开了，她走了进去，转身对着卡兹。他仍躺着不动，一直盯着她看。

“你是什么东西？”他问。

不是谁，而是什么。

她没有回答。电梯门关上了，只有她一个人。她的样子清晰地反射在电梯门上。她看到了卡兹刚才目睹的情况。她只穿着一条湿漉漉的牛仔裤和一件薄薄的透明白色小背心，小背心紧贴在身上。一绺绺的蓝发耷拉在脖子上，像阿萨身上的蛇。血迹斑斑的绷带松松地从肩膀上挂下来。在血迹的反衬下，她的皮肤看上去半透明状，蓝色的血管看得一清二楚。她曲着身，抱着肩，不停地颤抖。这些已够糟了，但更糟的是她的脸，撞到椅子上的那半边脸已经肿起；她的头向下倾，眼皮半耷拉着。她想自己看上去是别人宁愿绕个大弯也不愿意碰到的人。她看起来……不像个人。

电梯门砰地打开，她吃力地走下大厅。要进入她的公寓，她不得不从一个窗户里爬出去，再爬进她的阳台，敲破阳台门上的玻璃。在精疲力竭，被冻僵之前，她终于破门而入。脱下湿答答的衣服，卡鲁艰难地爬上床，拉过被子裹住自己，缩成一团，嘤嘤地哭了起来。

她是谁？她问自己，想起天使和狼人的质问。然而，卡兹的质问一直在她心头回荡，久不消失。

你是什么？

什么？

20

真实的故事

整个周末，卡鲁孤零零地待在自己的公寓里，忍受着伤痛的折磨。她浑身青紫、到处是伤，而且一直高烧不退。星期六从床上爬起来对她是一种酷刑。她的伤口如同被绞盘绞住，拉得紧绷绷的，就像快要裂开一样。她全身疼痛，全身都疼，根本分不清是哪个地方痛。她的一边脸肿得像馒头，青一块紫一块，简直可以与她的蓝发相媲美。她的样子就像家庭暴力手册上描述的遭遇家庭暴力的人。

她想过给苏珊娜打电话，但马上意识到她的手机不见了，只好作罢。她的手机、外套、靴子、手袋、钱包和素描本全放在商店里。她本可以发邮件给她。不过，启动手提电脑时，她满脑子都是苏珊娜看见她这个样子的反应。她知道她的朋友这次绝不会善罢甘休，一定会打破砂锅问到底，卡鲁必须告诉她实情。她太累了，不想再编造谎言。但最终她还是没把邮件发出去，只是自己吃了点泰诺药片，喝了些热茶，恍恍惚惚地度过周末，身上一阵寒一阵热，伤口针扎似的痛，一睡着就噩梦不断。

她频繁地从睡梦中惊醒，以为听到了什么声音，然后朝窗口望去，祈望能看见脚上绑着便条的基什。她从没有像现在这样渴望见到它，然而它没出现。周末就这样过去了，没人过问，无人探视——不见卡兹的身影，她把他摔到玻璃门上；也不见苏珊娜的人影，她对卡鲁的失踪早已见惯不怪，总是小心翼翼不去过问以免自讨无趣。她感到前所未有的孤独。

到了星期一，她仍旧待在公寓里，不时喝些热茶，吃几颗泰诺。一睡着，她就开始做噩梦，同样的人物走马灯似的轮番出现——天使、伊兹尔背上的怪物、奇美拉狼人、盛怒的布里斯通——当她醒来睁开眼时，外面已变黑了。除了她的痛苦加深之外，其他什么都没变。

门铃响起时天完全黑了。响了一声又一声。她的心头一热，挣扎着来到门边，用嘶哑的声音问："谁呀？"

"卡鲁？"是苏珊娜，"卡鲁？怎么回事？把门打开，旷课的懒虫。"

听到她的声音，卡鲁喜出望外。她欣喜于终于有人来看她，不禁号啕大哭。苏珊娜进门时，发现卡鲁坐在床边，泪水顺着她受伤的脸流下来。穿着卡通厚底靴、身高只有五英尺左右的苏珊娜停了下来，说："噢，噢，上帝啊！卡鲁。"她飞也似的穿过小小的房间。她的小手被冻得冷冰冰的，但声音温柔悦耳。卡鲁把头埋到朋友的肩上，哭得昏天黑地。

大哭了一场，她觉得心情好多了。

苏珊娜什么也不问，慢慢让她平静下来，然后出去买些物品：汤、绷带、一盒蝶形创可贴，用来贴在卡鲁锁骨、手臂和肩膀的伤口上。这些地方的伤口全是天使造成的。

"这些伤口会留下可怕的疤痕。"苏珊娜说，埋头为卡鲁疗伤的认真劲儿和她制造木偶时一模一样，"什么时候受伤的？你应该马上去医院。"

"我处理过了，"卡鲁说，想起了亚西里的药膏，"和上医院差不多。"

"这些——这些是爪子印吗？"卡鲁的两只胳膊留下青紫色的印痕。被布里斯通的利爪扎穿的地方最为瘀黑，一个个小孔现已结痂。

"唔。"卡鲁说。

苏珊娜静静地注视着她，然后站起身，把买回来的汤加热。她坐在床边的椅子上，等卡鲁喝完汤后，她把脚——她踢掉靴子——搁到床上，双手交叉放在膝上。“好了，”苏珊娜说，“我准备好了。”

“准备好什么？”

“准备听个动听的故事，我希望这一回你能说实话。”

实话。卡鲁试图改变话题——“你先告诉我星期六你和提琴男孩见面的事。”而她的脑子在飞快地盘算着如何向苏珊娜讲述所发生的事。

苏珊娜哼一声：“我可不想说。唔，他叫米克，不过，除非你告诉发生了什么，否则我不会再说半句。”

“他的名字！你知道他的名字！”就这么一点儿生活小事，卡鲁却超乎寻常地高兴。

“卡鲁，我是认真的。”她很严肃，黑漆漆的眼睛一本正经，毫无笑意。卡鲁曾开她的玩笑，说她如此严肃，很适合与警察一起做个秘密审问者。“告诉我到底发生了什么事。”

问题是，卡鲁一直都说实话，只是她说实话的时候带着戏谑的笑容，一副愤世嫉俗的样子。她讲真话时什么时候认真过？她说什么好呢？这个故事可不那么好编，像把一个脚趾浸到冷水中那么简单。你得略掉一些事。

“有个天使想杀我。”她说。

苏珊娜不动声色，片刻之后，她说：“啊哈。”

“不，真的。”卡鲁很在意——太在意——苏珊娜的表情。她觉得自己正在试演“说真话的人”的角色，演得太认真、太过头了。

“是卡兹干的？”

卡鲁大笑起来。她笑得太快，太猛，牵动了伤口，疼得她皱眉蹙眼，赶紧用手捧住红肿的脸颊。卡兹伤她的说法很可笑。嗯，现在她有别的事要担心。卡兹令她伤心的说法显得荒唐可笑。他顶多只能伤害她的身体。“不，不是卡兹。身上的伤是剑伤。星期五晚上有一个天使企图杀我。在摩洛哥。天哪，这事有可能上报纸的头版头条。然后有个狼人，我以为他死了，但他绝对没有死。最后是布里斯通。噢，唔，我素描本上所描述的事全是真的。”

她伸出手腕，排列在一起，上面的文身拼成真实的故事：“瞧见了吗？这是一个提示。”

苏珊娜不觉得有趣：“我的老天，卡鲁——”

卡鲁继续说下去。她发现真相摸起来很光滑，像一个握在手里、用来打水漂的石子。“至于我的头发？我没有染它。我许了个愿，让它变成这种颜色。我会说二十六种语言，大部分也是靠许愿得来的。当我说捷克语Czech这个词时，你不觉得很怪吗？我是说，现在有谁不说Czechs而说Czech?这门语言是布里斯通在我十五岁生日时送给我的，就在我来这里之前。噢，还记得那次疟疾吗？我是在巴布亚新几内亚染上的，那次糟透了。我还被子弹射中，我想我杀了那个家伙。但我并不感到后悔。不知道为什么，有个天使要杀我。他是我见过的最美丽的人，也是最吓人的，虽然那个狼人也相当吓人。那天晚上我惹得布里斯通大发雷霆，他把我扔了出来。当我回到这里时，卡兹在等着我。我把他扔到玻璃门上，结果他把玻璃撞破了。老实说，那是件好事，因为我刚好没钥匙开门。”她停了一会儿，“我想他以后不会再来惹我了。发生了那么多事，只有那件事算得上是件好事。”

苏珊娜一言不发。她嘎一声把椅子推回原位，穿上靴子，两脚重重地踩在地上。听到阳台玻璃门传来哐当的撞击声，卡鲁才意识到苏珊娜肯定已经离开——可能永远离开了。卡鲁发出一声痛苦的呻吟，从床上跳起来，不顾自己浑身是伤，向阳台门冲去。是基什。

是基什，它浑身着火。

它死在她手里。她灭掉它身上的火，把它握在手上。它身上的毛全被烧光，露出烧焦的肉。她弓着背捧着它，口中不停地说：“不要不要不要不要不要不要——”它的心跳由开始的猛烈跳动到后来久久才跳一下。它喘息着，叉状舌头在喙里伸进伸出，狂乱的唧唧叫声随着它的心跳频率也在慢慢变低。“不要不要不要。基什，不要——”它死了。在她的阳台上，卡鲁弓着背捧着它，口中一连串的“不要”声越变越小。

她一直不停地重复这个词，直到苏珊娜打断了她。

她的声音怯生生的：“卡鲁？”

卡鲁抬起头。

“那是……”苏珊娜惴惴不安地指着基什的尸体。她一脸茫然。“那是……唔。那看起来像……”

卡鲁没有回答。她低头看着基什，试图想解开这突如其来的死亡之谜。它飞来这里，浑身着火，来找她。

这时，她看到它脚上绑有东西：一张布里斯通常用的厚信笺。它也被烧焦了，一碰即化为灰烬，还有……别的东西。把它解下来的时候，她的手指不停地颤抖，没一会儿，她就把这件物品握在手中。因为从小就不许碰它，现在握着它，她的心害怕得怦怦直跳。

它是布里斯通的许愿骨。

基什把许愿骨带给她。浑身着火的基什把它带给她。

城里的警报突然拉响，警报声让她和一时还没有反应过来的事件联系上了。着火。黑手印。时空转换口。她一下子站起来，冲进房间，穿上外套，套上靴子。苏珊娜一直在问，“怎么了，卡鲁？怎么了？怎么……”但卡鲁根本听不见她在说些什么。

她冲出门，跑下楼，一手捧着基什，一手握着许愿骨。苏珊娜跟着她跑到街上，一路狂奔来到犹太人区，来到布里斯通在布拉格用作时空转换口的那个便门前。

现在，那个门在熊熊燃烧，冒出一团蓝白色的火焰，消防水管喷出的水对它丝毫不起作用。

卡鲁并不知道，与此同时，世界各地被烙上黑手印的所有门都燃起熊熊大火。这些火用水浇不灭，但也不会蔓延。火苗吞噬了门以及施在门上的魔法，然后慢慢熄灭。透过耀眼的光圈，观看大火的目击者依稀看见一些翅膀的轮廓。

卡鲁也看见了。她立刻明白过来。通往别处的入口被切断，她被遗弃到这个世界，举目无亲。

从前，一个小女孩由魔鬼抚养大。

……

但天使烧毁了通往他们世界的入口。

从此，她变得形单影只。

21

希望造就魔法

小时候，有一次，卡鲁用一把卡皮把一张被亚西里坐皱的画弄平。许了一个又一个的愿，抹平一条又一条的褶皱——整个过程非常辛苦，她全神贯注，唇角边的舌头都变成了粉色。

“瞧！”她把画举起来，骄傲得不得了。

布里斯通哼了一声，卡鲁不由自主地把他和一头失意的狗熊联系起来。

“怎么了？”她问。那时她只有八岁，黑眼睛黑头发，瘦得像竹竿似的。“这是一幅好画，值得抢救。”

它是一幅好画。画中的她装扮成一个奇美拉人，长着一双蝙蝠翅膀和一条狐狸尾巴。

阿萨高兴地拍着手：“噢，配上狐狸尾巴，你看起来可爱极了。许愿贩子，她可不可以有条尾巴，就今天？”

卡鲁更想要一双翅膀，可是两样都不行。许愿贩子觉得上当受骗了，不耐烦地吐出两个字：“不行。”

阿萨没有恳求他。她只是耸耸肩，在卡鲁额头上亲了一下，用平头钉把画钉到光荣榜上。但卡鲁却对这事上了心，她问：“为什么不行？你只需花一个勒克瑙。”

“只需？”他重复说道，“你对许愿币的价值了解多少？”

她一口气把许愿币的等级背出来。“卡皮、铜闪、勒克瑙、加夫里、布鲁克。”

显然，卡鲁答非所问。他哼了几声，如同失意的狗熊从鼻子里发出的吼声，说道：“许愿币不是用来做蠢事的，丫头。”

“嗯，你用它们做什么？”

“什么也不做，”他说，“我从不许愿。”

“啊？”她大吃一惊，“从不？”他动动手指就能变出魔法，却说自己从来不用！“可是，你可以得到想要的一切——”

“不是一切。有比许愿币更重要的东西。”

“比如说？”

“许多事情都比它们重要。”

“可是，一个布鲁克……”

“像任何许愿币一样，布鲁克也有它的局限性。”

一只蛾翅蜂鸟时不时飞进亮光中，基什嗖地从布里斯通的角上飞起，在空中逮住它，一口把它吞下。就那样，它就那样死了。它活着，然后它死了。想到可能遭遇突如其来的死亡，卡鲁感到一阵恐惧。

看着她，布里斯通补充了一句：“我不许愿，丫头，我种下希望。这两者是有区别的。”

她认真琢磨这句话，觉得如果她能领悟到不同之处，可能会让他刮目相看。她好像想到了什么，于是努力把它转化为文字。“因为希望发自内心，许愿只是魔法。”

“许愿是假，希望是真。希望造就魔法。”

她点点头好像懂了，但她并不完全明白。现在她也还不明白那其中的道理。自从时空转换口被烧毁，她的另一半生活被硬生生砍掉后已经过了三个月了。她回到时空转换口起码有十来次。门已被换掉，周围的墙壁也重新粉刷过。新的门、干净的墙壁与周围的环境格格不入，非常刺眼。每次她都敲门，然后满怀希望地等呀等，一直等到希望破灭。什么事也没发生。一次又一次：什么事也没发生。

无论希望造就何种魔法，它并不比一个实实在在的许愿币强。

现在，她站在另一扇门前。这是一扇小木屋的门。这间小木屋位于爱达荷州，是猎人打猎时暂住的简易房。她连门也懒得敲，一脚把门踢开。“你好，”她说，声音轻快而生硬，她的微笑也是如此，“好久不见了。”

屋内，贝恩惊讶地抬起头。他正坐在咖啡桌旁擦猎枪。听见卡鲁的声音，他迅速站起来：“是你。你想要什么？”

他光着膀子，大腹便便，一簇簇浓密的胡子耷拉在肩上。那个样子真是恶心透了。站在房子的另一头，卡鲁就能闻到一股像是老鼠窝里发出的酸臭味。

她不请自进，抬脚跨进小木屋。卡鲁一身黑色劲装：下身是裁剪合体的羊毛裤配黑色靴子，上身穿着一件优质皮上衣，腰间系一条腰带。她肩上斜挎着一个包，头发在脑后编成一根辫子，没有化妆，满脸倦容。她实在很疲惫。“最近猎杀到什么有趣的动物了吗？”

“你有消息了？”他问，“时空转换口重新打开了？”

“噢，不，不是这样。”卡鲁让自己的声音听起来很轻快，好像她是来做客似的。真可笑，她当然不是来做客。即使在为布里斯通跑腿期间，她也从没有来过这里。贝恩总是亲自到店里进行交易。

“你可真难找。”她说。他住在互联网覆盖不到的地方，你根本不可能通过互联网找到他。为了追查他的行踪，卡鲁花了好几个许愿币——她从另一些牙贩手中搜来的低级别许愿币。

她打量着房间。一张格子布沙发，几只嵌在墙上的目光呆滞的麋鹿头，一张破破烂烂、缠满胶带的人造革沙发躺椅。一台发电机在窗外嗡嗡作响，房内只有一盏照明灯。她摇摇头：“老兄，有两个加夫里供你挥霍，你居然住在这么个脏地方？”

“你想要什么？”贝恩机警地问，“要牙齿吗？”

“我？不。”她坐在躺椅的边上，仍用轻快而生硬的声音说，“我想要的东西不是牙齿。”

“那你想要什么？”

像按了一下开关似的，卡鲁脸上的笑容倏地消失了：“我想你猜得出我要什么？”

愣了一下，贝恩马上说：“我没有许愿币了，花光了。”

“噢，我可不会相信你的鬼话。”

他指了指房间：“好好看看，然后滚出去。”

“噢，我知道你把它们藏在哪儿。”

贝恩站着不动。卡鲁瞟了一眼桌上的猎枪。枪已拆开，对她构不成什么威胁。问题是他身边是否还有另一把枪。很有可能。他不是只有一把枪的人。

他的手指不自觉抽动了几下。

卡鲁感到掌中的眼睛突突直跳。

贝恩扑向沙发。但她比他快了一步。她动作优雅地跃过咖啡桌，用手掌抵住他的头，把它摁到墙上。他嘶叫一声，倒在沙发上。他立刻手忙脚乱地在沙发垫上扒来扒去。终于，他找到了他想要的东西。

他旋转身，举起手枪。卡鲁一只手抓住他的手腕，另一只手拽住他的大胡子。啪的一声，子弹从她的头上方飞过。她一只脚抵在沙发上，扯住他的胡子，把他甩到地上。桌子被撞斜，枪支的零部件散了一地。卡鲁紧紧地扣住他的手腕，让枪口向上，接着，用膝盖压着他的前臂，猛一使劲，只听见骨头断裂时发出的咔嚓声。他痛得大叫一声，松开了枪。卡鲁捡起枪，枪口对准他的眼眶。

“我原谅你的行为。”她说，“从你的角度看，我这么做很可恶。不过，我并不觉得自己的行为有多恶劣。”

贝恩喘着粗气，盯着她，恨不得立刻杀了她。因为靠得很近，她闻到他身上发出的腐臭味。卡鲁仍把枪对准他的眼睛，定了定神，伸手到他那一大篷又脏又乱的胡子里四处翻找。她的手一下子碰到了金属块。一点儿没错。他真的把许愿币藏在胡子里。

她从靴子里取出刀。

“你想知道我是如何得知这一秘密的吗？”她问他。他在许愿币上钻个小孔，然后用脏兮兮的胡子把它们一一系好。她把许愿币一枚枚割下来。“是阿吉丝。那条蛇，她不得不缠在你的脏脖子上，不是吗？我才不嫉妒它。你没觉得她会告诉阿萨你把许愿币藏在令人作呕的胡子丛中吗？”

提起阿萨，她的心猛然一沉，想起在店里度过的无数个夜晚：她盘腿坐在地上，画着阿萨，东拉西扯地闲聊；特维加在角落锯着各种牙齿；布里斯通穿着数不清的项链。那里到底发生了什么事？

什么？

贝恩的许愿币大多是些铜闪，还有几个勒克瑙，但最棒的是两只加夫里，重如锤子。真是太妙了，简直妙不可言。从最近拜访过的牙贩之中，她只搜到几个勒克瑙和铜闪。“我一直企盼你没有把它们花掉，”卡鲁说，“谢谢你。衷心感谢。你不知道它们对我意味着什么？”

“臭婆娘。”他小声地骂道。

“嗯，你挺勇敢。”她侃侃而谈，“我是说，居然敢对一个持枪瞄准你眼球的女孩子说这句话。”贝恩躺在地上，一动不动。她继续割他的胡子。他的体重可能是她的两倍，但他没有挣扎。她眼中闪着凶光。这令他害怕。此外，他也听说过圣彼得堡事件，知道她用刀时毫不留情。

她把他的许愿币洗劫一空，然后松开膝盖，用枪管翻开他的下唇。看到他的牙齿时，她扮了个鬼脸。他的牙齿参差不齐，黄不拉叽。是真牙，布鲁克是没指望了。

“和布里斯通做过交易的人中，你是我找到的第五个牙贩。在这些人中，你是唯一有真牙的人。”

“是啊，嗯，我喜欢吃肉。”

“你喜欢吃肉。你当然喜欢吃肉。”

除贝恩外，她“拜访”过的其他牙贩全都用自己的牙齿换回一个布鲁克，并且全都花掉了。多数人用来延长寿命。有一个女巫婆，巴基斯坦一个偷猎部落的酋长，在许愿延寿时忘记加上年轻和健康这两项，结果事与愿违。她变得老态龙钟，惨不忍睹。她的例子足以证明布里斯通说过的话：布鲁克也有它的局限性。

唔，能找到一个布鲁克当然不错，不过，卡鲁真正想要的是那两只加夫里。现在她终于得到了。她把沾着脏胡子的许愿币拢在一起，然后把这一大堆脏兮兮的东西一股脑儿装进挎包里。她手里握着一个铜闪，因为她要靠它安全撤离这里。

“你以为能一走了之？”贝恩低声问她，“黄毛丫头，你惹毛了猎人，成了猎人的猎物，以后悠着点，因为你不知道谁在跟踪你。”

卡鲁沉思了一下。“嗯。不能让那样的事发生，对不对？”她举起枪瞄准他，像个小男孩似的大喊一声：“砰！”她看见他的眼睛突然放大，随后猛然闭上。她把枪放下。“该死。算你走运。我狠不下心。”

她把枪放在沙发上，等他慢慢坐起来时，许了个愿，让他睡着。他的头扑通一声撞到地上，她手中的铜闪不见了。卡鲁没有回头。她咚咚地跑出门廊，朝漆黑一片的砾石小道跑去。她让出租车停在几个废邮箱旁等她。

等她跑到邮箱旁，却不见出租车的踪影。

卡鲁叹口气。司机准是听到枪声后跑掉了。她不能怪他。这像是电影《黑街二人组》里的一个镜头：一个女孩付给出租车司机一笔多得离谱的钱，让他从树城载她来到这片荒山野岭。女孩消失在一间小木屋里，随后就响起枪声。哪个头脑正常的人会在这里逗留，等着看热闹?

叹着气，她闭上眼，正想揉揉眼睛，猛然想起她刚才摸了贝恩的脏胡子，赶紧在裤子上擦了擦手。她已疲惫不堪。把手伸进包里，想到把出租车召回需要花上一个勒克瑙，便手里捏着一个，准备许愿。这时，她突然停下来。“我在想什么？”她脸上露出笑容，一边脸上现出个小酒窝。

她把勒克瑙换成加夫里。“嘿，加夫里。”她低声对它说，用手掂了掂它的重量，然后仰头望着天空。

22

一块空心糖

三个月后。

时空转换口被毁后，三个月过去了。在这段时间，卡鲁没有布里斯通的一点儿消息。有多少次，她心里想着别的事，思绪却一下子飘回到绑在基什爪上那张被烧焦的字条上？如同唱片上的刮痕，卡鲁的心里始终有个疙瘩未解。字条上写了些什么？入口被烧时布里斯通想告诉她什么？

字条上写了些什么？

还有许愿骨。现在，她像布里斯通那样把许愿骨挂在脖子上。当然，她也想过它可能是一枚许愿币，一枚威力比布鲁克还要强大的许愿币。她把它握在手中，对着它许了个愿——希望打开一个通往别处的入口——然而，什么事也没有发生。虽说如此，握着它，她感到很舒服。易碎的许愿骨两翼不大不小，握在手里恰到好处，好像它注定要由她来握住。如果它不仅仅是一根许愿骨，她怎么也猜不出它有什么别的用途。至于布里斯通把它送给她的原因，她恐怕永远不得而知。此外，她担心所有其他的未解之谜也将无法找到答案。因此，她的担忧有增无减。就这样，新的担忧，陌生而且无法确知。

她身上发生了某种变化。

有时，对着镜子，望着镜中之人，她仿佛不认识似的，好像看见一个陌生人。别人叫她名字时，她有时没有反应。甚至自己影子的形状也令她觉得陌生。最近，她注意到自己在快速地做手势，想检测影子是否是她的。这肯定不是一种正常的行为。

苏珊娜不同意她的看法。“这种情况有可能是严重创伤后遗症造成的。”她说，“要是你表现得没事似的，那才邪门。我是说，你失去了家人。”

苏珊娜全盘接受她那天方夜谭般的故事。这让卡鲁惊讶不已。老实说，她的朋友并不是个轻信之人。不过，亲眼看到基什并见识了卡皮的魔力后，她不再怀疑她。这是好事。卡鲁需要她，和苏珊娜在一起，她才觉得自己过着普通人的生活，虽然她不知道这种正常的生活她能过上多久。

严格说来，她还去上学。入口被烧毁后又过了一个星期，她身上的伤才渐渐愈合。起码原来的瘀青变成黄绿色，她可以通过化妆掩盖过去。她回学校上了几天课，但她肯定坚持不下去。她无法集中精力，握着铅笔或画笔的手似乎无法画出精美的线条。她身上聚积着一股强劲的能量，注定要做点其他的事的幻觉前所未有地困扰着她。

别的事。别的事。别的事。

她与伊丝塔及全球各地另外几个不太坏的牙贩联系，证实这种现象是全球性的：入口全消失了，所有的入口都不见了。

在这个过程中，她还发现一件意料不到的事：她非常有钱。事实表明，自从她出生后，布里斯通在银行为她建立了不少银行账户，存在账户里的钱多得数不清。到目前为止，她拥有不动产，如时空转换口所属的大楼；还有土地——一块沼泽地，一座位于埃特纳火山下、已被废弃的中世纪山城，因为它的位置恰好在火山岩浆途经的道路上；一座位于安第斯山脉一侧的大山。据一位业余考古学专家称——让学术界大为兴奋——那里有个地方已经被发现藏有“怪兽的骷髅”。

布里斯通确保卡鲁永远不必为钱发愁。这真是太好了。因为她现在得用正常的方式到世界各地去“做客”。办理护照、坐飞机都得花钱。热情如火的商人宰起人来一点儿也不含糊。

在火烧入口事件之后，她对外称家庭发生变故，只偶尔在学校露个脸。要不是她还画了些画，她在新的素描本上接着画——第93本，这本接着落在布里斯通的商店里、突然中断的第92本的内容——她肯定会被学校开除。但像现在这样，她也难逃被学校开除的厄运。

她最后一次在学校上课时，拉菲亚教授对她先是皱眉头，然后批评。翻看卡鲁的素描本时，她在一张画上停了一下。那是天使的画像。她在马拉喀什见过他后，凭记忆把她在胡同里第一次近距离看见他的那一刻画了下来。“卡鲁，这是写生课。”拉菲亚说，“不是画想象画。”

卡鲁赶紧瞄一眼自己的画。她相信自己已经略去天使的翅膀。的确，她看到的天使没有翅膀。“想象？”她问。

“没有这么完美无缺的人。”老师说，不屑一顾地扫了一眼，然后翻了过去。

卡鲁没有辩解。后来她对苏珊娜说：“可笑的是，我并没有把他的神采画出来，特别是那双眼睛。也许油画才能准确捕捉到他的眼神。素描不行。”

“是的，”苏珊娜说，“他美得吓人。”

“对。你真该见见他。”

“哦，我希望永远别遇上他。”

“老实说，我有点想见他。”卡鲁说。她现在外出必带武器。那次战斗，她没带武器，表现得非常被动。想到自己居然逃跑，她不禁感到汗颜。如果她能再次见到天使，她会牢牢站着不动。

然而，说到上学，她无法再坚持下去。她的期末作业没有完成，靠平时画的那点素描以及手忙脚乱赶在最后一分钟才交的作业，她绝对没法通过考试。虽然做出辍学的决定非常痛苦，但她只能这样。因为她有别的更重要的事要办。

在入口消失后，她出的第一趟远门是到马拉喀什。她不断想起伊兹尔冲着她大声说的那些话：“你必须回到布里斯通那里，告诉他这里有六翼天使。他们又回来了。你一定要告诉他！”

伊兹尔了解一些不为人知的秘密。解开他用布鲁克许下什么愿望的关键，那就是：知识。过去卡鲁一直纳闷他到底掌握了什么知识，现在她迫切地想知道这点。所以她去找他。令她伤心的是，她打听到，就在她离开的那个晚上，他从库比亚清真寺顶上跳下来了。自己跳下来？不太可能。她清楚地回想起天使寒冷如冰的表情、挥剑刺中她以及她伤口愈合后留下的伤痕。她永远不会忘记他。

苏珊娜跑到学校文印室，在一件T恤上印下这样的一行字：我在摩洛哥遇见一个天使，我得到的却是这些该死的疤痕。她把这件T恤送给卡鲁。她还印了一件：我看见了天使，而你没有。恶心，狂热之徒！

这种做法是对不少人看见天使后，在全球掀起一股天使热的回应。虽然一开始人们并不相信酒鬼和小孩子声称见到天使的话，可是天使频频出现，吸引着人们的注意力，他们没法置之不理。微型录像机录下的视频以及几张相片像病毒一样在网上传播，主流媒体也受影响，标题为“天使之死：使者还是骗子？”的节目在黄金时段反复播放。最好的一段视频是一个地毯商用手机拍下的。从视频上可以看到天使在攻击卡鲁。幸运的是，画面上，她只是一个无法辨认的轮廓，天使闪闪发亮的翅膀把她的影子弄得模糊不清。

据她所知，那是唯一一次天使们——还有另外一些天使——显露他们的翅膀。但许多目击者声称见过他们飞行，或至少看见他们带翅膀的影子。一个印度修女手中烙有一根羽毛形状的印记，结果引发世界各地的朝圣者前去朝圣，希望得到她的祝福。惊慌失措的信徒们收拾行李，聚在一起举行盛大的守夜活动，等待世界末日的到来。网上几大主要留言板每天都充斥着天使又在哪里出现的信息，但无人打电话向卡鲁询问有关天使的情况。

“全是胡编乱造，”她对苏珊娜说，“全是些等待天命骑士到来的怪物。”

“不过很有趣，对不对？”苏珊娜兴高采烈，夸张地搓着手，“乖乖！天命骑士！”

“对不对？我知道。什么时候你的生活糟糕透顶，让你想要天命骑士到来？”

就这样，她们整晚待在毒药厨房——米克，苏珊娜的“拉小提琴的男孩”偶尔也加入她们，他现在已成为她的正式男朋友——喝苹果茶，玩文字游戏：什么时候你的生活糟糕透顶，让你想要天命骑士到来？

“你的兔子拖鞋成为你唯一的朋友。”

“你的狗在你离开时朝你摇摇尾巴。”

“背下席琳·迪翁的所有歌词。”

“住在乱七八糟、没有任何艺术摆设的房子里，养着一群爱发脾气的小孩，做着一份单调乏味的工作；工作时，总有人给你买甜面圈，让你越吃越胖，你希望整个世界灭亡，这样你不必再醒过来。那样糟糕透顶的生活让你想要天命骑士到来。”

凭着这句话，苏珊娜赢得了最后的胜利。

哦，苏珊娜。

在爱达荷城外的荒郊野岭，卡鲁花掉她平生的第一枚加夫里，实现了一生的愿望——加夫里消失了，她轻盈地飞离地面——她脑子里闪现的第一个念头是：“苏珊娜真该看看我现在飞行的样子。”

她浮在空中。她发出悦耳的笑声，在空中张开双臂保持平衡，双脚并拢，如同在海里漂浮，但……不是在海里，是在空中。她在飞，嗯，不完全是飞——而是——而是浮在天边。她就要拥抱整个天空。她的上方是无边的黑夜，星星随处可见，无边无际的太空——一个无限宽广、她可以随意漫游的无限领域。她越升越高。

现在，升到树梢顶上时，她可以看到贝恩小屋的屋顶。微风在她耳边呢喃。风虽冷却很顽皮，似乎欢迎她来到高处。她忍不住大笑起来，一发不可收拾。一连串无法停止、怪异的咯咯声听起来像是傻子发出来的。不过，在这种时候，有谁会一本正经呢？

她在飞。

上帝啊，她真希望有人能与她分享这一快乐。

她会很快与人分享飞行的快乐，不过，说得好听一点儿，那不是……呃,一个人……如果其他人能胜任那一差事的话，她会选择其他任何人与她分享这一切。但不是所有人都能胜任。全世界只有一个人能帮助她完成她想要做的事，很不幸，那个人是拉兹古。

想到伊兹尔背上的怪物，卡鲁心有余悸。但是，现在她的命运和他的绑在一起了。

在马拉喀什，在得知伊兹尔的死讯后，她在清真寺周围的胡同里漫无目的地走着，既伤心又失望。她非常肯定伊兹尔能告诉她到底发生了什么事。她抱着极大的希望而来，没料想他已经死了。她缩成一团，靠在墙上，失声痛哭，不仅为那个可怜的、受尽折磨的老人感到伤心，也为自己感到沮丧。

突然，一阵可怕的咯咯声从地面传来，在空中回荡。在一架破烂的驴车下面，有东西在移动。拉兹古把他自己挪到亮处。“哈罗，美女。”他咕咕噜噜地说。卡鲁见到他非常高兴，足以证明她有良好的心理承受能力。

“你还活着。”她说。

但不是没有受伤。没有了伊兹尔供他使唤，他只好趴在地上。他的一只手臂摔断了，被他固定在胸前。他靠一只手拖着残躯，无力的双腿吊在身后。他的头，他那恐怖的紫色头颅从清真寺掉下来时摔扁了，上面的血迹已干，但嵌在头上的石子和碎玻璃仍清晰可见。

他不耐烦地摆了一下手。“我摔得更远。”

卡鲁表示怀疑。清真寺的塔尖高耸入云，是城里最高的建筑物。

看到她朝上看，拉兹古又咯咯地笑起来。他的笑声令人心惊肉跳：笑声里夹杂着痛苦与怨恨。“不要紧，蓝发美女。一千年前，我从天国摔下来。”

“天国？没有天国。”

“差不多，差不多。既然你懂得这么多，那就叫天空吧。准确地说，我不是摔下来。那样说会让你觉得我很笨拙，不是吗？好像我不小心失足掉到你的世界里。远非如此，我被扔下来。被驱逐。被流放。”

就这样，卡鲁得知拉兹古的来历。看着他，她想起了那个天使，那个如神话般完美无缺的人物，实在很难相信他们是一族人。但当她强迫自己仔细端详拉兹古时，她开始发现一些共同点。他背上有翅膀的断根。毫无疑问，他不属于这个世界。

她终于明白伊兹尔的布鲁克为什么会给他带来那样恶果。他希望获取有关另一个世界的知识，结果他被拉兹古所控制。因为拉兹古能告诉他布里斯通不会说的秘密。

“伊兹尔怎么了？”卡鲁问，“他没有自杀，对吗？天使——”

“哦，对的，你可以怪他，是他把我们拽到清真寺塔顶。不过，那个驼背自己跳下去，他这么做是为了保护你。”

“我？”

“我的兄弟六翼天使在找你，美人。那个淘气的男孩。他问了许多问题。我不知道他想把你怎样。”

“我也不知道。”卡鲁听后心里一惊，“伊兹尔没把我的住址告诉他吧？”

“噢，没有，高尚的傻瓜。他手舞足蹈，像只烂李子一样从天上掉下去。”

“我的老天。”卡鲁颓然地靠在墙上，双手抱肩，“可怜的伊兹尔。”

“他可怜？不要可怜他，可怜我吧。他终于解脱了。瞧瞧我的样子！你以为驴子有这么好找啊？我连乞丐都骗不了。”拉兹古坐起来，用没受伤的那只手把两只脚挪到前面。他的脸因为痛苦而变了形。可是，一旦卡鲁对他表现出一丁点儿的同情，他痛苦的表情立刻变为色迷迷的。

“你会帮忙帮到底，对不对？宝贝？”他笑着问她。他长着一口漂亮的牙齿，与他丑陋的脸很不协调。“让我骑在你身上？”他所说的“骑”的意思可能是像他骑伊兹尔那样骑她，但他的语气透露出一丝丝的淫猥。“怎么说都是你的错。”

“我的错？随你怎么说。”

拉兹古想哄她上当，低声咕咕噜噜地说：“我会告诉你秘密，像我告诉伊兹尔一样。”

“说点别的，”卡鲁厉声地说，“我不会驮你的。永远不会。”

“哦，可是我会给你温暖。我会为你编辫子。你不再感到孤独。”

“孤独？”在那一瞬间，卡鲁觉得被剥光衣服似的，让这个怪物看穿她的内心。他继续低声说道，“所有美好的事物都与孤独为伴。你认为我没品尝过孤独？实际上，你很空虚，舔起来像一颗空心糖，不过，你尝起来味道非常不错。”他的头向后仰，呻吟了一声，眼睛半耷拉着，快乐地回忆卡鲁的味道。卡鲁感到恶心得要命。“我可以一直舔你的脖子，美人，”他呻吟道，“一直。”

卡鲁远没有绝望到要与他做交易的地步。她撑着墙站起来转身走开。“很高兴和你聊天，再见。”

“等等！”拉兹古在她后面叫道，“等等！”

她觉得他再说什么也是白搭，她不会停下来的。但他在她后边喊道，“你想再见到许愿贩子吗？我能带你去那里，我知道一个入口。”

她转身怀疑地看着他。

他脸上色迷迷的表情不见了，换上了他一贯的表情。那是她认识的表情。骤然间，她觉得与这个废物之间有着某种联结。他渴望回家。如果她感到孤独，拉兹古则是渴望回家。

“他们把我扔下来的那个入口，一千年前。我知道它在哪儿。我会带你去，但你得带上我。”他喘了口气，低声说，“我只想回家。”

卡鲁的心兴奋得怦怦直跳。另一个入口。“那我们走吧，”她说，“马上。”

拉兹古噗噗地笑起来。“如果有这么容易，你觉得我还会待在这里吗？”

“什么意思？”

“入口在天上，丫头。我们得飞到那里。”

现在，多亏她从那个猎人的胡子里搜出的两只油腻腻的加夫里——一个给了她自己，一个准备给拉兹古——他们将一起飞到入口。

23

无尽的耐心

童话般的城市。从空中俯瞰布拉格，暗色的河流从一片红色的建筑物之中蜿蜒而过。到了晚上，灯火通明的城堡、哥特式尖塔和大大小小的圆顶尖塔衬得远处林木茂盛的小山黑黝黝的。五颜六色的灯光映在河里，波光潋滟，美不胜收。突如其来的大雨捻碎了光影，水花四溅，到处一片雾蒙蒙的，感觉像在梦里一样。

这是阿吉瓦第一次看到布拉格的美景。来这里给时空转换口烙手印的人是哈梓，不是他。哈梓完成任务回到家后，曾提到过这个城市。他说布拉格非常美。他说得一点儿也没错，它的确美得惊人。阿吉瓦猜想，在特赖亚被魔鬼摧毁之前，在它的黄金时期，它可能有点像现在的布拉格。百塔之城，六翼天使的都城的别称——每一座塔对应一颗星神——可是奇美拉人毁掉了每一座塔。

许多人类的城市也在战争中被夷为平地，但布拉格幸免于难。它神秘可爱，粗糙的青石块经过几百年雨水的冲刷变得光滑平整。天气又湿又冷，似乎不欢迎他的到来，但阿吉瓦对此并不在意。他本身能产生热量。白雾嘶嘶地从看不见的翅膀上冒出来，在稍高处汇成一团，轻风吹过，便慢慢缭绕开去，最终消失在夜幕之中。魔法也无法留住它，如同他无法把翅膀的影子隐藏起来一样，不过，在如此高的地方，无人看见他的影子。

他站在老城的一栋屋顶上。在街对面，位于一排建筑物之后，泰恩教堂的尖塔高高耸起，如同魔鬼头上的角。卡鲁的公寓就在那一排建筑物里。两天前，他找到她的住所。但公寓空无一人，没有亮光。

他口袋里折放着一张他从一本素描本——第92本，书脊上印有编码——撕下来的纸。它的折痕因为被反复触摸而变得平滑。这张纸原是素描本上的第一页，上面画着卡鲁十指交叉在祈祷。旁边还附有几行字：如果找到，请送还布拉格12大街克拉洛多斯卡59号。本人将不胜感激，并有酬谢。谢谢。

阿吉瓦没有把整本素描本带来，他只拿了这一页。页边有点卷起。不过，他来的目的并不是想听感激的话或获取酬金。

他的目标是卡鲁。

对一个在磨难中学会如何生活的人来说，他有无尽的耐心。他耐心地等着她回来。

24
飞行一点儿也不难

卡鲁开心地发现，在空中飞行一点儿也不难。飞行带来的兴奋赶走了她的疲惫及冷漠——她与布里斯通的牙贩打太多交道的结果。她在空中翱翔，惊叹星空的绚丽，仿佛她成了星星中的一员。它们美得令人难以置信。把加夫里给贝恩，让他拥有飞行的能力，实在太不可思议了。他可能没有一丝美感，但却拥有与星星做伴的机会。天空繁星点点，看上去像撒了一层糖似的。

她把小木屋甩在身后，沿路朝着树城的方向飞去。她穿过风层，一会儿上一会儿下。虽然寒风刺得她泪水直流，她忽而快，忽而慢——飞得驾轻就熟。没多久，她就追上把她扔在荒郊野岭的出租车。她心生顽念，想来个恶作剧，飞到出租车旁，敲着出租车的窗户，朝司机挥舞拳头，然后再飞上空中。

淘气的女孩，她对自己说，仿佛听到布里斯通在谴责她这种恶作剧：鲁莽。嗯，也许有一点儿。

他会怎么看待她的愿望——飞行——以及其中的一部分计划？当卡鲁出现在他门口、头发被两个世界的风弄得乱蓬蓬时，他会怎么想？很高兴见到她，还是仍然大发雷霆，冲着她咆哮，骂她是蠢材，又一次把她扔出来？她应该去找他吗？他是不是希望她像只蝴蝶一样飞出窗外，再也不回望他一眼，好像她与他们不是一家人？

要是布里斯通以为她会那样做，那他根本就不了解她。

她打算去摩洛哥找躲在垃圾堆或驴车下的拉兹古，然后一起——一起！光是想到把她和他联系在一起的这个词就令她打退堂鼓——他们会一起飞上天空，穿过入口，出现在别处。

她突然想到，这就布里斯通所说的“希望造就魔法”。单靠许愿她是不可能打开入口的，但是，通过意志力，希望，在她有可能放弃寻找失落的奇美拉家人时，她终于办到了。她找到了一个办法。现在，她能飞行，还有一个向导等着她，准备带她到她想去的地方。她为自己感到自豪，她相信布里斯通也会为她感到自豪的，不管他有没有表露出来。

她打个冷战。天上很冷，飞行的快乐消失了。她冷得牙齿直打架，疲惫又席卷而来。于是，她在路中间轻盈地落了下来，等待出租车的到来。虽然她是第一次降落，但她动作轻巧，好像以前做过无数次。

无须多说，看见她时，司机吓了一大跳，看她的眼神如同撞见鬼似的。一路上，他透过后视镜瞄她的时间远多于他看路的时间。卡鲁累得没力气想这事是否好玩。她闭上眼睛，把手伸进外套领子里，用手握着许愿骨的两翼。

正当她快要睡着时，手机响了。苏珊娜的名字出现在屏幕上。卡鲁接通电话：“哈罗，狂暴仙子。”

苏珊娜哼了一声：“住嘴。要是有仙子的话，这人非你莫属。”

“我不是仙子。我是魔鬼。猜猜看，提到仙子，我有个惊喜要送给你。”卡鲁试图在脑中勾画出苏珊娜看见她飞到空中时的表情。她应该告诉她，还是让她大吃一惊？也许她可以假装从塔上掉下来——那样做会不会太不地道？

“什么？”苏珊娜问，“你给我买礼物了？”

这回轮到卡鲁轻蔑地哼了一声：“你就像那个在父母参加晚会回家后，搜他们的口袋看看有没有蛋糕的孩子。”

“哦，蛋糕。蛋糕还行。但千万不要口袋蛋糕。它让人恶心。”

“我没有蛋糕。”

“悲哀啊，除了整天神龙见首不见尾外，你究竟是哪门子的朋友？”

“现在，我是最疲惫的那类。要是听到呼噜声，千万别生气。”

“你在哪里？”

“爱达荷，在前往机场的路上。”

“哦耶，机场！你要回来了，对吗？你没有忘记。我知道你不会忘记的。”

“拜托，几周来我一直盼着这事。你哪会知道，我这几周一直和恶心的猎人打交道，好不容易才盼到你的木偶表演。”

“恶心的猎人的事办得如何了？”

“差不多了。别理他们了。你都准备好了吗？”

“当然。怪人，我都准备好了。木偶做好了，非常的壮观。这可不是我自己说的。我只要你施展你的魔法。”她停了一下，“我是说，你非魔法的魔法，普普通通的卡鲁魔法。你什么时候回来？”

“星期五吧。我要到巴黎兜一圈……”

“到巴黎兜一圈，”苏珊娜重复了一遍，“知道不，你说了一句讨厌的话：我只需到巴黎快快地兜一圈。要是我小气一点儿，会马上终止我们的友谊。”

“你还不够小气啊？”卡鲁回击她。

“嗨！我的个子虽小，但我的气量很大。这就是我要穿厚底靴的缘故。这样我的个子才能与我的气量相当。”

卡鲁笑了，银铃般的笑声惹得司机频频从后视镜注视她。

“还有为了接吻，”苏珊娜补充了一句，“不然的话，我只好和小矮人约会了。”

“米克怎么样了？除了不是小矮人外。”

苏珊娜的声音瞬间变得甜得腻人。“他——很——好。”她说，嘴里像吃了粘牙的太妃糖似的拖长着声音。

“哈罗。谁在说话啊？快让苏珊娜接电话。苏珊娜？电话那头有个情意绵绵的小女生，假装成你——”

“闭嘴，”苏珊娜说，“赶快回来，行吗？我需要你。”

“我这就回。”

“别忘了礼物。”

“嗤，你也配收礼物啊。”

卡鲁结束了通话。苏珊娜理应收到礼物。这也是她在回家之前去巴黎一趟的原因。

家。这个词仍在耳畔回荡。她的一半生活被突然中止，另一半——正常的生活——在布拉格。堆满素描本的斗室；苏珊娜和她的木偶；学校、画架、身上搭条女式围巾的裸体老男人；毒药厨房、戴着防毒面具的雕像、一碗碗摆在棺材上热腾腾的红烧牛肉；还有潜伏在角落里、扮成吸血鬼吓唬人的前蠢男友。

是的。貌似正常的生活。

虽然她一方面渴望马上飞到摩洛哥，和那位面目可憎的旅行伙伴一起飞向别处。但她狠不下心，抛开一切一走了之。她想自己是回来说再见，在可预知的未来最后一次享受正常的生活。

此外，她不想错失苏珊娜的木偶表演。

25

永无和平之日

星期五晚上，卡鲁回到布拉格时已经很晚了。她把住址告诉司机,但当车子快开到她住的街区时，她改变了主意，请司机在犹太人区靠近犹太人墓园的地方停下。据她所知，那是最爱闹鬼的地方。埋在一座座突起的坟墓里的死人可以追溯到几个世纪以前，墓碑像长歪的牙齿一样东倒西歪，不祥的乌鸦在那里栖息做窝，树枝像干瘪老太婆的手指。卡鲁喜欢在那里画画。但这时候那里已关门了，自然不是她要去的地方。她沿着墓园变形的外墙走着，感受着寂静带来的莫名压力，然后朝着靠近布里斯通的时空转换口，或者说，曾是他的时空转换口走去。

她站在街对面，鼓起勇气前去敲门。想象门会打开，她想，想象着门吱呀一声打开，阿萨脸上带着恼怒的笑容出现在门口。“布里斯通气坏了。”她可能会这样说，“你确定要进来？”

只不过出了个可笑的差错而已。难道这扇门不能再次打开吗?

卡鲁穿过街道，满怀希望的心怦怦直跳。她举起手，快速地敲了三下。敲完后，心紧张得提到了嗓子眼。她深吸一大口气，然后屏气凝神地祈祷，求求你，求求你，求求你，开门吧。泪水在眼眶里打转。无论门开还是不开，哭泣是少不了的，不是喜极而泣便是伤心恸哭。

没有任何动静。

求求你，求求你，求求你。

还是……没有动静。

她再吸一口气，眼泪如断线的珍珠般，簌簌落下。她仍在等待，缩着身子抵挡寒冷。几分钟过去了。又有几分钟过去了。再几分钟过去了。门还是没有开。无奈之下她只好放弃，转身回家。

当天晚上，阿吉瓦看着她入睡。她的双唇微微分开，双手像孩子似的弯曲着枕在脑下。她睡得很沉。伊兹尔说，她是无辜的。睡着时，她一副天真无邪的样子。她真的无辜吗?

过去几个月里，阿吉瓦一直想着她——她退缩到他的暗影中，那张动人的脸歪向一边看着他，以为自己就要死了。回忆灼伤着他。阿吉瓦一而再，再而三地想，自己差点就杀死她。是什么东西阻止了他?

她身上的某种东西使他想起很久以前他失去的另一个女孩。是什么东西呢？不是她的眼睛。她的眼睛并不是暖暖的土棕色，而是黑色的——黑得像天鹅的眼睛，与她雪白的肌肤形成鲜明的对比。至于她的容貌，他看不出与那张他深爱的脸有什么相同点。很久以前他透过迷雾第一次看到那张脸。两张脸都美丽非凡，仅此而已。然而，某种东西把她们联系在一起，阻止他对她痛下杀手。

终于，他明白是什么了。一个姿势：她像小鸟般歪着头看着他的那个姿势。正是这个姿势救了她一命。就是这么一件小事。

站在她的阳台上，透过窗户望进去，阿吉瓦问自己，现在该怎么办?

他不由自主地想起最后一次看着某个人睡觉的情形。那时，他们之间没有隔着一层结霜的玻璃。此刻他呼出的气在玻璃上结成了霜。他也没有站在外面往里看，而是躺在玛德加身边，身上暖意融融。他支起一只胳膊肘儿，测验自己能坚持多少分钟不去碰她。

一分钟不到他就坚持不住了。他的指尖发痒，只有抚摸她才能减轻症状。

那时，虽然他并不清白，已经是一个杀手，但手上的黑线远比现在少得多。玛德加亲吻着他生出黑线的手，一个又一个关节，赦免他的罪孽。“战争是我们唯一学到的东西，”她低声说，“但有别的生活方式。我们能找到它们，阿吉瓦。我们可以创造另外的生活方式。这是开始。就在这里。”她把手放在他赤裸的胸前——在她的抚摸下，他的心跳加快——她又把他的手放在她的心口上，紧贴着缎子般光滑的皮肤。“从我们开始。”

从第一个偷偷摸摸和她在一起的晚上起，感觉像是一个开始——像开创一种新的生活方式。

阿吉瓦用指尖抚摸熟睡的玛德加的眼帘，想象着是什么梦令她的眼帘轻轻跳动。这时，他的手前所未有的温柔。

她信任他，允许他在她睡着时抚摸她的眼帘。即使在回忆中，阿吉瓦仍惊诧不已——从一开始她就信任自己，让他躺在身边，在她熟睡时抚摸她的五官、她优雅的脖子、紧实有力的手臂和强劲双翼的关节。有时，他感到她做着乱七八糟的梦，脉搏突突直跳；有时她喃喃自语，伸手找他，醒来后拉起他贴向自己，然后，让他轻柔地进入她的身体。

阿吉瓦把视线从窗口移开。为什么有关玛德加的回忆会铺天盖地涌来?

隐藏在心灵深处的回忆在慢慢展开，开始寻找共同点——一个让不可能成为可能的办法——但他自己并不承认这点，因为他心中早已不抱任何希望。

他问自己，到底是什么东西令他在晚上离开他的部队，回到这个世界，走时连哈梓和里拉兹都没有通知一声?

打破或融化阳台上的玻璃对他来说轻而易举。不消片刻，他就可以来到卡鲁身边，用手捂住她的嘴，把她唤醒。他究竟想知道什么？她能解开他来这里的谜团吗？此外，想到要恐吓这个女孩，阿吉瓦感到难受不已。他转过身，走到栏杆旁，眺望着城市的夜空。

至今为止，哈梓和里拉兹可能已经知道他失踪了。“又来了。”他们会低声不满地发着牢骚，然后赶快找个借口把他的失踪的事搪塞过去。

哈梓是他同父异母的兄弟，里拉兹是他同父异母的姐妹。他们是六翼天使皇帝女眷的孩子，皇帝的后代。这个皇帝的爱好是生育私生子，好让他们去打仗。他们的“父亲”——每次说这个词时，他们都会咬牙切齿——每晚要临幸不同的妃子，那些作为贡品送来的妇女或被他看上后精选出来的女子。他的手下把他的子女分男女两栏记录下来。本子上的婴儿数目一直在不断地增加。一旦这些孩子长大，战死疆场，他们的名字便被轻易地删掉。

阿吉瓦、哈梓和里拉兹三个人的名字在同一个月被添到名单上。他们一起长大，先是由他们的母亲抚养。等他们长到五岁时，便交给军队进行训练。从那时起，他们总设法待在一起，在同一个部队里打仗，自愿一起完成同一项任务，包括最后这一次：在布里斯通的时空转换门上烙下会燃烧的手印，让所有的门在同一时间燃烧，摧毁那个巫师通往人间世界的入口。

这是阿吉瓦第二次不声不响地失踪。头一次是在多年前。那次他离开很长一段时间，他的兄弟姐妹都以为他死了。

他的心确已死了。

他从未告诉他们或任何人，失踪的那几个月他上哪儿去了，发生了什么事令他变成现在这个样子。

伊兹尔称他为魔鬼，难道他说错了吗？多年前，在他们用双翅营造的那个宁静的世界里，他们低声谈论“新生活方式”的理念。他不知道如果今天玛德加见到他，看见那个理念被他阐释成现在这个模样，她会怎么想。

自从失去她后，他破天荒第一次未能想起玛德加的面孔。另一张脸闯进他的记忆里：卡鲁的脸。当他阴森森地向这个女孩逼近时，她黑漆漆的眼睛惊恐万状，瞳孔上映出他翅膀发出的炫目的光。

他是个魔鬼，犯下了不可饶恕的罪孽。

他张开翅膀，飞向夜空。在卡鲁睡得如此香甜的时候，鬼鬼祟祟地来到她的窗边，对她构成潜在的威胁，这种做法是错误的。他再次离开，从街道上空飞过，让自己进入睡眠状态。睡着后，他梦见他在玻璃门的另一边。卡鲁——不是玛德加而是卡鲁——对着他微笑，双唇吻着他手上的关节，一个又一个，每一个吻消去一条黑线，直到他手上的黑线全部消失。

清清白白。

“还有别的活法。”她低声说。他顿时惊醒，喉咙苦涩不堪。他知道这不是真的。没有希望，只有刽子手的斧头、只有复仇。没有和平，永无和平之日。他用手掌根揉了揉眼，心中的沮丧越来越强烈。

他为什么来这里？他为什么迟迟不肯离去？

26
事情有点不对劲

星期六早上。几个星期来，卡鲁第一次在自己的床上醒来。她冲了个澡，煮杯咖啡，在食品柜里寻找可吃的东西，结果什么也没找着。于是，她拎着一个购物袋离开公寓，里面装着要送给苏珊娜的礼物。在路上，她给朋友发一条短信："躲躲猫！重要的日子。我带了早餐。"然后在街角的面包店买了些羊角面包。

她很快就收到短信回复："如果不是巧克力，那不算早餐。"她笑起来，折回面包店买了巧克力点心。

就在这时，在街上转身时，她觉得有点不对劲，只是有一点儿不对劲。但她还是犹豫片刻，停了下来，环视四周。她想起贝恩对她说她会成为猎人的猎物，不知谁在跟踪她的话，顿时警觉起来。她的匕首藏在靴子里，紧紧地抵着她的脚踝关节，令她很不舒服，但身体上的不舒服却让她心里踏实。

她拿着为苏珊娜买的点心，小心谨慎地继续向前走。她绷紧肩膀，时不时向后张望，然而没见到什么异常的事。很快她来到了查理桥。

查理桥是布拉格的标志。这座建于中世纪、横跨伏尔塔瓦河的桥把老城区和小城区联结起来。桥的两端矗立着哥特式的塔楼，整座桥——只限行人通行——两侧伫立着圣人的巨型雕像。早上这个时候，桥上几乎没有什么行人，朝阳斜照在雕像上，在地上投下一抹细长的影子。推着手推车的小贩以及街头艺术家正陆续到达这里，抢占这座城市最好的生意地盘。在桥的正中，以山上布拉格城堡为背景的最佳照相点前，耸立着一个巨大的木偶。

“噢，我的天哪，太不可思议了。”卡鲁自言自语。木偶高达十英尺，脸上露出凶残的表情，两条手臂粗如雪铲。木偶周围空无一人，卡鲁拐到木偶的后面——它的后部用一块大雨衣盖着——那里也没有人。“哈罗？”她喊道，对苏珊娜丢下她的作品不管感到很奇怪。

这时，从木偶里面传来“卡鲁！”的叫声，雨衣接口处像帐篷的开口一样打开了。苏珊娜钻了出来。

她一把抢过卡鲁手上的点心。“谢天谢地。”她说，开始吃起来。

“嗯，很高兴再见到你。”

“唔唔。”

米克在苏珊娜后面冒出来，他拥抱卡鲁，说：“我来给她翻译，她的意思是‘谢谢你’。”

“真的？”卡鲁问，表示怀疑，“听起来像是呼噜呼噜。”

“没错。”

“唔唔。”苏珊娜点点头，表示同意。

“她很紧张。”米克告诉卡鲁。

“很糟糕？”

“很恐怖。”他走到苏珊娜前面，俯身搂住她的腰，“非常非常的恐怖。你带她走。我受够了。”

他把脸埋到她的颈窝里，发出夸张的亲吻声。苏珊娜闭手捶打着他，嬉笑起来。

米克长着一头浅茶色的头发，皮肤白皙，腮边蓄着鬓胡，下巴留着山羊胡，一双锐利的眼睛暗示他的祖先是穿越平原入侵捷克的中亚人。他英俊，有才华，很容易脸红，注意力集中时爱哼歌。他非常有趣，说话温和——这两者很好地结合一起。在有合适的说话机会前，他会认真地听别人说话，而不是假装在听。卡兹也是这样。重要的是，他全身心地爱着苏珊娜，而苏珊娜也为他神魂颠倒。他们脸红和微笑的方式很像卡通人物——他们需要的就是爱上彼此——看到他们如此相亲相爱，卡鲁衷心为他们感到高兴，同时也为自己感到悲哀。她想象着看见他们的蝴蝶——凤蝶胃——因为新的爱情到来而甜蜜地跳着探戈。

至于她的爱情，很难想象她会再有心动的感觉。更糟的是，她是个空心女孩。空荡荡的心像个实体，恶意嘲笑她无法弄清所有发生在自己身上的事。

不。她打消这个想法。她会知道的，就快知道真相了。

看着米克和苏珊娜在一起时的样子，她的笑容是由衷的。然而，过了一会儿，她脸上换上土豆头先生的笑容，一本正经，固定不变。“我有没有说过，”她清了清嗓子，“我带了礼物？”

这句话很奏效。“礼物？”苏珊娜高声叫起来，放开米克。她高兴地拍着手，上蹿下跳，“礼物，礼物！”

卡鲁把购物袋递给她。袋里有三个包裹，全部用厚厚的牛皮纸包着，用细绳绑着。最大的包裹放在最上面，它上面放着一张卡片，上面印有一行字：V.扎卡女士，手工艺品。它的包装非常精美。不知怎的，它显得很重要。苏珊娜从袋里取出包裹时，眉毛吃惊地挑起。“这些是什么？”她问，变得严肃起来，“手工艺品？卡鲁。说到礼物，我以为是从机场商店买的布娃娃或别的东西。”

“打开看看，”卡鲁说，“先开大的。”

苏珊娜打开礼物，顿时激动得哭起来。“噢，我的天哪，噢，我的天哪。”她小声地说，将一件薄纱裙贴到胸前。

这是一条芭蕾舞裙，但绝不是普通的芭蕾舞裙。“安娜·巴甫洛娃1905年在巴黎穿过它。”卡鲁兴奋地告诉苏珊娜。送人礼物真是太有趣了。她小时候从来没有举办过圣诞晚会或生日晚会。到她长大能独自离开商店后，她喜欢买些小礼物送给阿萨和亚西里——各式各样的花、奇形怪状的水果、蓝色蜥蜴、西班牙扇子。

“嗯，我完全不知道那个人是谁。”

“什么？她是有史以来唯一最著名的芭蕾舞演员。”

她又挑起眉毛。

“没关系，”卡鲁叹了口气，“她是出名的小巧玲珑，所以这条裙子应该适合你。”

苏珊娜把它拿起来。“它的……它的……它的……它的风格如此像德加[①]……”她结结巴巴地说。

卡鲁咧嘴一笑：“我知道。是不是很棒？在里昂的跳蚤市场有一个女人卖优质的芭蕾舞物品——”

“这要花多少钱？一定很贵。”

“喔，”卡鲁说，“钱就是用来花的。此外，我有钱，有钱得要命，极其有钱。”

布里斯通替她把一切准备好，其中包括让她有足够的钱买礼物。她在巴黎也为自己买了一份礼物，同样是手工艺品，但与芭蕾无关。那套刀具在玻璃盒里闪闪发亮。她一见到它，就知道她一定会买下来。它是一套中式弯刀，她最喜欢的武器之一。她自己的那一套，用来训练用的那套，仍然放在香港她的老师那里。自从入口被烧后，她再也没有去过那里。不管怎样，相比之下，这让自己那套刀具相形见绌。

“十四世纪……”扎卡女士开始滔滔不绝地推销她的产品，卡鲁根本不需要听。讨价还价似乎亵渎了它，她的眼睛眨都没眨，就按那女人的出价买了下来。

每把刀由两片刀刃组成，像两轮弯月连接起来，因而被称为双月弯刀。把手在中间，挥刀时，刀光闪闪，发出好几道耀眼的光芒。它的最大好处，也许是用于拦截敌人。在面对多个敌人，特别是对付使用剑这种长的武器的敌人时，弯刀是最佳的武器。在摩洛哥，如果她有这样的武器，天使不可能那么轻而易举地击败她。

她还为苏珊娜买了一双优质的芭蕾舞鞋和一个褪色的丝制玫瑰花蕾

① 埃德加·德加（1834～1917），印象派人物画家，又是现实主义巨匠。

头饰。这些东西同样是世纪之交时在巴黎舞台用过的物品。“想去准备了吗？”卡鲁问她，情绪激动的苏珊娜点点头。她们挤进大木偶里，苏珊娜把她那件普通的芭蕾舞裙扔到一边。

一小时后，游客们成群结队地走过大桥。他们胳膊下夹着旅行指南，寻找到城堡的路线。不少人站成半圆形围着大木偶，对着它指指点点，猜测它的用途。卡鲁和苏珊娜蜷缩在里面。

“别扭来扭去。”卡鲁命令她。因为苏珊娜用力拉扯着穿在芭蕾舞裙下的紧身衣，没有一点儿淑女的样子，卡鲁只好暂停化妆。

“我的紧身衣歪了。”苏珊娜说。

“你想让你的腮红也打歪吗？别动。”

“好勒。”苏珊娜稳住不动，卡鲁在她的脸上打上一圈粉红色的腮红。她的脸涂上厚厚的白粉，嘴唇被画成玩具娃娃式的小巧红唇；唇角伸出两条细细的黑线，模拟木偶用链条联结的下巴；黑眼睛上贴着一圈假睫毛。她穿着卡鲁送的芭蕾舞裙和风光一时的芭蕾舞鞋。裙子非常适合她；白色紧身衣有些地方脱丝了；膝盖的位置打了补丁；上衣的一条带子断了，耷拉在衣服上；胡乱绾起的头发上戴着一个褪色的玫瑰头饰。现在，苏珊娜看起来像一只躺在玩具盒里被冷落多年的布娃娃。

实际上，玩具盒的盖子大开，准备在等她整理好服装后接纳她。

“全部搞定。”卡鲁说，审视着自己的杰作。她高兴地拍着手，觉得自己的样子像阿萨。阿萨把牛蒡当作临时的角固定在卡鲁头上或用羽毛掸子给她当作尾巴后，就是这样审视卡鲁的。“太好了，你真惹人怜爱。某位游客一定想把你当作纪念品带回家。”

“他会遗恨终生的。”苏珊娜说，把芭蕾舞裙倒置，一副不扯好她的紧身衣不罢休的架势。

“你能不能放过可怜的紧身衣啊？它们没问题。”

“我讨厌紧身衣。”

“嗯，让我把它加到清单上。今天早上你讨厌，让我想想，戴帽子的男人、法兰克福香肠狗——”

“法兰克福香肠狗的主人，”苏珊娜纠正她，“你也一定会的，像我，一个扁豆般大小的人一定会讨厌法兰克福香肠狗。”

“法兰克福香肠狗的主人、发胶、假睫毛，现在是紧身衣。你说完了吗？”

“讨厌的东西？”她停了一下，想了想，“是的，没有了。暂时没有了。”

米克从开口处望进来。“来了一大群人。”他说。把苏珊娜的期末作业搬到街上来完成是他的主意。他会时不时演奏小提琴调节一下气氛。为了令他的样子看上去更“浪漫”，他在自己漂亮的左眼上蒙上了一个眼罩，样子既顽皮又迷人。他答应苏珊娜，她一个早上就可能挣到好几千克朗。

“天哪，你真可爱。”他说，用没蒙上眼罩的那只眼看着苏珊娜。

通常来说，苏珊娜并不喜欢“可爱”这个词。幼儿才可爱，她会呵斥道。不过，这个词出米克说出来，那又另当别论。她的脸唰地红了。

“你给了我错误的印象。”他说，钻了进来。这下空间变得更挤了，卡鲁被挤到木偶的主轴上，“我被一只木偶迷住了，是不是很怪？”

“没错，”苏珊娜说，“非常怪。但这解释了你在木偶剧院工作的原因。”

“不是对所有的木偶，只是对你。”他一把搂住她的腰，她尖叫起来。

“当心！”卡鲁叫道，“她的妆。”

米克没有听。他对着苏珊娜化好妆的嘴吻了又吻，把她的口红弄得一团糟，还把一些口红蹭到她涂得雪白的脸上，结果他自己的嘴唇也变成玫瑰色。苏珊娜大笑，帮他把口红擦掉。卡鲁想帮她补一下妆，然而，她乱糟糟的妆容与她凌乱的服装倒是相得益彰，她干脆不予理睬。

米克的吻神奇地消除了苏珊娜紧张的情绪。“我想表演时间到了。”她高兴地宣布。

“好的，”卡鲁说，“躺到你的盒子里吧。”

于是，表演开始了。

苏珊娜用身体讲述着故事——一个被抛弃的木偶被人从盒子里取出来跳最后一支舞——非常感人。刚开始，她的动作笨拙，浑身僵硬，像长满了锈，好几次摔倒在一堆薄纱上。卡鲁望着观众全神贯注的脸，看到他们是多么想走上前去帮助这个可怜的小木偶站起来。

大木偶隐隐出现在她的上方，面露凶光。苏珊娜旋转时，它的手臂和手指在抖动、跳跃，好像它在控制着她，而不是她在控制它。这个设计极其巧妙，丝毫不引人注意，造成完美无缺的假象。这时候，小木偶开始找回自己优雅的舞姿。苏珊娜用足尖缓缓站立，似乎她是被线绳拽起。她的身体在伸长，快乐回到了她的脸上。与此同时，米克的小提琴上传出优美动听的斯美塔纳奏鸣曲。这一刻，苏珊娜的表演超越了街头表演，深深触动了观众的心弦。

看着她的表演，卡鲁不禁热泪盈眶。她感到心里空荡荡的，无比的空虚。

最后，苏珊娜被迫回到盒子里。她那双充满渴望的眼睛望着观众，伸出一只手好像在恳求什么，然后顺从地听从主人的命令。盖子啪一声盖上，音乐声也戛然而止。

围观的人群非常喜欢她的表演。米克的小提琴盒不久就装满了纸币和硬币。苏珊娜鞠了半打的躬，应观众要求摆姿势拍了不少照。随后，她和米克钻进木偶里。无须多想，卡鲁就知道他们正在大肆破坏她的杰作，她坐在盒子上等他们出来。

就在那里，在查理桥上密密麻麻的人群中，她总觉得有点不太对劲。这种感觉犹如一团阴影，缓慢地渗入她的心里。

27
不是猎物，是强势

丫头，你一直会被猎人追杀的。

环顾四周，在周围的人群中查看一张张脸孔时，卡鲁想起贝恩对她说过的话。意识到自己站在桥中间无遮挡物时，她斜视着两岸的屋顶，想象着猎人正通过步枪瞄准器瞄准她。

她打消这个念头。他不会的，不是吗？不对劲的感觉慢慢退去，她告诉自己那只不过是她多疑罢了。然而，在其余的时间里，卡鲁觉得那种感觉又悄然而至，慢慢传遍她的全身，让她不寒而栗。苏珊娜表演了十多场，每次表演都让她更加自信。米克的小提琴盒一次次装满了钱，远远超过他承诺的数量。

他和苏珊娜极力劝说卡鲁和他们一起去吃晚饭，但被她婉言谢绝。她推说自己的时差反应还没有调整过来。此话不假，但那并不是她目前主要关心的问题。

她肯定有人跟踪自己。

她紧握拳头，抵着手掌的指尖不断颤抖，发出阵阵刺痛，接着刺痛传到她的手臂。当她离开大桥，拐入老城用青石板铺成的迷宫般的胡同里时，她知道自己被人跟踪了。她停住脚步，蹲下来，假装系鞋带，把刀拔出来——她常用的刀；她的双月弯刀放在公寓的盒子里——滑进她的衣袖里，同时扫视着前方和后面。

她没看见有人，便继续朝前走。

她第一次到布拉格时，被这些迷宫般的胡同弄糊涂了。她走过一家美术馆，过了几个街区后，折回去找，结果怎么也找不着。这座城市吞噬了它。事实上，她再也没找到过它。这些纠缠在一起的胡同极具欺骗性，让你产生一种错觉：在你身后，当你不经意时，它们的位置会发生变化，石像鬼[①]会踮起脚尖走开，青石块会像拼图那样重新组合成新的形状。布拉格令你神魂颠倒，引诱你徜徉其中，像神话中的怪人，诱惑旅行者到森林的深处，直到他们迷失其中，再也找不到出路。不过，迷失在布拉格胡同的木偶店和酒吧间只能算是小小的冒险。唯有卡兹和他那群化妆成吸血鬼的演员潜伏在附近角落里，随时准备把人吓一跳。

通常是这样。

今晚卡鲁真正感觉到了威胁。她每走一步都很镇定、精确。她是故意这么做的。她想战斗。她的身体充盈活力，时常给她一种能做点别的事的幻影。在这一刻，她确信在那幻影般的生活中，她会战斗。

“来吧，”她低下头，加快步伐，小声对着看不见的跟踪者说，“我有惊喜送给你。”

卡鲁来到位于大桥与老城之间的查理街。它是一条主要的步行街。这里游客多如过江之鲫。她挤在这些人中间，步履如飞，飘忽不定，时不时回头向后张望。她并不想发现谁在跟踪她，而是想装出害怕的假象。走到一条行人稀少的侧巷的交叉路口时，她突然向左拐，紧贴着墙壁。她对这一带非常熟悉。这里是卡兹闹鬼的地方，周围布满了藏匿点。就在前面，那座中世纪时期建造的市政厅的弧形凹门就是个理想的藏身之处。她曾多次装扮成鬼躺在那里。她钻进暗影里，想把自己隐藏起来。

突然，她与一个吸血鬼打了个照面。

---

① 石像鬼，中世纪哥特式建筑屋顶上的半人半兽滴水嘴，人们把它放在门口以避邪，后成为一种纯粹的装饰品。

“嗨！”一个刺耳的声音传了出来。卡鲁快速顿住脚，向后倒退几步，离开暗处。“噢，天哪，”那个声音叫道，“是你。”

这个吸血鬼靠着墙，双臂交叉，一副无聊透顶但又盛气凌人的样子。

塔拉。看见这个女孩，卡鲁的脸沉了下来。她是个模特，又高又瘦，美得刺眼。这种美会衰老得很快。她的脸涂上厚厚一层白粉，画着哥特式的眼线，嘴上戴着獠牙，猩红色的唇角挂着一滴血。卡兹请来的这个性感吸血鬼泼妇披着一件黑披风，打扮得恰到好处。她极不合时宜地躲在卡鲁想用来藏身的地方。

真蠢，卡鲁责备自己。现在是闹鬼时间。卡兹的藏匿点当然会挤满了演员。当她晚上穿过老城区，看见无聊的鬼们靠在墙上，发短信或收短信，等待下一拨游客的到来时，她总觉得那样子很可笑。

“你在这里干什么？”塔拉问，撅着嘴唇好像嗅到什么味道。她是那些有本事把自己弄得丑陋不堪的漂亮女孩之一。

卡鲁向后扫了查理街一眼，然后朝前望了望巷里下一个能让她藏身的弧形凹门。那里太远了，她不能冒这个险。她觉察到跟踪她的人越来越近了。

塔拉慢腾腾地说：“要是你想找卡兹的话，别费心机了。他告诉了我你的所作所为。”

卡鲁心想，拜托，那事早已不重要了。她说：“塔拉，住嘴。”卡鲁用力挤进里面，把她挤到一边。

塔拉大吃一惊，想把她挤出去：“你想干什么，怪胎？”

“我说闭嘴。”卡鲁嘶声地说。但塔拉并没有闭嘴。卡鲁把刀子从衣袖里滑出，举了起来。刀尖像猫爪般弯曲，刀刃在黑暗中闪闪发亮。塔拉倒吸一口冷气，马上住嘴。但没有多久，她又开口了：“噢，好吧。我想你打算捅我一刀——”

“听着，”卡鲁压低声说，“安静一会儿，否则我会剃光你的蠢眉毛。”

她刺耳地说了声：“什么？”然后吓得不敢出声。

塔拉的刘海修剪得又长又厚，长得快要盖住眼睛。她用发胶固定住，不让它移动。她这样做是为了盖住她的眉毛。圣诞节期间，卡鲁一气之下花了一个铜闪把她的眉毛变成这个样子。她的头发下面长着两条粗又黑的眉毛。如此一来，她的模特生涯算是完蛋了。

塔拉的表情先是迷惑不解后来变得怒不可遏。卡鲁不可能知道她眉毛的事，她总是小心翼翼地用头发盖好。她会认为卡鲁一直在暗中监视她，但卡鲁不在乎她是怎么想的。她只要安静。“我是动真格的，”她低声喝道，“但愿我还能活着修理你的眉毛，所以闭上你的臭嘴。”

各种声音从查理大街飘过来，还有附近咖啡厅传来的音乐声以及发动机的嗡嗡声。她没法听到脚步声，但这并不意味着危机解除。猎人总是悄然行动。

塔拉还是那副目瞪口呆的表情，但至少目前她安静了下来。卡鲁警觉地站着，眼冒凶光，竖起耳朵，专注地听。

有人来了。他的脚步声悄无声息，如同幽灵一般。在巷子外面，一个影子慢慢进入她的视线。当来人走近时，卡鲁看到她前面地上的影子变长。她的掌心突突直跳，她紧紧握住刀子，疑惑地看着影子，试图弄明白是怎么一回事。

她很吃惊，马上想起那些话。不是贝恩说的，而是拉兹古说的话。

我的兄弟六翼天使在找你，美人。

这个影子。这个影子上有翅膀。

噢，我的老天，天使。卡鲁的脉搏突突乱跳。贝恩说的话对她造成的干扰顿时烟消云散。从一开始就有迹象表明是天使在跟踪她：她的掌心，涌动着一股能量。她的汉萨斯在猛烈跳动。她怎么不早点想到这事呢？她狠狠地扫了塔拉一眼，用嘴形暗示她“安静”。塔拉不敢叫喊。她吓坏了。

影子向前移动。在它后面，是天使。他紧张地向前张望。他在翅膀上施了魔法，翅膀看不见了。他的双眼在黑暗中闪闪发亮。卡鲁把他的轮廓看得一清二楚。他惊人的美貌带给她的震撼与第一次看见他时完全相同。菲亚拉。她在心中呼喊着绘画老师的名字，要是你能亲眼看见他就好了。虽然他身上背着两把剑，他的双臂随意垂在身边，双手微微举起，手指张开，好像在示意他手上没有武器。

卡鲁心想，好极了。她握紧刀子。我可不是没有武器。

他与她隐匿的地方在同一条线上。

她做好准备。

她跃了出去。

她要向上跳勾住他的脖子——他很高，至少有六英尺四英寸——她如猛虎般扑向他，撞得他摇摇晃晃。她紧贴在他身上，立刻感受到她看不见的东西：他身上发出的热气和巨大的翅膀。它们虽然看不见，却真实存在着。当她把刀刃对准他的喉咙时，不仅感到他肩宽、手壮，身上暖意融融，更强烈意识到蕴藏其中的强大力量。

"在找我吗？"

"等等——"他说，没有做出准备打仗或把她甩掉的举动。

"等等。"卡鲁嘲笑地说。冲动之下，她张开另一只手，掌心朝着天使脖子裸露的地方摁了上去。

在摩洛哥，当她第一次把未知的汉萨斯魔力对准他时，局势急转直下。那次，汉萨斯的威力把他掀到空中。现在，它可怕的魔力没有冲击他并把他掀翻——这股力量闯入他的体内。卡鲁掌纹摁住的地方，她感到他肌肉猛地颤了一下，接着颤动传遍他的全身。霎时，他浑身痉挛起来。然后，颤动沿着她手臂传上来，进入她的五脏六腑，甚至她的牙根里。头好像要被震裂似的。她只感觉这实在令人毛骨悚然。

而他的情况就更糟。全身痉挛让他身体变了形，卡鲁差点被震脱，但她紧箍住不放。阿吉瓦快要窒息了。魔力瓦解了他的力量，令他恶心无力——它在做什么？他突然前倾，身体剧烈地抖动。他想把她的手掰开，但手指使不上力气。卡鲁用手压住的皮肤很光滑、灼热，而且越来越热。它的温度在升高。他翅膀的温度也在上升，像一堆被狂风吹乱的篝火。

火，看不见的火。

卡鲁受不了了。她把手掌从他脖子上挪开。她一挪开被灼得生痛的手，天使的精神立刻振作起来。他抓住她的手腕，猛地转身，把她甩开。

她轻巧地着地，转身面对着她。

他萎靡不振地站着，喘着粗气，一只手捂着脖子，对卡鲁虎视眈眈。卡鲁觉得一时无法动弹，有一会儿，只能凝视着对方。他看起来很痛苦，迷惑地皱起眉头，似乎在猜一个谜。

好像她是一个难解之谜。

他向前走几步。一瞬间紧张的局面有所缓和。他举起手，表示和解。当他接近卡鲁时，她的脉搏在狂跳，她的汉萨斯在狂跳，她的心、指尖也在狂跳。所有的痛苦记忆全涌上心头：对她乱砍的剑、着火的基什、燃烧的入口、她最后一次见到的、冲着她大叫“天使”的伊兹尔。

她抬起手，不想和解。她一只手握刀，另一只手掌对准天使。

天使退缩了。她发动猛烈攻势，汉萨斯的魔力令他连连后退好几步。“等等，”他说，拼命抵挡她的攻击，“我不会伤害你。”

卡鲁想笑，但笑不出来。现在是谁处在危险之中？她感到自己很强势。幻影般的生活不再嘲笑她，而是沁入她的肌肤，与她合为一体。这才是她本来的面目：不是猎物，是强势方。

她继续攻击，天使向后退。她追了上去，他继续后退。在多年的训练中，她总是有点顾忌，不敢使全力。现在不一样了，她觉得强大，力量得到释放。她施展旋风般的攻击招数，猛击他的胸口、腿，甚至他高高举起、表示和解的手。每次触到他身体，她都意识他的伟岸——牢牢站住不动的身体。管你天使不天使——管它什么意思——他也不能超凡入圣。他也是血肉之躯。

“为什么跟踪我？”她用奇美拉语吼道。

“我不知道。”他说。

卡鲁哈哈大笑。真是可笑之至。她感到身轻如燕，身手敏捷。她心中憋着一股怒火，继续攻击他。他仍然只是自卫，躲开刺过来的刀，在汉萨斯的威胁下不断退缩。

“快动手。”她嘶声叫道，同时踢中他身上的要害部位，而他只是强忍痛苦。

他没有和她动手。当她再次攻击时，天使张开翅膀飞起来，飞离地面，飞到她够不着的地方。“我只想和你谈谈。”他从上方对她说。

她仰起头，向上看了看他在空中盘旋的位置。被他振翅发出的气流吹起的头发，犹如一条条小蓝蛇绕在卡鲁的脸上。

她凶狠地笑起来，半蹲着。“那就谈谈吧。”她说，跃上空中追赶他。

28
祈祷的姿势

藏在暗处的吸血鬼塔拉惊得一时忘了呼吸。

在与查理大街交汇的胡同口，一小群游客拐了进来。顿时，他们僵住脚步，惊得目瞪口呆，口香糖从张开的嘴里掉了出来。卡兹得意扬扬地玩弄着一顶大礼帽，一只胳膊夹着一根木棒。突然，他看到自己的前女友浮在半空中。

老实说，他并不怎么吃惊。卡鲁身上有某种让人相信她能制造奇迹的东西。你认为别人做不到的事，卡鲁能做到，这一点儿也不奇怪。卡鲁，在天上飞？嗯，为什么不呢？

卡兹不是吃惊，是嫉妒。卡鲁在飞，没错，但她不是一个人在飞。她和一个男人一起飞，一个美得掉渣，美到极致的男人。即使像卡兹这种的男人——他声称他很“高兴”对其他的男人也有吸引力——也不得不承认那个男人美得惊人。

美得没治了，他想，双臂交叉。

他们两人在空中的行为不能完全描述为飞行。他们飞到屋顶的高度，但他们只是移动——像猫似的盘旋着，眼睛死死地盯着对方。他们之间有某种东西在涌动。卡兹觉得肚子好像被人猛击一拳。

这时，卡鲁袭击那个男人，卡兹心里好受多了。

后来，卡兹称空中飞行是他观光项目的一部分。他称卡鲁为他的女朋友。此事惹火了塔拉，她气冲冲地走回家，对着镜子怒视着自己的眉毛——仍粗如毛毛虫。但是目前，他们只是呆呆地望着两个美丽的人儿在布拉格屋顶上方对攻。

无疑，卡鲁是在打斗。但她的敌人只是左躲右闪，动作优雅，还奇怪地带点……温柔……似乎要避开她。她还未碰到他，他就如同被击中般退缩。

这种情形持续了几分钟，地上观看的人越来越多。这时，卡鲁朝对手扑过去。天使抓住她的手，她的手一松，刀从手中跌落——它一路往下掉，刀尖朝下落到两块青石板中间，笔直地插在那里——他抓住她。情形很奇特：他让她的掌心以祈祷的姿势合拢。她拼命挣扎，但显然他要强壮得多，轻松地抓住她的手。他的手压在她的手上，像是在强迫她祈祷。

天使在和卡鲁说话，他的话语从空中飘落到旁观者的耳中，陌生、刺耳、音调丰富，有点……像野兽发出的声音。不管他对她说了些什么，她渐渐停止挣扎。但有一阵子他仍握着她的手不放。在老城广场的上空，泰恩教堂的钟声鸣报九点。第九声钟声响过后，他放开他的手，向后划动，神情紧张，一脸警惕，好像他刚把一只野兽从笼子里释放出来，不知道它是否会攻击。

卡鲁没有攻击他，而是与他拉开距离。他们俩说着话，用手比画着。卡鲁在空中的动作懒散，长长的腿弯在身后，双臂有节奏地划动，似乎她是浮在空中。她的飞行动作看上去毫不费力——人人都能做到——以至于有好几个游客小心地用手臂检测空气的浮力，想弄清他们不会飘到世界的某个角落,在那里，在那里人人都能飞起来。

当人们对一个蓝发女孩和一个黑发男子在他们的上方飘浮，像在表演一出精彩的大戏这一幕情景不再感到吃惊时，那个女孩猝然发难。那个男子从空中往下掉，一路摔摔停停，拼命想保持身体的平衡。

他不再挣扎，四肢变得无力。他的头向后翻，脖子松软，身上嘶嘶作响，在空中抖落雨点般的火花，宛如拖着彗星的尾巴。接着，他一头扎到地上。

29
太阳下的星光

当天使以为离地十英尺就能够脱身时，卡鲁紧随着他飞上天空。想到此事会令他大吃一惊，卡鲁高兴坏了。不过，就算他感到吃惊，脸上并没有表现出来。卡鲁飞到天使的面前。天使凝视着她，只是凝视。炙热的目光拂过她的脸、唇，像是在触摸它们。他的眉毛又黑又软，双眼发出让人眩晕的光芒；金黄色的肌肤晒成古铜色，脸上凹陷的部位颜色要淡些，呈蜜色；如刀削般的面颊轮廓分明，表情严肃，暗含肃杀之气；额头的发际线呈V字形，像匕首尖。完美无瑕的外貌加上看不见的火焰发出温和的噼啪声令卡鲁面对他时，惊得心跳加快，血往头上涌，整个人像中了魔，心中有种异样的感情。

在她肚子里：有东西蠢蠢欲动，拍打着翅膀准备高飞。

她霎时双颊绯红。冒失的蝴蝶现在来打搅她。她是什么人，一个见到帅哥就会昏过去的轻浮女孩？

“美色，”布里斯通曾嘲讽道，“人类痴迷美色，傻不啦叽。他们追求美色就像飞蛾扑火，不能自拔。”

卡鲁不会成为一只飞蛾。他们绕着对方盘旋时，她提醒自己，虽然现在天使没有攻击她，但以前刺伤过她，在她身上留下丑陋的疤痕。更糟的是，他烧毁时空转换口，留下她孤零零一个人。

想到这里，她怒火中烧，再度发起攻击。顿时，空中暗流涌动，无形的气流向他滚滚扑去。有那么一会儿，她以为自己能与他抗衡，她能——干什么？杀了他？她几乎没怎么用刀子。她不想杀他。

她想怎样？他又想怎样？

这时，天使抓住她的手，一个优雅的动作，就缴了她的械，打消她自以为可以赢他的念头。他把卡鲁的双掌合拢，这样卡鲁的汉萨斯就无法攻击他——挨近他时，卡鲁看到天使的脖子上有个白印，那是她烙上去的——他太强大了，她根本无法摆脱。天使的手很暖，把她的手全部裹住，魔力被困在掌心。两个滚烫的掌纹相对，魔力无法施展。她的匕首掉到下面的街上。卡鲁被困住了。顿时，她惊慌失措，想起在摩洛哥时，他面无表情地俯视自己的样子。不过，现在他的表情不再死气沉沉。远非如此。

他完全变了一个人，脸上充满着感情。什么感情？痛苦。他身上发出阵阵炽热的光芒，脸上一副极度痛苦的表情，呼吸很不均匀。这还没完。他倾身靠近卡鲁，翅膀闪闪发亮，睁大眼睛，灼热的目光上下打量着她，看呀看，不停地看着她。

他的触摸、他身上的热气、他的凝视冲击着卡鲁。一瞬间，她感到不是蝴蝶蠢蠢欲动，而是一个轻浮的女孩拍打着翅膀在飞。

这个新东西腾然出现在他们中间，星际中的某种东西。它的出现使整个气氛为之改变。它也飞落到卡鲁的身上　　温暖着她，软化着她，吸引着她——那一刻，她的手被他握住，顿时感到软弱无力，如同在广袤奇特的太空中，星光在太阳面前无能为力一样。她挣扎着，想把手抽离出来。

天使的嗓音低沉沙哑。他说：“我不会伤害你。我对前面所发生的事感到抱歉。请相信我，卡鲁。我来这里不是要伤害你。”

听到他叫自己的名字，卡鲁猛然一惊，停止挣扎。他怎么会知道自己的名字？“你来干什么？”

他的脸上呈现出一副无助的表情。他又说：“我不知道。”这次卡鲁不觉得好笑。“只是……只是想和你聊聊，”他说，“想弄清这……

这……”他笨嘴拙舌地想找到合适的词，声音逐渐消失，不知该如何表达。但卡鲁明白他的意思，因为她也想弄明白这件事。

“我没法再抵挡你的魔力。”他说，她再次意识到他非常痛苦。她真的伤了他。她就该这么做，她告诉自己，他是敌人。传到手上的热气提醒着她，身上的疤痕提醒着她，还有她失去的另一半生活也在提醒着她。可是，她的身体却不听使唤。她的注意力全部放在他们肌肤相亲、被他握着的手上。

“不过，我不会再握住你的手，”他说，“如果你想伤我，那是我罪有应得。”

他松开手，她手上的热气也随之消散。黑夜挤在他们中间，她觉得现在比原先更冷。

紧握拳头，卡鲁向后退，只知道她还在飘浮着。

真糟糕！怎么一回事?

远远地，她意识到有一大群人正在观看她的飞行。还有更多的人成群结队地赶过来，似乎查理街游客的路线改道拐向这里。她感觉到他们在指指点点，惊叹不已；看见相机发出的闪光，听到他们的惊呼声。但这一切都是非常非常的模糊不清，好像在看电影一样，不如她此刻活着真实。

卡鲁感到妙不可言。从天使抓住她的手直到放开这段时间，她空洞的心似乎被某种东西填满。一开始她并没有意识到，后来他把手松开，她立刻感到空虚重新回到她身上。这种感觉猛烈袭击她，让她觉得浑身冰冷，痛苦不堪，心空荡荡的。渴望——渴望——她极力控制自己不上前去再次握住他的手；觉察到内心涌起的巨大冲动，她竭力把它压制下去。就像与潮水作战，在战斗时，同样害怕被潮水吞没，远离安全区域。

卡鲁张皇失措。

当天使移动了一下，好像要靠近她时，卡鲁朝他举起双手。在很近的距离同时举起双手。他吃惊地瞪大眼睛，接着身体在空中摇晃了一下，与他优雅的动作很不协调。卡鲁心中一紧。天使努力想在一栋四层楼的窗楣上稳住自己，但没能稳住。

他的头向后翻，向下掉了几英尺，身上抖落无数火花。他失去知觉了吗？卡鲁喉咙发紧，对他说："你还好吗？"

他情况不妙，自己在往下掉落。

阿吉瓦模模糊糊意识到自己已不在空中。他的身下是青石板。他睁开双眼，看到无数张脸在盯着他看。他一下子清醒过来，听到人们用他听不懂的语言在说话。他的眼角瞥见一抹蓝色。卡鲁在那里。突然，他耳边响起雷鸣般的声音，他努力坐直起来，原来雷鸣般的声音是……掌声。

卡鲁背对着他，行了一个表演式的屈膝礼。她用一个很夸张的动作，把落在青石板之间的刀子拨了出来，插进她的靴子里。她回头向后望了望，见他醒来，似乎松了一口气。然后她向后退……拉起他的手。她小心翼翼，只把指尖放进他的手里，不让她的掌纹伤到他。她帮助他站起来，低声在他耳边说："鞠躬。"

"什么？"

"就鞠一个躬，行吗？让他们认为这是个表演，这样我们会容易脱身些。留下他们猜测我们是如何飞起来的。"

他大致做了个鞠躬的动作。掌声雷动。

"你能走吗？"卡鲁问他。

他点点头。

想要脱身还真不是件容易的事。人们挡住他们的去路，想和他们说话。卡鲁说了几句话。天使却不知道她说些什么，他听不懂这种语言。卡鲁的回答很简短。观众高兴之余惊叹不已——除了一个家伙外，一个戴着大礼帽的年轻人，他瞪着阿吉瓦，伸手想拉卡鲁的胳膊肘儿。他那副唯我独尊的样子惹怒了阿吉瓦，他很想把那家伙扔到墙上。不过，卡鲁并不需要他帮忙。她把那个男人推到一边，带着他走出人群。她冰凉的小手仍放在他的手里。他们转过街角来到一个露天市场时，她把手抽走了，他心里很难过。

“你还好吗？”她问，拉开两人的距离。

他在一个雨篷下的暗影中靠墙稳住自己。“我罪有应得，”他说，“不过，我感觉好像有支部队从我身上踏过。”

她走在前面，浑身充溢着能量。“拉兹古说你在找我。为什么？”

“拉兹古？”阿吉瓦吃了一惊，“我以为他——”

“死了？他死里逃生。只是伊兹尔死了。”

阿吉瓦望着地面。“我不知道他会跳下去。”

“他跳下去了。你还没有回答我的问题。为什么找我？”

他又一次露出无助的表情，在脑子里搜索合适的词。“当时我不知道你是谁，现在我也不知道。一个掌上带有魔鬼之眼的人。”

卡鲁看了看她的掌心，然后抬起头望着他，迷惑不解，有点心虚。“它们为什么会对你有这么大的威力？对你？”

他眯起眼。难道她不知道？

眼睛文身只不过是布里斯通残暴行径的一个事例。它的魔力像一阵飓风席卷而至，让人恶心乏力。阿吉瓦虽然受训如何抵挡它——所有的六翼天使都受此训练——但他只能承受这些攻击。要是在战场上，他会在敌人释放出如此多的能量之前，把他们的手砍下来。可是卡鲁……他再也不想伤害她，所以他尽其所能强忍下来。

现在，她攻击他时的样子越发像童话里的仙子——一个令人害怕的仙子，眼窝深陷，像蝎子一样长着毒刺。她留在他脖子上的焦痕摸上去像被硫酸泼中留下的斑点，她凌厉的袭击搅得他的胃翻江倒海般难受。他全身软绵绵的，甚至担心会再次摔倒。

他谨慎地说：“它们是亡魂留下的记号。你一定知道这事。”

“亡魂？”

他端详着她的脸。“你真的不知道？”

“知道什么？什么是亡魂？是不是鬼魂？”

“是奇美拉战士，”他说，他的话只有一部分是真的，“汉萨斯是为他们准备的。”停顿片刻，“仅此而已。”

她突然握紧拳头。“显然不止如此吧。”

他没有回答。

他们之间产生了微妙的变化。当他们在屋顶面对面时，他有一种天旋地转的感觉。靠近她就像在一个翻转着的世界保持平衡、要避免失足掉下去。然而，不断旋转的地面想拖着他向前滚动，把他抛进旋涡里，那里是个万劫不复之地。只有碰撞，一种久违、甜蜜、令人怦然心动的碰撞。

他以前有过这种感觉，但再也不想有这种感觉。这只能减少对玛德加的回忆，现在已经减少了。他无法再次想起她的脸，如同在听一首歌的演奏时，试图回忆另一首歌的旋律。他眼里只有卡鲁的脸、闪闪发亮的眸子、光滑的双颊、惊慌失措时紧紧抿在一起的柔软的弧形唇。

他要斩断情丝。他不应该产生这种感觉——心如乱麻、心急如焚、心慌意乱、心猿意马。他一直把这个被他挤压得变了形的念头禁锢在心灵深处。结果，却变得面目全非，他根本辨认不出它的本来面目：希望。一个小小的希望。希望的中心：卡鲁。

她在离他一个翼幅的距离之外向前走着。他们彼此互相吸引，却害怕靠得太近。“你为什么要烧毁入口？”她问。

他长长地舒了一口气。能说什么？为了复仇？为了和平？两者都说得通。他谨慎地说：“为了结束战争。”

“战争？有战争吗？”

“没错，卡鲁。战争就是一切。”

听到他叫自己的名字，卡鲁又是一惊。“布里斯通和其他人……他们都好吗？”她紧张得无法呼吸，阿吉瓦意识到那是害怕——害怕听到不好的消息。

除了汉萨斯让他恶心乏力外，另一种恶心向他袭来，比前一种更强烈——恐惧的开始。“他们在黑城堡里。”他说。

“城堡。”她抬高声音，饱含希望地说，“带有铁栏。我在那里，我看见它了，在你袭击我的那个晚上。”

阿吉瓦眼望别处。他心里一阵阵恶心难受，头痛欲裂，很难集中精力回想过去的事。曾经有过一次，他惨遭魔鬼之眼长久的折磨，没有指望自己还能生还，至今仍弄不明白他为什么能死里逃生。他的眼沉得几乎睁不开，身体像绑着铁块，重得直往下坠。

有声音传来。

卡鲁急忙四处张望。阿吉瓦朝那边望去。一些观众跟随他们来到这里，正在指指点点。

“跟我来。”卡鲁说。

他没有别的选择。

30
你

卡鲁把天使领到她的公寓，一路走一路问自己，傻瓜，傻瓜，你在干什么？

答案，她自问自答，我在找答案。

站在电梯前，她迟疑了一下，不确定是否要和天使待在如此狭小的空间里。但他确实没法走上楼梯，所以她按下电梯的按钮。他跟着她走进去，似乎不熟悉电梯的工作原理，当电梯轧轧上升时，他略微有点吃惊。

走进公寓，她把钥匙扔到门边的一个篮子里，环顾四周。墙上挂着她的大作：灭绝天使的大翅膀。那与他的翅膀惊人的相似。即使他注意到两者之间的雷同，却丝毫没有表露出来。房间的空间实在太小，他的翅膀无法全部展开，只好像雨篷那样悬在空中，半遮住她的床。她的床是一张宽宽的柚木长凳，上面铺着羽绒床垫和被子。床没有整理，到处堆放着头天晚上卡鲁翻看的旧素描本。这是她与家人在一起的唯一方式。

有一个本子摊开，上面是一张布里斯通的肖像。天使一看见肖像就咬牙切齿。卡鲁瞥见他的样子，一把抓起本子，把它紧贴在胸前。他走到窗前，向外眺望。

“你叫什么名字？”她问。

“阿吉瓦。”

“你怎么知道我的名字？”

过了很久他才说：“那位老人。”

伊兹尔。当然。可是……她突然想起来。拉兹古曾说过，伊兹尔为了保护她，自己从塔上跳下去。“你是怎么找到我的？”她问。

外面一片漆黑，阿吉瓦橙色的眸子清楚地映在玻璃窗上。他只说了一句：“这并不难。”

她正要详问此事，但他闭上眼睛，把头靠在玻璃上。她说：“你可以坐下，”指了指深绿色的天鹅绒椅子，“只要你不烧掉任何东西。”

他嘴角僵硬地抽动了一下，与他那个毫无快乐可言的“同胞”的笑容相差无几。“我不会烧毁任何东西。”

他松开交叉在胸前的两根皮带上的搭扣，他背上两把带鞘的剑“哐当”两声落在地板上。卡鲁担心此举会惹恼楼下的邻居。随后，阿吉瓦坐在或者说更像是倒在椅子上。卡鲁把床上的素描本推到一边，腾出个地方，盘腿坐着，面对着他。

公寓很小——仅放得下一张床、一张椅子和一套雕花组合桌。最值钱的东西是那张波斯地毯，当它还在大不里士城的一个织布机上时，卡鲁就开始和它的主人讨价还价。一面墙全是书架，它的对面是窗户。在入口旁，有一个小小的厨房，一个小小的橱柜，一个大约为浴室大小的卫生间。荒谬的是，房间高达十二英尺，高度居然大于宽度。卡鲁在书架的上方加了个阁楼，刚好可以让她斜倚在土耳其靠垫上，透过高大的窗口俯瞰外面的景色：越过老城屋顶直接可以看到城堡。唯一不方便的是她得爬上爬下。

她注视着阿吉瓦。他闭着眼，头向后仰，样子很疲惫。他正小心翼翼、皱眉蹙眼地转动一只肩膀，看来那里非常疼痛。她想给他倒点茶——她自己也可以喝点——但又觉得太过热情，她努力想起他们之间的态势：他们是敌人。

是吗？

她细细打量着他，在脑子里修正她凭记忆画出来的那些画。她的手指发痒，很想抓起支铅笔，当场把他画下来。蠢手指。

他睁开眼，发觉她在观察他。她顿时脸色绯红。“别太放松。”她说，心慌意乱。

他挣扎着坐直。“对不起。战斗过后，我常常这样。”

战斗。当她反复咀嚼着这个词时，他小心地观察她。她说：“战斗。和奇拉美人。因为你们是敌人。”

他点点头。

“为什么？”

“为什么？”他重复了一遍，好像他们生来就是敌人，无须任何正当理由。

“是的。你们为什么成为敌人？”

“我们一直是敌人。我们之间的战争延续了一千年——”

“说不过去。两个种族不可能天生是敌人，对不对？它一定有个由头。”

他慢慢点点头。“没错。一定有个由头。”他用手搓了搓脸。“你对奇美拉人了解多少？”

她了解多少呢？“不多。”她承认，“直到你袭击我的那天晚上，我才知道不仅只有四个奇美拉人。我不知道他们是一个种族的人。”

他摇摇头：“他们不是一个种族的人。是许多种族联合起来。”

“噢。”卡鲁认为他说的有道理，因为他们极不相像，“是不是有许多像阿萨、布里斯通那样的人？”

阿吉瓦又点点头。这使卡鲁对她所见过的另一个世界有了新的认识。她想象在辽阔的土地上星星点点般散居着不同的部族，整个村的人都像阿萨或布里斯通。她想见他们，为什么布里斯通不让她见到他们?

阿吉瓦说：“我不知道你的生活是什么样子。布里斯通把你养大，但只是在商店而不是在城堡？”

“直到那天晚上我才知道内门的另一边是什么？”

“是他带你进去的？”

卡鲁皱起嘴唇，想起气急败坏的布里斯通。“没错。算是这样吧。”

“你看见了什么？”

“我为什么要跟你说那些？你是敌人，这样的话，你也是我的敌人。”

“我不是你的敌人，卡鲁。”

“他们是我的家人。他们的敌人就是我的敌人。”

“家人，”阿吉瓦重复一遍，摇摇头，“你从哪里来？你是谁？”

“为什么每个人都这样问我？”卡鲁问，气不打一处来。虽然在她懂事、知道自己极其特别的情况后，她几乎每天都在揣摩这事。“我就是我。你是谁？”

这只是个反问，不需要回答，但他把当了真。他说：“我是个战士。”

“那你来这里干什么？你的战争在别处。你来这里干什么？”

他有点发抖，深吸一口气，又精疲力竭地倒在椅子上。“我需要……离开一阵，”他说，“疏离某种东西。我打了半个世纪的仗——”

卡鲁打断他的话：“你五十岁了？”

“在我的世界，人们很长寿。”

“很好，你很走运，”卡鲁说，“在这里，如果你长寿，就可以用钳子把你的牙齿全部拔出来。”

一提到牙齿，他的眼里顿时闪出危险的光芒，不过，他只说了一句：“当你过着悲惨的生活时，长寿是个负担。”

悲惨。他指他自己吗？她问她。

他的眼皮一下子耷拉下来，好像他一直努力在睁开眼睛，现在突然放弃抗争。他久久不出声，卡鲁不知道他是否睡着了，便不再问他。然而，她却受到影响，直觉告诉她，他是指他自己。她想起他在马拉喀什的模样。到底什么样的生活会把一个人变成那种样子？

她又有照顾人的冲动，给他弄点喝的东西，但她最终还是抵住了诱惑。她端详着他——他脸上的轮廓、浓黑的眉毛和睫毛、文在手上的线条。他的手摊开放在椅子的扶手上，头向后仰。卡鲁看见他脖子上的伤痕，再往上一点儿，他的颈静脉在有规律地起伏。

他身体的特征重新让她想起这是一个有血有肉的人，虽然不像她见过或触摸过的任何人。他是火与土的结合物。她以为天使会很傲气，但他一点儿也不。他就这么一个人：强壮有力、看得见、摸得着。

他突然睁开眼，吓了她一跳，她观察他时又被他看见。她还要脸红多少次?

“对不起，”他说，声音无力，“我想我睡着了。”

“唔。”她实在忍不住了，“想喝水吗?”

“太好了。”他声音充满感激之情，害得她一阵内疚，怪自己没有早点把水给他。

她松开盘起的腿，站了起来，给他端来一杯水。他一口气把水喝完，“谢谢。”他由衷地说，好像给他的远不止一杯水。

“唔。嗯哼。”她说，有点尴尬。她站在那里，犹豫不决。除了到床上，房间里真的没有空余的地方。于是，她又爬上床。她有点想脱掉靴子，但转眼一想，万一得快速逃跑或踢人时，她就没辙了。从阿吉瓦精疲力竭的状态判断，她不会有什么危险。唯一的危险是她的脚气。

她没脱靴子。

她问：“我还是不明白你为什么要烧掉入口。那与结束你们的战争有什么关系?”

阿吉瓦紧握住空杯。他说：“有魔法从门口传出来。黑色魔法。”

“从这里? 这里没有魔法。”

“这是会飞的女孩说的话。”

“好吧，我会飞是因为我用许愿币许了一个愿。许愿币来自你的世界。”

“来自布里斯通。”

她点头表示同意。

“那么，你知道他是一个巫师了。”

“我……唔。是的。”她从来不把布里斯通看作是巫师。难道他不仅制造许愿币？说真的，她到底知道多少事，又有多少事她不知道？她一无所知，如同站在伸手不见五指的地方，那里可能是个壁橱，也可能是无边无际、没有星星的夜空。

她的脑海里快速闪过一幅幅画面：她走进商店时魔法发出的嘶嘶声、大量的牙齿和钻石、地下大教堂的石桌，上面躺着死人……卡鲁付出惨痛的代价得知，那些死人实际上并没有真的死去。她记起阿萨劝她不要让布里斯通的生活更艰难——如她所说，他的生活毫无乐趣。他有“永远做不完的”工作。什么工作？

她随意拿起一本素描本，快速翻动她画的奇美拉人的画像，上面的画像卡通画一样动起来。“什么是魔法？”她问阿吉瓦，“黑色魔法。”

他没有回答。她抬起头以为他又睡着了，但他正出神地看着素描本的画像一页页闪过。她啪地把本子合上。他把视线转移到她身上，再次热切地打量着她。

“怎么了？”她问他，觉得很难为情。

“卡鲁，”他说，“希望。”

她扬起眉毛，好像在说那又如何？

“他为什么给你取这个名字？”

她耸耸肩，一无所知让人生厌。“你父母为什么给你取阿吉瓦这个名字？”

提到他父母，阿吉瓦的脸一下僵硬起来，生动的眸子变得呆滞，再转为疲惫。“这个名字不是他们起的，”他说，“一个管理员从名单上看见这个名字，把它给了我。另一个阿吉瓦被杀死了，这个名字没人用。”

“哦。”卡鲁不知道如何回答。相比之下，在怪诞的家庭环境中长大的她好像还蛮幸福。

“我生来就是个战士。”阿吉瓦的声音空洞洞的。他再次闭上眼睛，这次是紧紧地闭着，好像身体非常疼痛。他有很长一段时间不说话。当他再度开口时，他说了许多事，大大出乎她的意料。

“我五岁时就被人从母亲身边带走。我想不起她的长相，只记得当他们带我走时，她并没有阻拦。那是我最早的记忆。当时我很小，只看得见他们的腿，那些凶神恶煞的士兵包围我。他们是禁卫军，胫骨上的护甲是银制的。他们的护甲映出我那张吓得魂不附体的脸。在他们所有人的护甲上，反复地照见我那张被吓坏的脸。他们把我带到训练营，和众多惊恐不安的孩子在一起。”他做了个吞咽的动作，“在那个地方，只要我们流露出一丝的恐惧，便会受到严惩，他们教我们把恐惧隐藏起来。隐藏恐惧成了我的生活，直到我不再感到恐惧或有别的感觉。”

卡鲁不禁猜测他小时候孤独害怕的样子。柔情如同泪水一般从她心中涌了出来。

他的声音渐渐变弱。他说：“我只为战争而活——一千年前开始的战争，我的族人被屠杀。婴儿、老人，无一人幸免。在特赖亚，帝国的首都，奇美拉人发生暴动，大量屠杀六翼天使。我们是敌人，因为奇美拉人是魔鬼。我的生活充满血腥，因为我的世界充斥着怪兽。”

“后来我来到这里，人类……”他的语气渐渐变成梦幻般惊讶，“人们手上没有任何武器，自由地走动、在户外聚会、在广场闲坐、开怀大笑、慢慢变老。然后，我看见一个女孩……一个黑眼睛、蓝头发的女孩，嗯……忧伤。她显得非常忧伤，但是，她的忧伤仍能倏然化为快乐。见到她微笑，我想知道让她微笑会是什么情形。我想……我想就像发现微笑一样。她与敌人有千丝万缕的联系，虽然我只想看着她，我还是按照训练的要求去做。我……我刺伤了她。回家时，我无时无刻不在想你，我非常庆幸你进行自卫，没有让我杀了你。”

你。她没有听错，他更换了代词。卡鲁坐着，目不转睛地望着他，几乎喘不过气来。

“我回来找你，”阿吉瓦说，“我不知道为什么。卡鲁。卡鲁。我不知道为什么。”他的声音变得越来越小，小到几乎听不清，“只想找到你，在你所在的世界……”

卡鲁等着，但他没有再说下去，接着……他的周围发生了变化。

一开始是微光，像一个光环。光环慢慢变亮，变成了翅膀——从他的肩胛骨张开，隆起落在扶手椅上，再延伸到地毯上，燃烧的火苗似蔓藤花饰。他施在翅膀上的魔力消退了。卡鲁惊奇地看到他的翅膀显露出来，不过周围并没有着火。翅膀上的火无烟、自燃。燃烧的羽毛细微的变化让人眩晕。卡鲁又深吸一口气，坐着看了好几分钟。阿吉瓦严肃的面容缓和下来，显得宁静平和。这次他真的睡着了。

她站起来，拿走他手中的水杯，关上灯。他翅膀发出的光把房间照得通亮，即使是要作画也足够亮。她拿起素描本和铅笔，把张开翅膀沉沉入睡的阿吉瓦画下来，然后凭着记忆，把他画成睁开眼的样子。她试图精确地捕捉他双眼的形状，用木炭勾勒眼周的浓黑眼圈，令他看起来非常奇特。因为不想让如火般的虹膜苍白无色，她抓起一盒水彩笔，给它们上了色。她画了很长时间。除了胸膛缓缓起伏、翅膀闪闪发亮外，他一动不动。

卡鲁不打算睡觉，但午夜过后没多久，她坐下来，仍半靠在一堆素描本上，只想“休息一下眼睛”。她一下子进入了梦乡。当她在黎明前醒来时——有东西惊醒了她，一个急促、清脆的声音——有一瞬间，周围的一切完全陌生，只有挂在头上方的那对翅膀依旧不变，让她感到一阵高兴。但愉悦感如同她做的梦，一下子消失得无踪无影。没错，她是躺在公寓的床上，吵醒她的声音是阿吉瓦发出来的。

他站在床边，柔和的眸子睁得大大的，橙色的虹膜被白圈套住，两只手各握着一把双月弯刀。

31

真实存在

她突然坐起来，堆在床上的素描本纷纷滑到床下。她的手仍握着铅笔，她不由自主地想到，每次面对天使，她手里总是拿着可笑的武器。就在她调整铅笔的握姿准备刺出时，阿吉瓦向后退，放下手中的弯刀。

他把刀放回原处。她的刀装在盒子里，放在组合桌上。他醒来时，刀其实就在他鼻子底下。

“对不起，”他说，“我不是有意要吓你。”

这时，在他翅膀发出的光的映照下，不知为什么，他的样子是如此……真实。他是真实的。这毫无意义，然而卡鲁沉浸在这种感觉中。总之，它像一束落在光洁的地板上的阳光，令人温暖。她真想像一只猫那样蜷缩在那里面。

她尽量装出没有用铅笔戳他的打算。“嗯，”她说，伸个懒腰，若无其事地让笔掉下来，“我不知道你的习惯。不过，在这里，如果你不想吓唬某人，就不要在他们睡着时，手持刀子对他们虎视眈眈。”

他在笑吗？没有。他那严肃的嘴角拉动了一下。算不上笑。

她发现摆在前面的素描本开着，她昨晚画到深夜才画好的肖像就摆在他面前。她倏地把本子合上，尽管在她睡着时，他肯定看过了。

留陌生人在公寓里，她怎么能睡着呢？她怎么会把这个陌生人带到她的公寓里呢？

他不像是陌生人。

“它们非同寻常啊。”阿吉瓦说，指了指放刀的盒子。

“我刚买回来的，很漂亮，是吧？”

“很漂亮。”他表示同意。卡鲁以为他会谈论弯刀，但他直视着自己。

她的脸唰地红了，突然意识到自己的样子——乱蓬蓬的头发，说不定睡着时还流口水——然后开始生气。她看起来像什么有什么关系？这里到底发生了什么事？她振作起来，溜下床，想在狭小的房间找个落脚点，尽量不碰到他发光的翅膀。事实证明那是不可能的。

“我马上回来。”她说着，走进门厅，拐进窄小的卫生间。与他分开，她徒然害怕起来，害怕自己回到房间时，发现他已不见了。她边解手，边猜测天使是否像凡人一样，也要使用卫生间——从阿吉瓦微黑的下巴来看，天使也不能免俗，需要使用刀片刮胡子——然后刷牙洗脸，用梳子梳了梳头发。她待在卫生间越久，就越担心，担心回去后发现房间空空、阳台门大开、整个天空没留下他一丝踪迹。

还好，他还在房里。他的翅膀重新隐了起来，剑背在身上，放在装饰精美的皮鞘里，没有什么危险。

“唔，”她说，“卫生间在那边，要是，唔……”

他点点头，笨手笨脚地把隐起来的翅膀塞进窄小的卫生间，把门关上。

卡鲁急忙换上干净的衣服，然后走到窗前。外面仍旧漆黑一团。时钟指向五的位置。她的肚子饿得咕咕直叫，知道厨房里没什么可吃的东西，因为昨天早上她已搜了一遍。阿吉瓦从卫生间出来时，她问：“你饿不饿？”

“我快饿死了。”

“那走吧。”她拿起外套和钥匙，向门口走去。突然她停下来，换了个方向。她改朝阳台走去，爬上护栏，回头看了看阿吉瓦，径直跳了下去。

从六楼高的地方跳下，像跳格子般轻盈着地后，她禁不住笑起来。阿吉瓦站在她旁边，一如平常，脸上毫无笑容。他总是一副阴郁的样子，她无法想象他会露出笑容。不过，他看她的样子好像有点不同。他瞟过来的那一眼似乎带着一丝好奇。她回想昨晚他说的那些话，现在，看到他悲伤严肃的脸偶尔变得柔和起来，她的心不禁咚咚直跳。小小年纪就参加战争，他的生活一定很艰难。战争。这个词对她来说是抽象的。她想象不出战争是个什么样子，一点儿都想象不出来。然而，阿吉瓦过去的样子——死气沉沉——以及现在他盯着她看的样子，她觉得好像他为了她死而复生。这似乎是件大事，一件很温馨的事。他们的眼光再次相遇时，她赶紧把脸扭开。

卡鲁领着天使来到她常去的街角面包店。店门还没有开，但面包师通过窗口卖给他们热面包——蜜藕色，刚出炉，放在皱皱的牛皮纸袋里，还冒着热气——凌晨，他们手拿热面包出现在布拉格的大街上。这时，卡鲁做了所有会飞的人做的事。

她飞起来并示意阿吉瓦跟着她。她飞上天空，越过河流，落在高耸入云、寒气逼人的大教堂钟楼的圆顶上，等待日出的那一刻。

阿吉瓦紧跟在她后面，看着她的头发被风吹起，发出啪嗒声，长长的鬈发沾上一层晨雾。卡鲁错误地认为她的飞行不会令他吃惊。他没有露出吃惊的神情是因为多年来他学会抑制所有的感情、所有的反应。或者说，他自认为已学会。不过，在这个女孩的面前，凡事都难以肯定。

她干净利索地飞上空中。是魔力——不是施有魔法的翅膀，而是飞行的渴望使得魔力显现出来。他猜测是布里斯通让她实现飞行的愿望。布里斯通。一想到这个巫师，他的脑子里立刻浮现出那个黑暗巫师的样子，像一滴黑墨汁落入他心里，与亮丽夺目的卡鲁产生鲜明对比。

卡鲁轻盈优雅的飞行怎么会来自布里斯通邪恶的魔法呢？

他们飞过天文台临时观测点，飞过伏尔塔瓦河，然后向城堡方向飞去。他们朝着大教堂最高的尖塔盘旋而下。它状似一只哥特式石兽，像遭受几个世纪的风雨剥蚀和风化、饱受大自然折磨的峭壁。卡鲁在教堂钟楼的拱形圆顶上落了下来。这不是个栖身的好地方，风挟裹冰块，劈头盖脸地猛刮过来。卡鲁赶紧用手拢着头发，不让它们遮住脸。她拿出一支铅笔——不知道是不是朝他挥舞的那支？——把头发挽在脑后，再用铅笔横插在头发上。她的铅笔真是一物多用。有几缕蓝发散落下来，被风一吹，在她的眉眼前跳了跳，又贴到她的唇上。她脸上展露出孩子般单纯的笑容。“我们在大教堂上。”她对他说。

他点点头。

“不。我们在大教堂上。”她又说了一遍。他以为自己错过了什么，没听出其中细微的差别。但他很快意识到，她只是在惊叹，惊叹自己来到大教堂顶上。站在高高坐落在布拉格城山上的大教堂，整个城市一览无余。她向前眺望，双手搂着尚有余温的面包袋。脸上露出不加掩饰的敬畏之情。阿吉瓦从来没有体会过这种感受，即使在他刚学会飞行时，他也不曾有过。他很可能从来就没有过这种感受。他早期的飞行不是为了惊叹或快乐——而是用来训练。看到她脸上熠熠发光，他希望能与她分享这一美好的时刻，于是他靠近卡鲁，向前眺望。

这是一幅壮丽的景色。天际开始泛白，所有尖塔沐浴在柔光之中，但城里的街道仍然一片黑暗，路灯像萤火虫似的闪着微光，来来往往的车辆发出的灯柱交织在一起，闪闪烁烁。

“你以前没来过这里？”他问。

她转向他。“噢。我把所有男孩都带来这里约会。”

“要是你对他们不满意，”他说，“可以把他们推下去。”

他不该这样说。卡鲁的表情马上暗了下来。她一定是想起了伊兹尔。阿吉瓦暗中责备自己弄巧成拙。他已经有很长时间没有开玩笑了。当然会出差错了。

“说实话，”卡鲁说，没和他计较，“我几天前才许下飞行的愿望，还来不及享受飞行的快乐。”

他大吃一惊。这次他一定流露出吃惊的神情，因为卡鲁看见他的表情，问他：“怎么了？”

他摇摇头。“你飞行的动作流畅，从阳台上往下跳时毫不犹豫，好像飞行是你生活的一部分。”

她说：“你要知道，我从来没想过许下的愿望会消失。但是如此炫耀飞行会招来惩罚，会吧？哈哈。”她笑起来，丝毫没有被这个想法所困扰，说道，“我应该小心些。”

“许下的愿望会消失吗？”他问。

她耸耸肩。“我不知道。我想不会。我的头发不会再变回原来的颜色。”

“那也是许愿变来的？布里斯通让你把魔法用在……那种事上？”

“嗯，他不完全赞成。”她有点不好意思，挑衅地瞅了他一眼，“他从不让我许下真正有价值的愿望。只是弄些小小的恶作剧而已——噢。”她突然想到了一件事。“哎哟。”

“怎么回事？”

“我昨晚许下一个诺言，我居然忘了这事。”她在外套口袋里到处寻找，掏出一个小硬币。阿吉瓦看见上面刻有布里斯通的肖像。她把硬币放在手上，合起手。等她张开手时，硬币不见了。“魔法，”她说，“噗。”

“你许了什么愿？”他问。

“一件蠢事。下面某个地方有个自私的女孩醒来时会很高兴。不是她应得的。臭女人。”她冲着城市伸了伸舌头，一副小孩子的怪模样。“噢，给你。”她转向阿吉瓦，把一个装有面包的袋子塞给他，“吃吧，这样你就不会饿死了。”

吃面包时，他看见她冷得瑟瑟发抖，便张开翅膀——看不见的——这样风会吸收热气，在她周围散开。这个做法似乎有效。她在塔边坐下来，悬着双腿，随意地摆动，把面包掰成小块后再吃。他蹲在她旁边。

“对了，你现在感觉如何？”她问。

“看情况而定。”他说，变得狡猾起来，好像卡鲁的幽默会传染。

“看什么情况？”

“看你是关心我的健康，还是想让我软弱无力两种情形而定。”

“噢，当然是软弱无力。”

“那样的话，我觉得糟透了。”

“好。”她严肃地说，眼睛闪闪发光。阿吉瓦意识到，她一直留心她的汉萨斯，小心地不让它们对着他。这令他非常感动。早上醒来时，看见她在离他只有咫尺远的地方睡着了，模样柔弱可爱，他已被她感动。与玛德加信任他一样，他自然而然地获得卡鲁的信任。

“我觉得好多了，”他温柔地说，“谢谢你。”

“别谢我。是我伤了你。”

愧疚淹没了他。“不，不像我伤你那么重。”

“是的，”卡鲁同意，“没错。”

风心怀恶意，猛烈地刮起来，解开她盘好的发髻，把她的头发吹得飞起来。一时间，她的头发在空中乱舞，好像一群空气元素想要带着它溜走，给它们的巢加上蓝色丝衬里。她用手捂住乱成一团的头发，铅笔从塔檐上掉下去，被风吹得东倒西歪，她只好两手抓住头发不让它到处乱飞。

阿吉瓦以为她会说她准备下去，离开这个风口，但她什么也没说。太阳爬上了山冈，她注视着它的光芒一点一点地把夜晚赶回它聚集的暗影里，暗影越来越黑——夜晚龟缩在晨曦无法触及的角落。

过了一会儿，她说：“昨晚你说你最早的记忆是士兵来抓你——”

“我和你说了那件事？”他很惊讶。

“什么，你不记得了？”她转向他，吃惊地扬起两根如可可豆一般黑的弯眉。

他摇摇头，脑子快速地转动。魔鬼之眼让他虚弱无力，丧失了记忆，但他不相信他会提到自己的童年，还偏偏提到那一天。他觉得自己好像把失去亲人的那个小男孩从过去拽出来——在脆弱的时候，自己又变成那个小男孩。他问：“我还说了些什么？”

卡鲁歪着头。在马拉喀什，她像鸟似的偏了一下头，差不多是斜视着他。正是这个动作救了她一命。阿吉瓦的心狂跳起来。“没多少，”过了一会儿，她说，“你后来睡着了。”很明显，她在说谎。

他昨晚对她说了些什么呢?

“总之，”卡鲁继续说，避开他的眼睛，“你启发了我。我一直回想我最早的记忆。”她用手稳住身体，把吊在塔檐下的腿收上来。这么一来，她不得不松开紧抓头发的手。结果，她的头发在风中狂舞起来。

“然后?”

“布里斯通。”她的呼吸变得急促，脸上露出幸福却无比悲伤的笑容，“是布里斯通。我坐在他桌子后的地板上，玩弄着他尾巴上的鬃毛。”

玩弄他尾巴上的鬃毛?这一幕与阿吉瓦想象中的巫师完全不符。这些年他和巫师结下的深仇大恨如烙印般刻在他的心上。

“布里斯通，”他痛苦地说，“他对你好吗?”

卡鲁的头发被风吹得乱舞。她怒气冲冲地急速回答：“他一直都对我很好。不管你自以为有多了解奇美拉人，你并不了解他。”

“有没有可能，卡鲁，”他缓慢地说，“真正不了解他的人是你。”

“什么?”她问，“我到底不知道什么?”

“首先，他的魔法，”阿吉瓦说，“你实现的种种愿望。你知道它们来自那里?”

“来自?”

“魔法不是无偿的。使用魔法要付出代价。代价是痛苦。”

32
地方与人物

痛苦。

当阿吉瓦向卡鲁解释痛苦时，她感到恶心得难受。她想起自己许下的每一个愚蠢的愿望——布里斯通为什么从不告诉她这些事？不想让她滥用许愿币，告诉她实情比对她吹胡子瞪眼睛强上一万倍。要是知道事实真相，她绝不会再许任何愿。

“向宇宙索取东西，你得有所付出。”阿吉瓦说。

“可是……为什么是痛苦？为什么不能换成别的东西？像……欢乐？”

“为了均衡起见。如果是轻易给予的东西，会毫无意义。”

卡鲁说：“你真的以为快乐比痛苦更容易获得？快乐和痛苦，哪个你得到更多？”

他盯着她看了很长时间。“你说得很有道理。不过，这个体系不是我创造出来的。”

“是谁创造出来的？”

“我的族人认为是星神。奇美拉人的说法多多，他们有多少个种族就有多少种说法。”

卡鲁心神不安地问：“嗯……那些痛苦来自哪里？是布里斯通自己的痛苦吗？”

阿吉瓦说："不是，卡鲁。不是他自己的痛苦。"他一字一句地说。她听出弦外之音。如果不是他自己的痛苦，那会是谁的呢？

她惶恐不安。她想起那些躺在石桌上的尸体。不。应该是别的东西。她了解布里斯通，不是吗？她不可能了解，嗯，所有关于他的事……但她了解他，信任他，不信任这个天使。

她把心中的疑虑强压下去，说："我不相信你。"

他温和地说："卡鲁，你为他办些什么差事？"

她张嘴想说点什么，但又合上了。慢慢地，她开始明白那是怎么一回事，她想把它赶走。牙齿：困扰她的谜团之一。残骸、钳子、死亡。那些满嘴是血的俄罗斯女孩。从了解布里斯通的交易时开始，她就有这么一个想法：他需要那些牙齿办重要的事，其结果是给人带来悲伤、绝望的痛苦。可是……如果痛苦是问题的关键，将会发生什么事？要是布里斯通用痛苦换取他的魔法、许愿币以及一切，那又将会发生什么事？

"不。"她说，摇摇头，但心中的信念已消失殆尽。

过了一会儿，当她从大教堂尖塔上跳下，飞入空中时，飞行带来的愉悦消失了。她在揣测是谁的痛苦换来她的飞行能力。

他们走进位于聂鲁达老街的一家茶馆。这条老街很长，从城堡一路蜿蜒下来。阿吉瓦继续向她讲述有关他的世界。帝国、文明、起义、屠杀、失而复得的城市、烧成废墟的土地、被捣毁的城墙；被围的城里孩子先是挨饿，他们的父母把所有吃的都给了孩子，但都没有用，他们很快被饿死了。

他谈到那块渐渐失去美丽的大地上所发生的血腥及恐怖事件："为了建造轮船、围城用的器械，古老的森林被大肆砍伐；未被砍伐的森林被一把火烧掉，以免被敌人用来造船或围城用的器械。"

他谈到巨大的废墟城市、大型墓地、背信弃义。

魔鬼的部队如潮水般涌来，源源不绝，从不间断。

还有别的事情——巨大而可怕——他避而不谈，像在抚摸一个伤口的边缘，犹豫不决，检测对方承受痛苦的能力。

卡鲁双眼圆瞪、呆若木鸡地听着这些骇人听闻的事，她多么希望过去十七年的某个时候，布里斯通给她讲一讲“别处”的事。突然，她想到一件事，问阿吉瓦：“你的世界叫什么？”

“雷特兹。”阿吉瓦说。卡鲁听后眉毛向上一扬。

“那是‘美丽的大地’的意思，”她说，“在希伯来语里。为什么我们的世界有相同的名字？”

“从前，祭司相信世界是分层的，像岩石沉积物，或树的年轮。”阿吉瓦说。

“噢，”卡鲁紧锁眉头说，“祭司？”

“六翼天使的巫师。”

“你说‘从前’。他们现在相信什么？”

“什么也不信。奇美拉人把他们全杀了。”

“哦。”卡鲁抿着嘴。她还能说什么呢？“嗯。”她玩味着分层世界的说法。“也许很久以前，当我们根据你们的模式建立宗教时，从你们那里偷来‘雷特兹’这个名字。”这就是布里斯通所说的童话的被子——人类把见到的一鳞半爪的真相缝在一起。“美等同于善良、牛角、鳞片和邪恶。就这么简单。”

“那样的话，没错。”

在柜台后面，女服务员来回瞅着他们俩。卡鲁很想问她在看什么，但最终还是忍住了。“总之，”她对阿吉瓦说，尽量把他所说的事简单归纳为一句话，“六翼天使想统治世界，奇美拉人不想被统治，所以他们成了魔鬼。”

他沉下脸，对卡鲁把问题如此简单化很不高兴。“他们不过是生活在泥村里的野蛮人。我们给他们带来光明，教他们如何使用机器，学习文字。”

“而你们不求任何回报。”

“没有不合理的要求。”

“嗯哼，”卡鲁真希望在学校好好学习自己的历史，这样她可以更深刻地理解他所说的事，“一千年前，奇美拉人无缘无故起来造反，屠杀他们的主人，夺回他们土地的控制权。”

他反对她的说法。“土地从来就不属于他们。他们只有小块的农场和石头垒成的小屋。顶多只有村庄。城市是帝国建立起来的。不单是城市，还有高架桥、港口、公路——”

“那是他们祖辈生活的地方，像是，万事万物的开始？在那里，他们恋爱结婚、生儿育女、埋葬亲人。如果他们没在上面建造城市，那又如何？难道土地就不是他们的了？我是说，除非你们继续这样的统治：你有权捍卫属于你的东西。否则的话，如果任何人任何时候有权从别人手中抢夺任何东西，那称不上文明。”

“你不明白。”

“是，我是不明白。”

阿吉瓦用力吸口气。“我们诚心诚意缔造出一个世界。我们和他们一起生活——”

“你们平等吗？”卡鲁问，“我很怀疑这点，因为你口口声声称他们为怪兽。”

他没有马上回答。“卡鲁，你说你只见过四个奇美拉人，他们中没有一个是战士，你对他们了解多少？当你看见你的兄弟姐妹被人身牛头怪兽撞伤、被狮狗抓伤、被恶龙撕成碎片；当你看见你的——”他艰难地中断他要说的话，表情极其痛苦，“当你被折磨，被迫目睹……心爱的人……受刑的过程，你会知道是什么令他们成为怪兽。”

心爱的人？他说话的样子不像是指兄弟姐妹。卡鲁感到一阵……当然不是妒忌。他爱谁或爱过谁与她有何相干？她吞了一口唾沫。她能说什么呢？她无法反驳他说的每一件事。她一无所知，但并不表示她会相信他。“我更愿意相信布里斯通的说辞。”她轻轻地说。

这时，她突然想到一件事，一件重要的事。“你可以带我去那里。你可以带我回去。”

他眨眨眼，大为惊讶，接着摇摇头。“不行。那不是人类该去的地方。”

“这里是天使该来的地方？”

“这不一样。这里很安全。”

“噢，真的吗？对我的伤疤说这里有多安全。”她把衬衣领扯向一边，露出一道横过锁骨、皱巴巴的疤痕。见到这道由他一手造成的丑陋疤痕，阿吉瓦赶紧把头扭到一边。卡鲁松开衣领，把它恢复原样。“此外，”她说，“有比安全更重要的东西，比如……心爱的人。”她重复他刚才说过的话，觉得自己很残忍，她不仅把刀插在他心上，还转动着刀把。

“心爱的人。”他重复了一遍。

“我告诉过布里斯通，我绝不会丢下他不管。我不会的。即使没有你的帮助，我也要去。”

“你打算怎么做？”

“我自有办法，”她小心翼翼地说，“如果你带我去的话，事情会容易得多。”真的会容易很多。与拉兹古相比，阿吉瓦当然是更好的旅伴。

他说：“我不能带你去。入口有卫兵把守，你一出现就会被杀死。”

“一见面就杀人，这种事你们天使干得还真不少。”

“是魔鬼把我们变成现在这个样子的。”

“魔鬼。”卡鲁想起阿萨笑意盈盈的眼睛、亚西里兴奋地来回穿梭、令她心神宁静的抚摸。她有时也称他们为魔鬼，但语气充满着爱意，一如她称苏珊娜为疯子那样。然而这个词到了阿吉瓦的嘴里，除了丑陋别无他意。“怪物、怪兽、魔鬼。要是你认识一个奇美拉人，就不会这样排斥他们。”

天使垂下眼帘，没有作声。谈话中断了，他们默不作声，气氛有点紧张。她觉得天使脸色苍白，身体还没有完全康复。陶瓷茶杯很大，没有把手。卡鲁两手握着杯子，掌心紧贴着它。她这么做一来想暖暖手，在教堂上待了几小时，手快被冻僵了；二来可以避免自己不小心把掌心对着阿吉瓦，而伤到他。坐在桌对面的阿吉瓦，双手握着杯子，姿势与她相同。她禁不住盯着他手上的文身：重复的黑线从手背一路到指尖。

每条线像疤痕组织一样微微凸起。卡鲁认为，与她身上的疤痕不同的是，那些黑线是受伤后用灯烟止血后留下的疤痕——一种原始的止血方法。观察的时间越长，她就越觉得怪异，似乎她知道或几乎知道那代表什么。她的思绪在知与不知之间来回徘徊，似乎意识到什么，但它一闪而过，她没法抓住它——就像企图看清蜜蜂飞行时的翅膀一样。她没法看清楚。

阿吉瓦发现她盯着他的手，觉得很不自在。他动了一下，把另一只手搭上那只手上，想盖住手上的文身。

“你手上的文身是不是也有魔力？”卡鲁问。

“不是。”他说，声音有点粗暴。

“那是什么？它们有什么意义吗？”

他没有回答。她不加思索地伸出手，指尖在那些黑线上游走。它们五条线为一组，非常标准：每隔四条线，第五条线就从对角穿过。“它是一组字。”她说，指尖轻轻地在他右手食指上游动——五、十、十五、二十——每次触到他的手，她像触电似的，心里有一种，一种与他十指相扣的冲动，甚至——天晓得，她到底哪根神经搭错了线——想把他的手拿到唇边，亲吻上面的黑线……

这时，不知怎的，她一下子知道了。她知道那些数字代表着什么，嗖地缩回了手。她凝视着他。他坐在那里，毫无戒备，准备接受她的审判。

“它们代表你杀人的数目。”她无力地说，“你杀死的奇美拉人。”

他没有否认。如果她要攻击他，他不会抵抗。他的手放在原处，一动不动。但卡鲁知道他竭力想把手藏起来。

看着那些黑线，想到她触摸的一条条黑线，单是一个食指就有二十条，卡鲁不禁打个冷战。“这么多，”她说，“你杀了这么多人。”

“我是个战士。”

卡鲁想象自己家那四个奇美拉人死了，她用手捂住嘴，害怕自己会呕吐。当他向她讲述战争时，她觉得战争离她非常遥远。但阿吉瓦是真实的，就在她前面。他是个杀手也是真实的。像撒落在布里斯通桌上的牙齿一样，他手上那些黑线代表着血腥、死亡——不是狼与虎，而是奇美拉人的鲜血与死亡。

她目不转睛地望着他……突然，她看到了某样东西。此时仿佛蛋壳破裂，露出隐藏在里面的另一个时刻，它与此时几乎没什么区别——几乎——它转瞬即逝，一切都没有改变——阿吉瓦还是现在的这个模样，什么也没有发生。但那惊鸿一瞥……

卡鲁似乎还沉浸在那一刻之中，她听见自己用含糊的声音说：“你现在又添了一些。”

“什么？”阿吉瓦注视着他，一脸茫然。突然他像被闪电击中似的，茫然的表情一扫而空。他身体猛地向前靠，瞪大着眼、眼睛冒着光亮。卡鲁的茶杯被他突如其来的举动弄翻。“什么？”他又说了一句，声音更大。

卡鲁向后退。阿吉瓦一把抓住她的手：“我现在又添了一些，你是什么意思？”

她摇摇头。她的意思是更多的黑线。在那电光火石间，她看到了某样东西。她看见真实的阿吉瓦，坐在她前面。她认为不可能发生的事一闪而过：阿吉瓦在笑。他不是嘴角僵硬地抽搐几下，而是笑意融融，充满好奇，笑容美得让人心痛。他幸福地睨视着她，眼中闪烁着快乐的光芒，笑得眼角皱纹清晰可见。他完全变了一个人。如果他表情严肃时美得惊人——当他微笑的时候，简直称得上是倾国倾城。

可是卡鲁敢发誓，她从未见过他展露笑颜。

那个不可能微笑的阿吉瓦在那个瞬间在微笑。她还看到别的事：他手上的黑线远没有现在多，有几个手指完全没文有黑线。

她的手仍被他抓住，搁在他打翻的茶水中。女服务员从柜台后走出来，手拿抹布站着不动，犹豫不决。卡鲁把手抽出来，坐回椅子上好让她清理桌子。女服务员在擦桌子时，两眼仍来回扫视着他们俩。她清理完毕后，犹犹豫豫地问："我只想知道……我想知道你是怎么做到的。"

卡鲁望着她，不明就里。女服务员和她差不多大，脸颊丰满，满脸通红。"昨晚，"她解释说，"飞行的事。"

哦，飞行。"你在那里？"卡鲁问。那未免太巧了吧。

"我希望我在场，"女孩说，"我是在电视上看见的。今天早上电视一直在播。"

噢，卡鲁心想。噢。她伸手拿起手机，它不停地哼哼嗡嗡地响了差不多有半个小时。她查看显示屏。上面有一串未接电话或短信，大部分是苏珊娜和卡兹发来的。真该死。

"你们身上有线吗？"那女孩问，"他们没法找到线或别的东西。"

卡鲁说："没有线。我们真的在飞。"然后露出卡鲁式的怪笑。

那女孩也露出怪笑，觉得她在开玩笑。"不说算了。"她说，她气呼呼地说，除了给阿吉瓦添茶外，再也没来打搅他们。

阿吉瓦仍背靠椅子坐着，如遭电击般瞪大着眼注视着卡鲁，上下打量着她。

"怎么了？"她很不自在地问，"怎么这样看着我？"

他抬起手，用指甲梳了梳浓密的平头，然后手在头上停了一会儿。"我情不自禁。"他局促不安地说。

喜悦之情弥漫卡鲁全身。她觉察到今天早上他脸上僵硬的线条全部或几乎全部看不见了。他的嘴唇微微张开，眼神毫无戒备，现在她看到——想象？——那个不可能闪现的微笑。想象他再展笑颜并不太难，因为这次他的笑容是真实的。

也许是因为她。

噢，天哪，做一只特立独行的猫！她提醒自己。那只避开抚摸，从不——绝不——呜呜直叫的猫。靠在椅子上，她换上一副拒人千里的冰冷表情。她把从女服务员那里得到的消息大致地向他说了一遍，虽然她不敢肯定他真的明白电视是什么，更别提互联网，或手机。说到手机，她醒悟过来，对他说：“请等我一会儿好吗？”然后拨打苏珊娜的电话。铃声一响，苏珊娜就接通了电话。

她的声音在卡鲁耳畔炸响：“卡鲁。”

“是我——”

“噢，我的上帝！你还好吗？我在电视新闻里看到你。我看见他。我看见……耶稣基督，卡鲁，你知道你在飞吗？”

“我知道。是不是很棒？”

“一点儿也不棒！不棒！我以为你死去哪儿了。”她几乎快歇斯底里，卡鲁花了好几分钟才让她平静下来。与苏珊娜通电话时，卡鲁注意到阿吉瓦的眼睛一刻没离开过她，便尽量保持那副拒人千里的冰冷表情。

“你真的没事吗？”苏珊娜问，“他有没有，比如，用刀子抵住你的喉咙，逼你说出你是谁？”

“他连捷克语都不会说。”卡鲁宽慰她，把昨晚发生的事简单地给她说了一遍，使她相信他没想伤她——极其被动地不想伤她——最后，她说，“我们，唔，在大教堂的尖顶上看日出。”

“真见鬼？算是约会吗？”

“不，不是约会。老实说，我不知道那算不算个约会，或现在算不算约会。我不知道他在这里干什么……”她瞅着他，声音支吾起来。她知道的不仅是微笑或他手上的黑线，不知怎的，她还知道，他的右肩有一大块疤痕组织。他偏爱那块伤疤，她曾见过它。她一定是这样知道的。可她怎么知道那些疤痕的样子？

摸起来像？

“卡鲁？哈罗？卡鲁？”

她一下清醒过来，清了清喉咙。那种情形又出现了：她自己的名字，从她耳际飘过，与她毫无瓜葛。从苏珊娜焦虑不安的语气中，她意识到自己走了好几次神，次数远远超出可接受的范围。“我在这里。”她说。

“哪里？我一直在问你。你在哪儿？”

卡鲁一时想不起来。“唔，噢。聂鲁达老街的一家茶馆。”

“待着别走。我就来。”

“别，你别——”

“是的，我就来。”

“苏苏——”

“卡鲁，别逼我用小拳头把你打伤。”

“好吧，”卡鲁态度软了下来，“来吧。”

苏珊娜借住在布拉格城堡区寡居的姨母家中，离这里不远。“我十分钟就到。”她说。

卡鲁忍不住对她说：“如果你飞来的话会更快。”

“怪物。千万不要走，也不让他走。我要威胁他，审问他。”

“我想他哪儿也不会去。”卡鲁说。说话时，她直盯盯地看着阿吉瓦，他温柔的双眸正与她对视。她知道这是真的，但不知道为什么。

他不是人类。他与她甚至不在同一个世界。他是个战士，手上记录着他杀了多少人。他是她家人的敌人。然而，某种东西牢牢地把他们绑在一起，某种强大的力量控制着她，让她身不由己，任何抗争都有悖自我。

在记忆里，因为她无法理解“别的东西”，幻影般的生活一直在嘲笑她。但现在恰好相反。在这里，在阿吉瓦身边，虽然他们谈到战争、围城、持久的仇恨，但他实实在在，浑身散发出无限温暖。她觉得他像是客观存在的人物与地方，自己被他牢牢吸引住，不以意志为转移，正好是她要去的地方，要找的人。

33
荒谬可笑

“一个身材小巧、令人恐怖的朋友要来这里。”卡鲁告诉阿吉瓦，手指有节奏地叩着桌子。

“在桥上表演的那个。”

卡鲁想到他昨天一直跟踪她，当然会看到苏珊娜的表演。她点点头：“她对你的世界有点了解，知道你想杀我，所以……”

“我应该害怕吗？”阿吉瓦问。有一瞬间，卡鲁以为他当真。他总是一副严肃的样子。其实他是在开玩笑，一个干巴巴的玩笑，与他在教堂圆顶上说把约会对象推下去那种玩笑差不多。

“怕得要命，”她答道，“所有人都在她面前瑟瑟发抖。你马上就知道了。”

她的杯子空了，但她还是紧握着它。她这么做，与其说是害怕把掌心对着阿吉瓦，倒不如说她害怕一时冲动，伸手到桌对面触摸他的手。他那两只记录着死亡数目的手本应令她反感才对。她是反感，但除此之外，与憎恶紧挨在一起的是……吸引力。

她知道他也有那种感觉，知道他竭力克制住不伸手去碰她的手。他老在看她，而她不断脸红。他们的谈话时断时续，直到门被推开，苏珊娜咚咚地走进来。

她径直走到桌边，气势汹汹地站在阿吉瓦对面，准备训斥他。然而，当看见他，亲眼看见他时，苏珊娜踌躇起来。她的表情变来变去——又凶狠又敬畏——最后敬畏占了上风。她瞟了一眼卡鲁，惊讶得语无伦次："噢，天哪。一定要。交配。马上。"

这实在出乎意料。卡鲁已经很兴奋，听苏珊娜这么一说，不禁放声大笑。她倒在椅子上，笑个不停：清脆悦耳的笑声令阿吉瓦的表情产生变化。他目光锐利、满杯希望地端详着她，想弄清什么事令她如此兴奋。她觉得……被他看透。

"不，真的，"苏珊娜说，"立刻。得到最好的遗传基因是生理的必然性——而这——"她朝阿吉瓦作了广告代言人的手势，"是我见过的最好的遗传基因。"她从卡鲁旁边拉出一张椅子，两个人像在画廊看画一样观察这个天使，"菲亚拉要收回她说的话了。星期一你应该把他带到学校当模特。"

"好极了，"卡鲁说，"我相信他不介意为一群人类表演脱衣舞——"

"脱光衣服，"苏珊娜一本正经地说，"为了艺术。"

"你不打算介绍我们认识？"阿吉瓦问。他们一直用奇美拉语来交谈，现在听起来格格不入，像来自另一个世界的刺耳的回音。

卡鲁止住笑，点点头。"对不起。"她说，简单地介绍他们俩认识，"当然，如果你们彼此想说什么，我可以给你们翻译。"

"问他是不是爱上你了？"苏珊娜马上说。

卡鲁一下被噎住了。她整个人转过来面对苏珊娜。苏珊娜举起一只手表示抗议："我知道，我知道。你不用问他爱不爱你。你根本不必问他。明摆着就是。看看他吧！我担心他那熊熊燃烧的橙色眼睛要把你点着。"

卡鲁不得不承认，感觉的确是这样。不过，她说道："爱情？那太荒谬可笑了。"

"你想知道什么是荒谬可笑？"苏珊娜说，仍然在研究阿吉瓦。在她的逼视下，他有点不知所措。"他额头上的V字形发际线荒谬可笑。

天哪。它令你觉得日常生活中留着V字形发际线的人少得可怜。我们可以，比如，把他当作良种畜繁殖出一大堆留有V字形发际线的人。”

“我的老天。你在胡说八道些什么呀？”

“我是说，”苏珊娜振振有词地说，“我爱米克，没错，但并不意味着我不能为繁殖留有V字形发际线的人做出自己的一份贡献。算是给基因库添砖加瓦吧。你也会的，对吧？或者也许……”她瞟了卡鲁一眼，“你已经这么做了？”

“你胡说些什么？”卡鲁惊呆了，“绝对没有！你把我当成什么人了？”

她很肯定阿吉瓦听不懂她们在说什么，但他的嘴顽皮地向上弯。他问她苏珊娜说什么，卡鲁觉得自己的脸涨得通红。

“没说什么。”她用奇美拉语告诉他。接着，她用捷克语严肃地补充说：“她。没有说。任何事。”

“我有说。”苏珊娜叫起来，像被滑稽动作逗乐的孩子。她兴高采烈重复道：“交配！繁殖！”

“苏苏，快别说了，求你了。”卡鲁奈何不了她，只好恳求她，非常庆幸他们俩没法直接交流。

“好吧，”她的朋友说，“我可以很有礼貌。好好看着。”她直接对着阿吉瓦说。“欢迎来到我们的世界，”她的动作很夸张，“希望你在这里过得愉快。”

卡鲁忍住笑为她翻译。

阿吉瓦点点头。“谢谢。”他对卡鲁说，“请你告诉她，她的表演美极了。”

她把他的话翻译给苏珊娜听。“我知道。”苏珊娜表示同意。这是她接受赞扬的一贯做法，但卡鲁看得出来她很高兴。“是卡鲁出的主意。”

这句话卡鲁没有照译。她说：“她是个了不起的艺术家。”

“你也是。”阿吉瓦说。这回轮到卡鲁高兴了。

她告诉他，她们在一所艺术学校上学。他说他们那里没有这类学校，只有学徒制。她说苏珊娜来自艺人之家，有点像学徒工。她问他是否来自士兵之家。“可以这么说。”他答道。他的兄弟是士兵，他的父亲当年也是个士兵。他说“父亲”这个词时，声音尖锐。卡鲁觉察到其中的敌意，没有逼他说下去，把话题转到艺术上。经过卡鲁过滤后的谈话——苏珊娜，即使规规矩矩，说的话也需要高度的过滤——令人吃惊的容易。她想，太容易了。

她为什么会很快就与这位天使在一起说说笑笑，不断忘记入口被烧；基什身体被烧焦，心狂跳，然后慢慢衰竭的情景？她不得不一再提醒自己，斥责自己。即使是这样，当她望着阿吉瓦时，所有的东西都想溜走——她的谨慎和自控力。

过了一会儿，他朝苏珊娜的方向点点头，说：“她并不怎么可怕，你让我虚惊一场。”

“哦，你缴了她的械。你有那种魅力。”

“真的？昨天我的魅力对你好像没起多大作用。”

“我有我的理由，”她说，“我得不断提醒自己，我们是敌人。”

好像有个阴影落在他们身上，阿吉瓦脸色一沉。他把手放到桌下，不让她看见手上的文身。

“你和他说什么了？”苏珊娜问。

“我提醒他，我们是敌人。”

“嗤。不管你们是什么关系，卡鲁，但你们不是敌人。”

“我们是敌人。”她说。不论她的身体如何不听她的使唤，但他们是敌人。

“和他一起看日出、喝茶，你是演哪出戏？”

“你说得没错。我在干什么？我不知道我在干什么。”她想起她该做的事：到摩洛哥找拉兹古；径直飞到雷特兹。一阵彻骨的寒意漫过她的全身。她一直把注意力放在寻找加夫里上，不愿过多地去想真正离开时会是怎样。现在，她脑中浮现出阿吉瓦对他那个世界的描述。一切都历历在目——饱受战争的摧残、惨淡凄凉——恐惧悄悄爬上她的心头。突然，她哪里都不想去。

她到那里后，又该怎么做？飞到被铁栅围起来、令人望而生畏的城堡，客气地问布里斯通是否在家？

“说到敌人，”苏珊娜说，“那头蠢驴今天早上出现在电视上。”

“不错嘛。”卡鲁说，仍沉浸于在自己的思绪里。

“好个鬼，糟透了。死蠢驴。”

“哦，他做什么事了？”

“嗯，你和你的敌人观看日出时，电视新闻全是关于你的报道。某个演员帮了他们大忙。他精心修饰一番后，对着摄像机，向全世界讲述你的事，比如，唔，子弹疤痕？他把你说成某个盗贼的姘妇……”

“姘妇？得了吧。更可能的是，我就是盗贼——”

“不管怎样，”苏珊娜打断她的话，“很遗憾，不管你过去多么的默默无闻，蓝发女孩，你的飞行特技让你名气大振。警察可能在你的公寓里……”

“什么？”

“没错。他们称你的飞行‘扰乱社会治安’，还说只想和有关的人员谈谈，要是有人知道他们的下落。”

阿吉瓦，看到她苦恼的表情，想知道苏珊娜都说了些什么。她把大致情况很快地说了一遍。他表情暗下来，站起来，向门走去，朝外张望。“他们会来这里找你吗？”他问。卡鲁看到他防御性的姿势，弓着肩，肌肉收紧。她意识到在他的世界里，这样的一个威胁有可能更可怕。

“没事的。”她安慰他，“不是那样的。他们只是想问几个问题而已。真的。”他没有离开门口。“我们没做任何违法的事。”她转向苏珊娜，换成了捷克语。“好像没有禁止飞行这条法律。”

“有，怎么没有。地球引力。问题是警察在找你们。”她扫一眼女服务员。她正鬼鬼祟祟在躲在一边，显然是在偷听她们的谈话。“不是这样吗？”

女服务员脸马上红了。“我没打电话给任何人，”她快速地说，“你们放心待在这里。你……你们还想要茶吗？”

苏珊娜挥挥手把她打发走，告诉卡鲁：“不过，你不能老待在这里。”

“是的。”

“你有什么计划？”

计划。计划。她制定了计划，而且快要大功告成了。她现在只需离开。离开这里，抛下这里的生活、学校、她的公寓、苏珊娜，阿吉瓦……不。阿吉瓦不属于她生活的一部分。卡鲁望着在门口警惕地张望、随时准备保护她的阿吉瓦，想象着离开他，离开那份和谐感、那束温暖的阳光、强大的引力。她只需站起来离开。对不对？

有一阵子，她们都没有说话。再次想到要离开时，卡鲁身体反应没有刚才那么强烈。

“计划，”她费了很大的劲让自己正视这件事，说道，“计划是离开。”

阿吉瓦一直在门口张望。当他转过脸对着她时，她才意识到她是用奇美拉语冲着他说这句话。

“离开？去哪儿？”

“雷特兹，”她说，站了起来，“我和你说过的。我要去找我的家人。”

明白她的意思后，他的表情立刻变得很沮丧。“你真的有办法去那里？”

“没错。”

“怎么去？”

“除了你的入口外还有别的入口。”

“是有不少。但所有的入口都与祭司一起失踪了。我花了很多年才找到这个……”

“我猜，你不是唯一了解情况的人，虽然我更愿意你带我去。”

“还有谁？”他在思索，想弄清到底是谁。他知道是谁了，卡鲁看见他眼里闪现出厌恶的神情。“是堕落天使。那个怪物。你要和那个怪物一起去。”

“要是你带我去的话，我就不用找他。”

“卡鲁，我真的不能带你去。入口有士兵把守……”

“那好吧。也许将来某个时候再见到你时，我们已成了敌人。谁知道呢？”

看不见的翅膀发出一阵扑棱声，顿时火花散落了一地。“你不能去那里。那里没有正常的生活。相信我。”

她转过脸，拿起外套穿上，让头发散开。她的头发沾了一层雾气，卷成一缕缕垂在肩上。她告诉苏珊娜，她要离开布拉格城。当她应付苏珊娜必不可少的追问时，阿吉瓦抓住她的胳膊肘。

他轻轻地说：“你不能和那怪物一起去。”他一脸戒备，很难看清他在想什么，“你能一个人去。如果他知道另一个入口，我和你一起去，确保你的安全。”

卡鲁的第一个念头是拒绝。做一只特立独行的猫。做一只特立独行的猫。她想骗谁呀？她不想成为那样的猫。她不想独自一个人去——或独自和拉兹古去，那更糟。她心跳如鼓，说道：“好的。”做出了这个决定后，如大山般压在她心上的恐惧霎时烟消云散了。

她不必和阿吉瓦分开。

但是，这一天早晚会来的。

34

怎样度过这一天?

如何度过这个早上?她问自己。她的部分心思已飞到未来,想象着与布里斯通重逢的情景,另一部分心思放在她的肌肤上,时时感受到他的手臂碰到她肩膀时带来的热气。他们和苏珊娜一起沿着聂鲁达老街走着,与前往城堡的游客方向刚好相反,所以他们只好紧靠在一起,从一大群穿着朴素实用鞋子的德国人中间挤过去。

她向女服务员借了顶帽子戴在头上,把头发塞在里面,因此她身上最显眼的特征被掩藏起来。阿吉瓦仍吸引了无数人的目光,但卡鲁认为主要是因为他超尘脱俗的美,而不是通过新闻认出他。

"我得在学校停一下,"苏珊娜说,"跟我来吧。"

卡鲁也想去——她要和学校说再见——所以她同意了。如果警察在监视她的公寓,她得等到夜幕降临才能回去。天黑后,她可以从空中飞到阳台,取出她旅行需用的东西,而不必从街上走回去,再通过电梯上到公寓。

怎样度过这一天?她问自己。承认她心中充盈着幸福感。这与阿吉瓦站在茶馆的门口警戒有很大的关系。伟岸的他走在她身边是如此和谐。

也有不对劲的地方,模糊的、忽隐忽现的,但她把那归咎于紧张的缘故。一个早上她都沉浸在阵阵意想不到的幸福之中,像扇走苍蝇一样，下意识中，她不停地把不对劲的感觉赶走。

卡鲁对着波希米亚艺术学校说再见——只在心里默默地说，她不想让苏珊娜为她担心——随后他们一行人来到毒药厨房。她爱怜地把手放在“瘟疫”这座大理石雕像的侧面，手指轻轻滑过有点破旧的天鹅绒长沙发。阿吉瓦一脸不解地坐在棺材旁，称这一切为“病态”。他也吃了一碗红烧牛肉，不过，卡鲁相信他绝不会索要菜谱。

和他在一起，卡鲁看到不少素不相识的眼光频频投向她们两人身上。她谦逊地想，她对战争改变他们这件事掌握得实在太少。在学校，某个家伙在爱国青年蘸着纳粹的血写下“自由”二字的地方，胡乱喷上一个红色的捷克单词volnost——即自由的意思。在毒药厨房，她向阿吉瓦解释什么是防毒面具，并说明它们来自另一场战争，与爱国青年争取自由的战争不同。

“它们来自第一次世界大战，”她说，戴上一个面具，“一百年前。纳粹晚些才出现。”她严厉地瞟了他一眼，“你现在知道了，侵略者永远是坏人，永远是。”

米克加入他们的行列。一开始气氛有点紧张，因为他对另外的世界、另外的种族一无所知，觉得卡鲁有点古怪。卡鲁告诉他实情——他们是真的在飞，阿吉瓦是来自另一个世界的天使——不过，用她一贯的方式，所以他以为她在逗他玩。和其他人一样，他的眼睛不断瞟向阿吉瓦，吃惊地打量着他。在一旁观察的卡鲁注意到，在米克频频的注视下，阿吉瓦很不自在。她不禁想到，他的举止丝毫没有表示他知道自己身上蕴藏着美的力量。

后来，他们一行四人走上查理大桥。米克和苏珊娜走在前面，离他们只有几步之遥。两人像糖似的黏在一起，好像什么也不能把他们分开。卡鲁和阿吉瓦尾随其后。

“我们可以今晚前往摩洛哥，”卡鲁说，“我打算坐飞机去，不过你可能不行。”

“不行？”

“是的。坐飞行得有护照，证明你是哪国人的文件。它说明你来自这个世界。”

“你还能飞吗？”

卡鲁检测她的飞行能力。她谨慎地向上跃了几英寸，然后稳稳地落了下来。“可是，路很远。”

“我会帮你。如果你飞不动了，我可以带着你飞。”

卡鲁想象着在阿吉瓦的怀里穿过阿尔卑斯山脉和地中海的情景。这不是她所能想到的最糟糕的事，但仍糟糕透顶。她不是落难的女子。“我能行。”她说。

在他们前面，米克搂住苏珊娜的腰，俯身亲吻她。卡鲁停了下来。看到他们亲热的举动，她感到有点慌乱，转身扶着大桥的栏杆，眺望着大河。“你一天无所事事一定觉得很怪吧。”

阿吉瓦点点头，也靠在栏杆上，望着大河，一只胳膊肘碰到她的胳膊肘。卡鲁注意到他采用各种办法谨慎地触碰她。“我一直试着想象我的族人过上这样的生活，但我不能。”

“他们是怎样生活的？”

“战争就是一切。如果他们不打仗，他们就为打仗做准备，一直生活在恐惧之中。没人能完好无损。”

“奇美拉人呢？他们的生活会怎样？”

他犹豫一下。“那里没人能过上好的生活。它不是一个安全的地方。”他握住她的手臂。“卡鲁，你的生活在这里，在这个世界。如果布里斯通关心你，他不会同意你去那个满目疮痍的地方。你应该留下来。”他的下一句话声音低得快听不见。她几乎没听清，也不敢肯定听清没有。他说：“我可以和你待在这里。”

握住她手臂的手很有力，也很柔软。他的手很温暖，很真实。有那么一会儿，卡鲁让自己假装能过上他说的，和他在一起的生活，她一直以来渴望得到的一切就摆在眼前：看得见、摸得着的人、一个她可以停泊的港湾，还有爱情。

爱情。这个词出现在她脑海时，它不再像早上苏珊娜在茶馆里说出时那般刺耳或可笑。一时间卡鲁目眩心迷，她不假思索，伸手去拉阿吉瓦的手。

一股力量震动他的手。

她猛然后退。她的汉萨斯。她把手掌压在他手上。她的掌心灼热，阿吉瓦被撞得向后退了一步。他站在那里，用被魔力灼伤的手抱着身体，钻心的痛苦传遍全身，但他紧咬牙关强忍痛苦。

痛苦，再一次。

“我甚至没法碰你，”卡鲁说，“不管布里斯通希望我找个什么样的人，这个人不是你，否则的话，他不会把这些东西给我。”她紧扣双手，放在胸前。此刻，带给她魔力的双手在她看来很邪恶。她把手伸进衣领，掏出许愿骨，紧握在手中寻求安慰。

阿吉瓦说：“你不必按他说的去做。”

“我明白。但我得知道那里发生什么事。我得知道。”她声音沙哑，竭力想让他明白她的心思。他能理解。从在他眼中，她看到他能理解。虽然他昨天晚上才闯入她的生活，虽然他疲惫无力、痛苦难忍，但他眼中闪烁着理解的光芒。仅仅只有一晚。那么短的时间他们就如此默契，实在是难以置信。

“你不必跟我一起去。”

“我当然要和你一起去。卡鲁……”他的嗓音仍然轻而柔和，“卡鲁。”他伸手取下她的帽子，她的蓝发一下子滑落了下来。他把一缕散发掖在她的耳后，然后双手捧着她的脸。刹那间，卡鲁感到有一束阳光照进她心里。她一动不动，借这个姿势来掩饰内心的波涛汹涌。没人像阿吉瓦这样端详她。他睁大眼，似乎要把她的一笑一颦都牢牢刻在脑海里。

他一只手穿过卡鲁的头发，轻轻地滑向她的颈背，向她传递阵阵爱的渴望。卡鲁感到心不由自主地柔软下来。她一只脚向前滑，膝盖轻触着他的膝盖，靠在上面。他们之间的空间——消极空间——要求被拉近，呼唤被拉近。

他要吻她吗?

噢，天哪，她嘴里有红烧牛肉的味道吗?

没关系。他也吃了。

她真的想要他吻她吗?

他的脸离得如此的近，她可以看到朦胧的光线罩在他眼睫毛上，她的脸映在他深黑色的瞳孔里。他深深地凝视她，好像她心中有不同的世界，里面充满幻想与发现。

是的。她的确想让他吻她。是这样的。

他的手滑向她的喉咙，想找她的手。她的手仍握着挂在脖子上的许愿骨。

许愿骨的两翼从她的指间露出来，当阿吉瓦摸到它们时，他骤然停下，眼神僵住。他向下看，呼吸顿时停止了。他急抽一口气，顾不上她手上的汉萨斯，用力掰开她的手。

这根许愿骨就躺在她手心里，一根来自另一个世界的小遗物。它的颜色已变得很浅。他大叫一声，声音既惊愕又……什么。发自心底的痛楚扭曲了他的身体，像是钉入木头的钉子被拔出时的形状。

卡鲁吓得跳起来。“怎么了？”

“你为什么会有这东西？”他脸色苍白。

“是……是布里斯通的。入口被烧时他转交给我。”

“布里斯通。”他重复道。他的脑子在快速地转动，突然他明白是怎么一回事了。“布里斯通。”他又重复了一遍。

“怎么了？阿吉瓦——”

他接下来的举动让她说不出话来。他跪了下来。系在她脖子上的绳子连同许愿骨一起脱落，拿在他手上。一瞬间，她感到失去亲人似的。他靠在她身上，脸紧贴着她的腿。透过牛仔裤，她感到他身上传来的热气。她大惊失色地站着，向下望着他壮实的肩膀，看见阿吉瓦卷曲身体靠在她身上。施在他翅膀上的魔法消失了，他的翅膀在众人面前显露无遗。

周围的人们发出惊叹和叫喊。人们停下脚步，目瞪口呆地看着他们。像糖似的黏在一起的苏珊娜和米克分开，然后转身向后看。卡鲁只是模模糊糊意识到他们的存在。她凝视着阿吉瓦，发现他的肩膀在颤抖。他在哭吗？她的手在颤抖，想去抚摸他，又害怕伤着他，不由得痛恨起手上的汉萨斯。她俯下身，用指背理着他的头发，用手背抚摸他炙热的额头。

“怎么回事？”卡鲁问，“出什么事了？”

他直了直身子，依然跪着，向上望着她。她俯下身，身体像个问句。他抱着卡鲁的腿，握着许愿骨的手贴着她的膝窝，她感到他的手不住地颤抖。他的翅膀像两把大扇子围住他们。两人似乎身处灯火通明的房间，更像处在他们自己的世界里。

他在她脸上搜索，无比惊讶。无比哀婉，卡鲁心里加了一句。

这时，他说：“卡鲁，我知道你是谁了。”

35

天使的语言

我知道你是谁了。

凝视着卡鲁的脸庞，阿吉瓦看到他的话对卡鲁产生的影响。她一方面希望知道自己是谁，另一方面又害怕知道自己是谁。她的黑眼睛蒙上一层泪水，在他翅膀的火光映照下闪闪发光。只有这时，从她的眼里看到自己的影像时，他才意识到施在翅膀上的魔法不知不觉消失了。要是在过去，如此鲁莽的行为可能给他带来杀身之祸。现在，他管不了这么多了。

“什么？”卡鲁的嘴唇翕动着，但没有声音传出。她清了清喉咙。“你说什么？”

他要从何说起呢？他快速地思考。这是不可能办到的事。她的身世凄惨动人。讲述她的身世就如同用尖刀剖开他的胸膛，表明那颗长期麻木不仁的心，在多年以后，仍然有生气，仍在跳动……即使如此，它可能再次被丢弃。

得到最渴望得到的东西之后，才发现为时已晚，还有什么比这更凄惨?

“阿吉瓦。”卡鲁乞求他。她睁大两眼，几乎要发狂。她在他面前跪下来。“告诉我。”

“卡鲁。”他低声叫道。她的名字似乎在嘲笑着他——希望——它充满着希望与指责，他真希望自己已死去。他不敢正视她。他把她揽入怀中，她顺从地偎在他的怀里，爱令她变得柔顺。她被风弄乱的头发像乱蓬蓬的丝线，他把头埋在她的发丝里，想着如何把她的身世告诉她。

在他们周围，人们在窃窃私语。所有的目光都注视着他们，但阿吉瓦什么都没有注意到。突然，有个声音冲破所有围观的人群传了过来。有人清了清嗓子，声音高而刺耳，像是在演戏。声音中含有一丝不安，不过，在他开口之前，他的语气已经开始转变。

“阿吉瓦，真丢人。打起精神来。”

他的声音在这里格格不入——那声音、那语言。他的语言。

站在那边，身佩长剑，满脸沮丧的两个人是哈梓和里拉兹。

阿吉瓦没有露出一丝吃惊的神情。整个早上接二连三发生了许多事：卡鲁的双月弯刀、卡鲁对他手纹的奇怪反应、她那梦幻音乐般的笑声，加上现在不可否认的事实：许愿骨。与这些事相比，天使的出现根本不足为道。

“你们在这里干什么？”他问他们，双手仍搂着卡鲁。卡鲁从他肩上抬起头，惊恐地瞪着那两个入侵者。

“我们在这里干什么？”里拉兹反问他，“从各方面来考虑，我想这个问题应该我们来问。以星神的名誉起誓，你在这里干什么？”她看上去目瞪口呆。阿吉瓦从她看他的表情了解到自己的样子：跪倒在地，哭哭啼啼，与一个人类的女子拥在一起。

他突然想到，他们认为卡鲁只是一个人类女子这事是多么重要。无论这事显得有多怪，它就是那么怪。知道实情反而会使事情变得更糟。

阿吉瓦仍然跪在地上。他挺直腰，转过身，把卡鲁挡在身后。为了不让他的兄弟姐妹听见他使用敌人的语言，他轻声说：“别让他们看见你的手。他们不会明白的。”

“明白什么？”她低声回答，眼睛一刻不离那两个天使，他们也紧盯着她不放。

“我们，”他说，“他们不会明白我们之间的事。”

“我也不明白。”

阿吉瓦手中握着易碎的许愿骨。多亏有了它，他终于明白到底是怎么回事。

卡鲁不再说话，绷紧神经，直盯盯地看着那两个天使。他们的翅膀隐了起来，即便是这样，他们在大桥上出现似乎很反常，令人胆战心惊——特别是里拉兹。虽然哈梓更强壮有力，但里拉兹更让人胆寒。她一向如此，可能因为她身为女性，不得不这样。她的头发是淡黄色，梳成简单的辫子。绝美的面容有一股令人不敢直视的冷艳：像杀手般面无表情、无动于衷。哈梓眼中有些许生气。但刚才，当他看见面前仍跪在地上的阿吉瓦时，有点茫然不知所措。

“起来。”他的语气并不严厉，“见到你这个样子我实在是受不了。”

阿吉瓦拉着卡鲁一起站起来，让她躲在他翅膀后面。

“怎么回事？”里拉兹责问他，“阿吉瓦，你为什么回到这里来？还有……那是谁？”她朝卡鲁做了个粗鲁的动作，表示讨厌。

“一个女孩而已。”阿吉瓦听见自己重复伊兹尔说过的话，听起来和那个老人一样不自信。

“一个会飞的女孩而已。”里拉兹补充。

“你以为我们会让你再次消失？像你在洛拉迪战役之后那样？我们知道有事发生。可……这？”

“这到底是怎么回事？”哈梓问。很明显，他仍希望阿吉瓦作些解释，然后了结此事。阿吉瓦觉得自己像被人从中间撕开一样。在他面前是他最亲密的同盟军，而现在他们像是敌人。这都是他的错。

假如阿吉瓦有亲人，这个亲人不是他母亲。她在卫兵来抓他时不闻不问。当然，这个亲人也不是他的父亲。他的亲人是站在他面前的这两个人。至于卡鲁，他也无言以对。卡鲁站在他身后，渴望了解被隐瞒了一辈子的秘密——这个巨大的秘密如此的荒诞，他一时无法找到合适的词语来表达。于是他站在那里，一言不发。两种语言都显得苍白无力，无法帮他解释所发生的一切。

“我不怪你想离开。”哈梓说。他一贯是个和事佬。他和里拉兹长得很像，但他们两人与阿吉瓦并不相像。他们金发蓝眼，蜜色的肤色泛着淡淡的红晕。哈梓一副轻松自在，甚至是懒散的样子；脸上懒洋洋的笑容会迷惑你对他的判断。他一向是个战士——反应敏捷、随时准备战斗——但在内心深处，不知怎的，他仍然保留孩童般的纯真，多年的训练及战争都无法摧毁它。他是个梦想家。他说：“我自己也曾想过，在一切都解决之后回到这个世界……”

“但你不能，”里拉兹厉声说，她可不是梦想家，“你不能在晚上消失得无影无踪，留下其他人为你编造种种借口，不知道这次你什么时候回来，甚至会不会回来。”

“我没让你们替我编借口。”阿吉瓦说。

“没错。因为你得告诉我们你上哪儿，而不是像以前那样溜走。难道我们会再次等你伤痕累累地回来，从不告诉我们是什么人把你弄成那样？”

“这次不会。”他说。

里拉兹朝他冷冷一笑。阿吉瓦知道，她表面很冷淡，但心里非常伤心。他可能永远不会再回去，他们可能永远不会知道他发生了什么事。几十年来，他们互相保护对方，那说明了什么？多年前，不是里拉兹冒死重返布利芬奇战场吗？她抱着他可能活着的一线希望，当奇美拉人在战场上庆祝胜利，四处查找受伤未死的天使，用长矛把他们扎死时，她回到战场，找到他并把他带回来。为了他，她不惜冒生命危险，并会毫不犹豫地再次这么做。同样，哈梓也会这么做的。为了他们，阿吉瓦也会如此。但是，他不能告诉他们他为什么会来这里，或他发现了什么。

“这次不会什么？”里拉兹责问他，“不会伤痕累累？还是不会再回来？”

“我没做什么打算。我就是不能待在那里。”他搜肠刮肚想解释，至少，这是他欠他们的，“在洛拉迪战役之后，一切都结束了，这就像走在悬崖边缘。没有我想要的东西，除了……”后面的话他没有说，也不必说。他们看见他跪在地上，把目光转向卡鲁。

“除了她，”里拉兹说，“一个人类，如果她是人类的话。”

“她还能是什么人？”他说，掩饰内心的恐惧。

“听听我的看法。”她说。阿吉瓦的心突然提了起来。“昨晚当她袭击你的时候，你们的打斗有点奇怪，是不是，哈梓？”

“是有点奇怪。”哈梓表示同意。

“我们没有靠得很近，无法感到有任何……魔法……不过，看上去你好像感觉到它了。”

阿吉瓦的脑子快速转动着。他如何才能让卡鲁离开这里？

“你似乎原谅她对你的所作所为。”里拉兹向前跨了一步，“你没有什么要告诉我们的？”

阿吉瓦向后退，一直让卡鲁站在他身后。“别碰她。”他说。

里拉兹向前移动。“要是你没什么可隐瞒的，让我们见见她。”

这时，哈梓开口了。他的声音充满悲伤，比里拉兹尖利的逼问更难对付。“阿吉瓦，告诉我们事情不是这样的。告诉我们她不是……”

阿吉瓦觉得内心有一股冲动，隐藏多年的秘密像阵风似的裹住他——一阵风，他希望做出某种让步，风就能把他和卡鲁带离这里，带到一个地方，没有天使，也没有奇美拉人；没有他们之间的相互仇恨、没有人站在他们周围张着嘴傻瞪着他们；没有人再横亘在他们中间。“当然她不是。”他说，声音像是在咆哮。里拉兹把它看作是一种挑战——证明卡鲁是什么和不是什么的挑战——她眼冒凶光。这是她在战场上使用的眼神。阿吉瓦太熟悉了。她又上前一步。

他攥紧拳头，肾上腺素急剧上升，令他浑身发热。许愿骨被他压弯了。他绷紧神经，准备应付非来不可的战斗，对他们因不相信他而导致这种局面极其恼火。

无论预计会发生什么，他绝对没有想到会听到卡鲁清晰、冷静的声音。她大声问道：“什么？我不是什么？”

里拉兹顿住脚步，怒火霎时化为震惊。哈梓也很吃惊。阿吉瓦愣了一下才意识到他们为什么吃惊，但他一下子明白过来。

卡鲁的话。她的话如流水般平滑，她使用他的语言。卡鲁使用天使的语言。她无法从她的世界或别的方式学到这门语言。趁大家发愣的时候，她从阿吉瓦的翅膀后走出来，站在哈梓和里拉兹的面前。

接着，她对里拉兹说：“如果你想看我的手，只要跟我打声招呼就行了。”她凶猛地笑着，脸上闪闪发亮，和头天晚上袭击阿吉瓦时一模一样。

36

除了杀戮外，做点别的事

卡鲁只不过用口袋里的一个勒克瑙低声许了个愿。天使的话语从流畅悦耳的声音变成了意义连贯的句子——成为卡鲁收集到的另一门语言，这是一个意外的收获。从眼冒凶光的女天使和摆出保护姿势的阿吉瓦的对话中，她得知他们正在谈论她。

“告诉我们她不是……”男天使说。他没有把话说完，留下无法言表的恐惧，好像在恳求阿吉瓦反驳他们对她的怀疑。

他们以为她是谁？他们谈论她时她会站在这里一声不吭吗？

“什么？”她问，“我是什么？”当她从阿吉瓦身后走出来时，她看到他们的脸惊愕得僵住了。女天使呆视着她，离她只有几步之遥，眼神空洞。没有阿吉瓦挡在她们中间，卡鲁感到一阵心虚。她想到放在公寓里无用武之地的双月弯刀，突然意识到，她不需要它们。她有专门对付天使的武器。

她就是专门用来对付天使的武器。

此时的卡鲁像找回了自我，变了个人。她脸上不经意地掠过一抹笑容，阴森的语气隐藏不住兴奋，她说：“如果你想看我的手，只要跟我打声招呼就行了。”

这时，在查理大桥上，有高举手机、照相机猛拍这一场景的围观人群，有表情严肃、小心翼翼靠近的警察，情况一片混乱。

“不要！”阿吉瓦大叫起来，但为时已晚。

里拉兹先行动。她如同刀光一闪而过。她动作很快，但卡鲁移动的速度与她不相上下。她举起双手，空中传来魔力喷发时发出的嘶嘶声。它开始是一道花纹，像一条纱线挂在空中；接着，它猛然出击。花纹边缘震颤着冲向哈梓和阿吉瓦，他们两个被震得摇摇晃晃。里拉兹站立不住，像被轻轻掸走的甲虫向后翻几个筋斗。她像杂技演员一样扭曲着身体，然后双脚重重落在桥上，桥被她震得抖动起来。攻击过后，只有卡鲁稳稳地站着，她的头发似乎被反气流吸住，先是一齐向前飘，然后垂落了下来，在翻滚的气流中一起一伏。

她仍然冷冷地笑着，发丝飞舞，文着眼睛的掌心朝外。即使在苏珊娜看来，卡鲁的表情也满怀恶意。她像某个坠落人间的女神，虽然伪装成一个女孩，却令人难以相信。苏珊娜、米克以及其他的围观者纷纷向后退。里拉兹消掉她施在翅膀上的魔法，就好像遮住翅膀的面纱被徐徐拉开，露出熊熊燃烧的火焰。哈梓也消掉他翅膀上的魔法，站到他姐妹一边。界线已划清，两个天使对付卡鲁，他们低着头对抗她的汉萨斯冲击波给他们带来的痛苦。

阿吉瓦站在他们中间，左右为难。双方界线划清了，他得站到其中一边，朝任何一边迈一步或两步，就这么简单。但他的选择将决定他未来的命运。他目光快速地在他过去的战友和卡鲁身上扫来扫去。

“阿吉瓦。”里拉兹嘶声说。她希望他加入他们的阵营。他们三个人一向都在一起，共同对抗敌人，大开杀戒；战斗结束后，相互用刀尖在对方的手上画下一道道血痕，记下所消灭的敌人的数量，然后再用烟灰止血。对他们而言，卡鲁不过是另一条线，一条即将被文在手上的线。

另一边是卡鲁。她随时准备举起双手，释放出布里斯通施在上面的黑色魔法。

“我们不必这样。”阿吉瓦说，但他的声音无力，好像他自己都不相信自己。

“就得这样，”里拉兹说，“阿吉瓦，别耍孩子脾气了。”

他仍站在他们中间，不知选哪边才好。

里拉兹说：“如果你下不了手，那就让开。你不必看。我们以后绝不再提起这事。一切都结束了。听到我的话没有？回家去。”

她催促他，语气坚定。她真的相信她在照顾他。此外，卡鲁这件事已大大超出她的理解范围——是某种要强行忘记的疯狂行为。

他说：“我不打算回去。”

哈梓说：“不打算回去？你什么意思？在你完成所有事情之后？抛弃你为之奋斗的一切？它是一个新时代，兄弟。和平——”

“那不是和平。和平是没有战争。和平是和谐。和睦。”

“你指与怪兽和睦相处？”哈梓逐渐流露出不信任和厌恶的表情，同时，他仍然希望这一切都是误解。

阿吉瓦回答时，他知道自己正跨过最后的界线。他的选择一清二楚，任何人不会产生误解。一旦做出选择，他就永远不能回头。这是一条他多年前就应该跨越的界线。一切变得如此的扭曲；他变得如此的扭曲。“是的。正是我的意思。”

卡鲁把目光从两个入侵者身上挪开，看了阿吉瓦一眼。她脸上凶狠的表情已经不再。现在，当她觉察到他心中的痛苦时，她高举双手，有点不知所措。她的想法、她的回答、她的空虚全被她忘得一干二净，与阿吉瓦的痛苦相比微不足道。她觉得阿吉瓦的痛苦就像是她的痛苦。

警察来了。面对来自另一个世界的打斗场面，他们犹豫了。卡鲁看到他们一脸迷惑不解，紧张不安地握着手中的枪，她看见他们看着她的那副样子。查理大桥上有天使，她是他们的敌人。她：天使的敌人，蓝发黑眼，穿着黑外套，手上有邪恶的文身。他们：金黄色的肌肤，与教堂壁画上的天使一模一样。在这里，她是恶魔。瞥了一眼前面的影子，她原以为会看见影子上有角冒出来，但它没有。她的影子是个女孩的影子，此刻似乎与她没有什么关系。

刚才把脸贴在她腿上的阿吉瓦一动不动。自从两个天使到来后，她第一次感到害怕，如果他站在他们那边……

“阿吉瓦。”她低声叫他。

“我在这里。”他说。当他迈腿时，他是朝着她的方向。毫无疑问他站在她这边，卡鲁只希望他不是被迫做出这个选择，希望能避开这一刻，但太迟了。站在卡鲁和他兄弟姐妹中间，他选择了他的未来。他用低沉而坚定的声音对他们说：“我不会忘记你们伤害过她。还有别的生活方式。除了杀戮，我们还有别的活法。”

哈梓和里拉兹盯着他。真难以置信，他居然选择了那个女孩。很快，里拉兹由震惊转为痛苦。“我们有吗？”她反击他，“你现在处于有利的位置，不是吗？”

当阿吉瓦来到她面前时，卡鲁放下手。她不由自主地伸出手，用指尖触摸他的背。

他对她说：“卡鲁，你必须走。”

“走？可是……”

“离开这里。我会拖住他们，不让他们追上你。”他的声音严厉。他清楚自己那样做会有什么后果，但他决心已定。他扭头看了卡鲁一眼。他的脸绷得很紧但很坚定。“我会在我们第一次见面的地方与你会合。答应我在那里等我。”

他们第一次见面的地方——德吉玛广场，马拉喀什的心脏。在那里，穿过混乱不堪的人群，她遇见他炙热的目光，她的灵魂仿佛被它穿透。阿吉瓦的声音沙哑，语气急迫。“答应我。卡鲁，答应我，在我找到你之前，在我向你解释一切之前，不要和拉兹古走。”

卡鲁很想答应他。她看到他不惜与同胞反目成仇，向她表示他的一片忠诚。他还救了她一命——在两个全副武装的天使围攻下，她岂能活命？此外，他选择了她。被人爱，被人珍惜，这些难道不是她一直所祈望的吗？为了她，他放弃在自己那个世界的地位，而只要求她在马拉喀什等候。

然而，骨子里倔强的性格阻碍她做出承诺。他或许选择了她，但并不表示在面对同样的选择时——面对布里斯通、阿萨、亚西里、特维加时，她会做出与他相同的选择。她告诉过布里斯通："我想让你知道，我永远不会离开你。"她不会的。她会选择她的家人。任何别的选择都是不可想象的。即使是现在，想到要丢下阿吉瓦独自离开这里，她的身体感到阵阵疼痛。

她说："我尽可能等你。我只能做到这一点。"

她感到他燃烧的翅膀上光芒暗了一点儿。他背对着她，用空洞的声音说："很好。"

里拉兹拔出剑，哈梓也拔出了剑。警察向后退，举起枪，用捷克语冲着天使大喊，让他们放下武器。旁观的人群大叫起来，从狂喜变为惊恐。苏珊娜挤在人群中，双眼一直盯着卡鲁。

阿吉瓦的两把剑交叉背在两翼之间，不那么显眼。他把手伸到脑后，嚯一声抽出剑，顾不上回头，他催促卡鲁："卡鲁，快走。"

她蹲下准备起飞。就在她飞上空中变成一条蓝黑线消失在天际时，她的声音哽咽，用请求的语气说："阿吉瓦，来找我。"

说完，她飞走了。留下他独自面对做出惊人之举后给自己带来的恶果。

从前，有个天使躺在迷雾之中奄奄一息。

……

一个魔鬼在他身边跪下，朝他微笑。

37

失落的梦

阿吉瓦无法止住伤口涌出的鲜血。热乎乎的液体随着心脏有节奏的跳动不断往外冒，从他的指缝间流走，没法止住血。他身上被撕开一个大口，想捂住伤口有点像抓起一把肉末扔给饿狗。

他就要死了。

周围暗沉沉的。海雾笼罩着布利芬奇海滩。阿吉瓦听到波浪拍击海岸的声音，但他只能看见离自己最近的尸体：小丘一般高的尸体在迷雾中呈灰白色。死去的人中有奇美拉人，也有六翼天使，他分不清楚——除了最靠近他的那具尸体外。它离他只有几码远，身上插着他的剑。这头巨兽半像鬣狗半像蜥蜴。它像撕布一样轻而易举地撕开阿吉瓦的铠甲，他的锁骨至二头肌被它撕开一道血口。它扑过来，甚至在利剑穿过它粗壮的胸部后，还用利齿刺穿他的肩胛肉。他转动剑刃，用力往里推，再转动剑刃。怪兽吼叫着，呜咽着，但阿吉瓦一直不松手，直到它死去为止。

现在，当阿吉瓦躺着等死时，一声尖叫打破战斗过后的宁静。他身体一僵，紧紧捂住伤口。后来，他总在揣摩当时自己为什么会那样做。他应该松手，尽可能在被敌人找到之前死去。

敌人正在清理战场，把受伤的天使杀死。他们赢得了胜利，把天使赶回了莫伦湾的防御工事里。他们从不关押俘虏，而是把受伤的天使全部杀死。阿吉瓦应该加速自己的死亡，随着血液流失，在不知不觉中平静地死去，像睡着一样。敌人绝非善类。

是什么令他等待？希望再杀一个奇美拉人？要是那样的话，为什么他不试着向前爬，去取回他的剑？他只是躺在那里，摁住伤口，苟延残喘却不知道为什么。然后，他看见了她。

一开始，她只是个模糊的轮廓，巨大的蝙蝠翅膀，高高突起的羚羊角如长矛一般尖利——敌人长得像野兽的部分。阿吉瓦感到很憎恶。他看着她在第一具尸体旁停一下，然后到第二具尸体旁。她来到鬣蜥怪兽的尸体旁，站在那里好一阵子——她在干什么？举行死亡仪式？

她转身，朝阿吉瓦走来。

随着她一步步走近，她的样子清晰可见。她很苗条，长长的腿——结实的人类大腿在膝盖以下变小，变成线条流畅的羚羊腿，细而尖的蹄使得她看起来像靠着大头针站立。她的翅膀合拢，步态优雅，富有弹性。一只手握着一把弯刀，另外一把相同的弯刀装在鞘里，挂在腰间；另一只手举着一个长长的东西——它不是武器，倒像牧童的弯手杖。它的另一头挂着一个银光闪闪的东西——一只灯笼？

不，不是灯笼。它没有发光，而是冒出烟雾。

她朝前走了几步，羊蹄陷进沙子里。透过迷雾，他看见了她的脸，与此同时，她也看见了他的脸。看见他还活着，她陡然停下来。他准备咆哮一声，突然向前扑，然后被她的刀刺中，身体再添上新的伤口，新的痛苦。但奇美拉女孩没有动。有好一阵子，他们只是盯着对方。她把头歪向一边，一个古怪、似鸟的姿势，并无敌意，而是好奇。她表情严肃，但没有叫喊。

不可名状地，她美丽无比。

她又上前一步。她走近时，他注视着她的脸，目光从长长的脖子移到突起的锁骨。她有一副好身材，动作从容优雅。她的头发短得如天鹅绒毛，黑而软，像戴了一顶帽子。她的五官清晰，比例完美。她用浓重的黑色化妆油勾画眼圈，看上去像戴了面具。阿吉瓦可以清楚地看见她棕色的大眼睛——明亮、生动、悲伤。

他知道她是为死去的同胞感到悲伤，而不是为他。但是，看到她露出悲伤的神情，他仍然心中一惊。他想，也许以前自己从来没有真正看清过奇美拉人。他经常见到奴隶，但他们总是低着头。遇到像她这种战士时，他不是躲开致命一击就是给对方致命一击，在血脉贲张的战斗中几乎来不及看清敌人的脸。要是他忽略掉她带血的刀刃、黑色贴身的铠甲、恶魔式的翅膀和角；要是他只看她的脸——出人意料的可爱——她看上去像个女孩，发现一个年轻人躺在海滩上奄奄一息的女孩。

在那一刻，他就是这样的人，不是士兵、不是任何人的敌人。即将来临的死亡似乎毫无意义。天使和魔鬼相互屠杀，然后死亡，死亡，然后屠杀，这种生活仿佛是一种很随意的选择。

他们也可以选择不去屠杀，不必死亡。

不行。他们之间的积怨太深。女孩来这里的目的和他一样：杀死敌人。这意味着杀死他。

如果是这样，她为什么还不动手？

她在他身边跪下来，没做任何保护措施，提防他可能采取的突然行动。他想起屁股后头还藏着一把刀。刀很小，与她那把奇特的弯刀一点儿也不相像，但足以杀死她。只需一个动作，他就能把刀插入那线条柔和的脖颈，她完美的脖颈。

他一动不动。

他仿若在梦里。他在流血。注视着他上方的那张脸，他没法知道这是否是真的。它好像是个死亡之梦，抑或她是来世派来收集灵魂的使者。银香炉挂在手杖上，冒出一缕缕轻烟，闻起来有草药和硫黄的味道。香味飘向他时，他感到好像有人拽了他一下，有股诱惑力。他神志不清，心想自己并不介意跟随这个使者进入下一个轮回。

他想象着她拉着他的手，带他前行。脑子里想着那幅宁静的画面，他松开捂住伤口的手，伸手寻找她的手指，然后把它们握在自己滑腻的血手中。

她惊呆了，猛地把手抽回来。

他吓了她一大跳，他本意并不是这样。“我跟你走。”他用奇美拉语说。为了指挥奴隶做事，他学会了说一些基本的奇美拉语。这是一门粗糙的语言，在帝国把许多奇美拉部落统一起来后，这些部落的方言胡乱拼凑在一起，经过长时间的融合后形成一门共同语言。他几乎听不到自己的声音，但她准确无误地理解了他的意思。

她瞥一眼香炉，然后回头看他。“那不是为你准备的。”她说，把香炉取下来，放在地上，让风把烟吹走。“我不认为你想去我要去的地方。”虽然奇美拉语有许多如动物发出的音调，但她的声音却像唱歌一样动听。

“死亡。”阿吉瓦说。现在他不再捂住伤口，生命正快速离他而去。他只想合上眼睛。“我准备好了。”

“哦，我还没准备好。我听说人死后很无聊。”她轻松地说，很高兴的样子。

他凝视着她。她在开玩笑吗？她笑起来。微笑。

他也笑了。他惊愕地感到自己在笑，好像她的微笑引发了他身上的反应。“无聊听起来不错，”他说，合上双眼，“也许我还能把落下的阅读补上。”

她低声笑起来。神志不清的阿吉瓦开始相信自己已死了。如果真的死了，他一点儿也不觉得奇怪。他感觉很麻木，已经意识不到肩膀有伤。他不知道她在触摸他。突然，他感到一阵撕心裂肺的疼痛。他大吃一惊，猛然睁开眼睛。是不是她最终用刀戳他了？

不是。她在他的伤口上贴了一根止血带，所以让他疼痛。他惊讶地望着她。

她说：“我建议你活下去。”

“我试试看。”

突然，附近传来刺耳的声音，奇美拉人的声音。女孩僵住了，把一根手指放在唇上，低声说：“嘘。”

他们最后交换了一个眼神。太阳穿过迷雾从她身后射进来，她的角和翅膀闪闪发亮；剪得短短的头发像黑色大理石，又像小马驹的喉咙一样柔软；头上抹了油的角似黑玉般熠熠生辉。尽管她顽皮地在眼周画上黑眼圈，像戴上面具一样，她长得很甜，笑得也很甜。阿吉瓦对亲切友善感到极为生疏。现在，这种感觉穿过他的胸膛，涌入他的情感中枢。他第一次发现自己身上还有这么个地方。这是一种新奇的感受，好像他脑后有只眼睛突然开启，让他从全新的角度看问题。

他想伸手触摸她的脸，但缩了回来。他的手沾满了鲜血。此外，受伤的手臂沉得他几乎抬不起。

她也有同样的冲动。她伸出手，犹豫了一下，接着，凉凉的指尖顺着他发热的眉毛、高高的颧骨滑到线条柔软的喉咙口。她的手在上面停了一下，好像要确信他的生命体征运转平稳。

她有没有感觉到，她的抚摸令他的脉搏快速跳动?

突然，她站起来转身离开。迈着带有羚羊蹄的结实长腿跳跃着穿过迷雾，动作优美，像是在飞。她的翅膀半开着，像风筝似的在她头顶上飘动。她跳起落下的动作轻盈舒畅，仿佛在跳芭蕾舞。在雾中，阿吉瓦看见她的身影与其他人聚在一起。那些身躯笨重的怪兽，无人有她那般轻盈优雅。他们咆哮般的说话声飘进他的耳朵，她平静的声音夹在其中。他相信她会带他们远离他。她真的这样做了。

阿吉瓦活了下来，但他变了个样。

“谁给你贴上这块止血带的？”里拉兹后来问他。那时，她已找到他，并把他带到安全的地方。他说不知道。

他觉得自己这辈子好像一直在迷宫里绕圈，直到布利芬奇战役后他才找到生活的中心。他自己的中心——感情从麻木中苏醒过来的地方。直到敌人在他身边跪下，救了他一命，他才开始觉察自己还有情感。想起她，他恍若在梦里，但她的出现却不是梦。

她是真实的，她存在于这个世界上。她就在那里，像动物的眼睛在暗夜的森林里闪闪发亮一样，在黑暗中发出短暂的光。

她就在那里。

38

不信神

在布利芬奇战役后，玛德加——他花了两年时间才打听到她的名字——仿佛寂静之中的一个缥缈的声音呼唤着阿吉瓦。当他躺在战营里生命垂危时，他一次次梦见这个敌方女孩跪在他身边，朝他微笑。每次睁开眼睛，他只看见朋友和同胞，她却渺无踪影。与令他魂牵梦萦的幻影相比，他们看上去更不真实。即使在里拉兹极力反对医生截掉他的手臂时，他的思绪还飞到雾气重重的布利芬奇战场，想起长着棕色大眼睛、角上抹油的女孩以及她带给他的甜蜜震撼。

他受训抵挡恶魔之眼的攻击，但没人教他如何抵挡友善。面对女孩的善意，他发现自己束手无策。

当然，他没有把这件事告诉任何人。

哈梓带着他那套文身工具箱来到他床边，打算把阿吉瓦在布利芬奇战役中杀敌的数量文在他手上。“多少？”他问，把刀尖放在火上加热，消毒。

阿吉瓦在布利芬奇战役总共杀了六个敌人，包括那只扑倒他、撕伤他的鬣蜥巨兽。六条新线将被文在他右手上。多亏了里拉兹，这只手还留在他身上。手臂无力地垂在他身边。被咬断的神经和肌肉被重新接上，他不知道要多长时间才能好起来。

当哈梓把刀准备好，拿起他那只毫无知觉的手时，阿吉瓦满脑子想的都是敌方女孩，以及她最后可能成为某个六翼天使手上的一道线。想到这里，他实在无法忍受，嗖地把手臂从哈梓手里抽回来，伤口处传来一阵钻心的疼痛。“一个也没有，”他急促地说，“我没有杀死一个奇美拉人。”

哈梓眯起眼。“你有。在阻击由半人半牛、半人半马怪兽组成的方阵时，我和你在一起。”

但阿吉瓦怎么也不肯在手上文线，哈梓只好离开。

这是他秘密的起始部分——多年后，这个秘密在他们之间制造了不和。在人类世界的天空，这个秘密可能让他们永远分开。

当卡鲁飞离大桥时，里拉兹跟了上去，阿吉瓦冲上前阻拦她。他们的剑碰在一起，发出当啷声。他把两把剑交叉在一起，用力挡住里拉兹，并不断加力，迫使她后退。与此同时，他盯着哈梓，以防他去追赶卡鲁。但哈梓站在桥上，呆若木鸡地看着这不可思议的情景——阿吉瓦和里拉兹居然拔剑相向。

里拉兹的手臂被震得发抖，她努力站稳——她周围的空气炽热——翅膀猛烈地拍打着。她铁青着脸，紧咬牙关。因为全力抵挡阿吉瓦，她的脸而变得非常可怕——双目圆睁，虹膜在白球体中聚成一点。

她厉声叫嚣着，把阿吉瓦甩开，以旋风般的速度从脑后拔出另一把剑，朝阿吉瓦劈了下来。

他举剑架住她的剑。两剑相碰，当的一声响，震得他骨头快散架了。她下手毫不留情。如此猛烈的进攻令他震惊——她真的要杀了他？她又挥剑砍下来，他挡住她的剑。哈梓终于清醒过来，飞身朝他们跃去。

“住手。”他惊骇地大叫，冲到他们中间，但里拉兹凶狠地扑过来，他只好躲向一边。阿吉瓦也闪到一旁，避开她的攻击。里拉兹没有击中阿吉瓦，身体失去平衡，踉跄地走了几步。她不等站稳，便转身，恨恨地看了他一眼。她没有再攻击，而是向上一跃。她的双翼像只火球在燃烧，引得围观的人群一阵惊呼。然后，她快速地朝着卡鲁离开的方向飞去。

空中已无卡鲁的踪迹，但阿吉瓦肯定里拉兹能够追上她。他在她后面奋起直追。陡然间，屋顶以及地上的人渐渐远去。只有扑面而来的气流、闪亮的翅膀和——他追上里拉兹，抓住她的胳膊——相持不下。

她转过身，冲着他乱砍一通。他们的剑相碰在一起，不断发出当啷声。像在布拉格卡鲁攻击他时一样，阿吉瓦只是抵挡或避开，并不还手。

“住手！”哈梓冲着他们咆哮，并冲向阿吉瓦，猛推他一把，拉开他和里拉兹的距离。现在他们在城市的高空上，寂静的空中回荡着刀剑相碰时发出的声音。“你们在干什么？”哈梓不敢相信地问道，“你们两人，打架……”

“我没有，”阿吉瓦说，向后退，“我不会的。”

“为什么不？”里拉兹嘶声说，“你不妨切开我的喉咙或在背后捅我一剑。”

“里拉兹，我不想伤你……”

她大笑：“你不想，如果有必要的话，你会伤我。是这个意思吧？”

他会吗？为了保护卡鲁，他会做些什么？他不会伤害他的兄弟姐妹，他永远不会那样做。但是，他也不能让他们伤害卡鲁。为什么他只有两种选择？

“只是……忘了她，”他说，“求你了。就让她走吧。”

他的声音清楚地流露出一种情感，里拉兹轻蔑地眯起眼。看着她，阿吉瓦心想，求她倒不如求手里的剑。他们三人从小就受到这样的教育，不是吗？皇帝的私生子都是如此：一生下来就沦为杀人武器，沦为没有思想、为报千百年积怨的杀人工具。

他无法接受这个事实。他们不仅仅是打仗的工具，他们所有人。他期待着，决定冒一次险。他把剑插入剑鞘中。里拉兹的眼睛眯成一条线，她静静地望着他。

“在布利芬奇，”他说，“你问我，是谁给我贴上了止血带。”

她静静地听。哈梓也是。

阿吉瓦想起玛德加，想到她如凝脂般的肌肤、柔滑得令人吃惊的膜状翅膀、悦耳的笑声——与卡鲁的笑声非常相像。他想起早上卡鲁说过的话：要是你认识一个奇美拉人，就不会这样排斥他们。

他认识两个奇美拉人。他认识玛德加并爱上她。然而他仍然是原来的他——一具毫无情感的皮囊，在一时冲动之下，几乎杀了卡鲁。悲伤使得丑陋之花在他心中盛开：憎恨、复仇、愚昧。看见现在的他，玛德加会后悔曾救他一命。不过，在卡鲁那里，他还有另一个机会，那就是，和平的机会。不是得到幸福的机会，不是为他自己。对他来说，这太迟了。

其他人也许还能救赎自己的灵魂。

“是一个奇美拉人。”他对他的兄弟姐妹说。他深吸一口气，知道这事在他们听来有渎神灵。他们从小就听大人说奇美拉人很邪恶，是爬行动物，是恶魔，是野兽。可是玛德加……在一瞬间消除了他的偏见。该是他做同样的事情的时候了。“一个奇美拉人救了我，”他说，“我爱上了她。”

39 天性终会显露

布利芬奇战役后，阿吉瓦完全变了个人。让哈梓带着文身工具箱离开时，他心中只有一个想法：当他有机会再见到那个奇美拉女孩时，自己能够告诉她，他没有用她救的命再去杀害她的同胞。

他想再见她一面的机会微乎其微，但这个念头在他脑里扎了根，不时飞入脑海，无法挥散。久而久之，他习惯于它的存在，并与它和平相处。它由一个异想天开的念头变为希望——一个持久的希望。它将改变他的一生：再见到她，并感谢她。就这些，只想谢谢她。当他想象见到她的那一刻时，他便想不下去了。

这足以让他前行。

布利芬奇战斗结束后，他在莫伦湾没有待多久。战地医生把他送回特赖亚，看看那里的治疗师对他的康复有什么帮助。

特赖亚。

一千年前，在那场大屠杀之前，六翼天使从特赖亚统治整个帝国。据说它成为世界之光长达三百多年，是所有城市中最美丽的。那里有宫殿、商业中心、喷泉；所有的珍珠、大理石均采自埃沃雷恩；宽阔的大道铺着石英，道路两旁种着散发出蜂蜜味道的高大树木。城市坐落在怪石嶙峋的峭壁顶上，俯瞰着下面的海湾。如绿宝石般清澈的海岸远至天际。与布拉格一样，塔尖高耸入云，直指苍穹。一座塔代表一个星神——指派六翼天使为这块大地及大地上所有生物的保护神的星神。

现在，在一边观看的星神好像全部陷入混乱之中。

阿吉瓦想到，在那三百年间，特赖亚的居民一定认为帝国的统治总会如此，也将千秋万代永远如此。现在，一千多年后，它的黄金时代似乎像很多年前某个逝去的神灵的弹指一挥，转瞬即逝，原来的城市所剩无几。敌人摧毁了它：推倒尖塔，烧毁能点燃的所有东西。如果可能的话，他们还会把天上的星星摘下来。如此野蛮的行径前所未有。第一天屠杀结束后，祭司们死了，包括最年轻的见习祭司，图书馆以及整个天使世界所有的魔法文稿全被焚毁。

这的确发挥了战略效果。因为天使高度依赖魔法的力量，在大屠杀过后，没有一个祭司能幸免于难，所以他们几乎束手无策。没逃出特赖亚的天使在满月那晚被处死在祭台上，其中一人是天使的皇帝，阿吉瓦父亲的祖先。数不清的天使被杀死在祭台上。

怪兽统治特赖亚长达好几个世纪。后来约兰——阿吉瓦的父亲——在他掌权初期，对怪兽发动全面进攻，夺回了远到阿帕斯山脉的所有土地。随后，他巩固自己的势力，开始重建帝国。帝国的中心，正如他所说，是在特赖亚。

不过，约兰在魔法研究上并没有取得多大进展。因为图书馆被烧毁，祭司被杀死，天使只能运用最为基本的魔法。一千年来，他们进步缓慢。

阿吉瓦对魔法没有多少研究。他是个战士，所受的教育有限。他认为研究魔法是其他更聪明的人做的事。然而，待在特赖亚期间，他改变了看法。他有足够的时间发现，虽然他是个战士，但脑子比大多数人要聪明；他发现自己拥有某种见习祭司不曾有的东西。事实上，他有两样他们所没有的东西。他身上流淌着祭司的血液。他是偶然从父亲对他的恶意评价中得知这点的。他还拥有至关重要的东西：魔法的核心要素。

痛苦。

他肩上的疼痛持久不消。他的幻象，那个女孩也常常出现在他的脑海里。这两者相互关联。当肩伤发作时，他会想起那双纤细的手为他贴上止血带，救了他一命。

特赖亚的治疗师摈弃战地医生用的药，因为那药对他根本没有什么效果。他们让他锻炼手臂。为了让它经常活动，一个奴隶——奇美拉人——被雇来拉伸他的手臂。阿吉瓦被派到练习场用左手练习剑术，以防他的右手不能痊愈。令人意外的是，拉伸真的起了作用。虽然右手的疼痛没有减少，但短短几个月，他的剑术比过去更令人敬畏。他让宫廷军械士为他量身定做了一套剑。不久，他就成了练习场上的明星。每天的晨赛，手持双剑的他会吸引不少人前来观看，包括皇帝本人。

“我的一个儿子？”约兰问，仔细打量着他。

阿吉瓦从未见过父亲。约兰的私生子数不胜数，他不可能全都认识。“是的，陛下。”阿吉瓦说，并向他鞠躬致敬。因为对练时用力，他的肩膀起伏不定，右肩钻心地疼。这种疼痛现在已成为他生活的一部分。

“看着我。”皇帝命令他。

阿吉瓦望着他，看到自己与面前的这个天使毫无相似之处。哈梓和里拉兹则与他很像。他们蓝色的眼睛直接遗传自约兰的蓝眼。他们的容貌也是。皇帝的皮肤白皙，金黄色的头发有点变灰。虽然他长得虎背熊腰，个子却不高，和阿吉瓦说话时要仰着头。

他的目光犀利。他说：“我记得你的母亲。”

阿吉瓦心中一震。他没想到父亲会提起她。

“是那双眼睛。”皇帝说，“它们过目难忘，对吧？”

阿吉瓦对母亲的印象不深，但他记得她的眼睛。除了眼睛外，她的脸一片模糊。他连她的名字都不知道。但他知道自己遗传了她的眼睛。约兰似乎在等待他的回答，于是他说：“我记得。”心里感到一阵失落，好像承认这件事，他就把与母亲有关的一件物品移交出去了。

“她没得到善终。”约兰说。

阿吉瓦一动不动。被卫兵带走后，他就再没有母亲的音讯。皇帝当然知道他母亲发生了什么事。约兰在引他上钩，等着他问，怎么了？她怎么了？但阿吉瓦没有问，只是绷着脸。约兰笑里藏刀地说：“不过，说真的，对斯泰利安人你能有什么期望？蛮族。差不多和魔鬼一样坏。小心你的遗传天性，不要让它显露出来，战士。”

说完，他转身走了，留下肩膀火辣辣作痛的阿吉瓦迫切地想知道他以前从不关心的事：什么遗传天性？

他母亲会是斯泰利安人吗？约兰找个斯泰利安人做妃子，这说不过去啊。他并没有与遥远岛国上的“蛮族”建立外交关系。那些变节天使是不可能把妇女进贡给他的。她是怎么来到帝国的？

斯泰利安人因两件事闻名于世。一是强烈的独立精神——他们不在帝国管辖范畴之内，在过去的几个世纪，一直拒绝加入帝国，成为帝国的一分子。

二是他们钟爱魔法。他们相信在历史发展的早期，第一个祭司是斯泰利安人。据谣传，他们仍然通晓一种精准度很高的的魔法，在天使世界的其他地方，这种魔法尚不为人所知。约兰憎恨他们，因为他既不能征服他们，又无法打入他们内部。目前，他需要集中力量对付奇美拉人，还抽不出精力对付斯泰利安人。有传言传遍整个都城：一旦击垮怪兽，他会把目标对准斯泰利安人。

至于他母亲后来发生了什么事，阿吉瓦一直没有查明。后宫是个封闭的世界，他无法证实那里是否有过一个斯泰利安妃子，更别提知道她的结局。而他见过父亲后，有了某种想法：同情与他有相同血源的陌生人，对魔法产生好奇。他在特赖亚待了一年多，除了做些身体上的治疗，练习剑术，每天在训练场花几个小时训练全副武装的年轻战士外，其余时间属于他自己。从那天起，他充分利用空余时间。他了解有关疼痛税的秘密。多亏了肩伤，现在他有源源不断的疼痛可以利用。他观察祭司——在他们看来，他，一个冷酷无情的战士，可以被视而不见——学会魔法最基本的操作要领。在漆黑的夜晚，他在蝙蝠乌鸦和蛾翅蜂鸟身上进行练习，命令它们飞行，像冬天南飞的大雁那样排成V字队形，呼唤它们落到他的肩上或凹陷的掌上。

这并不难做到。他继续练习，很快把该掌握的要领全部学完了。实际上并没有多少可学——传到他们这辈人的魔法只是些适合在休息室玩的小魔术。他不认为自己是魔术家或接近魔术家的水平。但他具有创造力。与自称为祭司的纨绔子弟不同，他不必鞭打、灼伤或割伤自己来提取能量——他本身拥有能量，能量不高但源源不断。他超越祭司的真正原因，不是他的痛苦或创造力，而是他的动机。

异想天开的念头变成一个希望——再见到那个女孩——这个希望又变成一个计划。

它分为两部分。只有第一部分需要运用魔法：完善隐藏翅膀的魔法。有伪装翅膀的操作办法，但它属于初级水平，做法是在空中悄悄移动，声东击西迷惑敌人，让他们忽视眼皮底下的活动。这不是隐身术。如果他想伪装成敌人，在敌人中间活动——正是他所希望的——他必须想出更好的法子隐身。

于是，他努力钻研隐身魔法。他花了好几个月的时间，学会像去一个地方那样进入他的痛苦中。从里面看，事情显得很不相同——它的边缘清晰——摸起来凉冰冰的，声音听起来细而尖。痛苦像一块透镜，把所有的事情放大，他的感官、他的本能。痛苦就在那里。通过不断实验和总结，他做到了。他成功地隐身。这项成就能给他带来名声，赢得帝国最高荣誉。但他秘而不宣，独自享受成功带来的满足感。

遗传天性终会显露的，父亲，他想。

计划的另一部分是语言。为了掌握奇美拉语，他常常坐在奴隶居住的营房屋顶上，听他们围坐在用臭烘烘的动物粪便作燃料的火堆旁讲故事。奇美拉人的故事出奇的丰富、动听。听着听着，他不由自主地想象他的奇美拉女孩坐在某处战地营火旁讲述着相同的故事。

他的。他发现自己把她当作他的人，并不觉得有什么不妥。

等到他被送回军团时。他已经用了不少时间纠正自己的奇美拉口音。他认为他已基本上为下一步的计划做好了准备——构思巧妙、异想天开、疯狂之至的计划。

40

像魔术般神奇

那时，是玛德加的存在呼唤他跨越界线。现在，卡鲁的存在使他再次跨越界线。那时，洛拉迪，怪兽的笼中之城是他的目的地。现在，是马拉喀什。他又一次离开哈梓和里拉兹，但这次他没有让他们蒙在鼓里，他们知道了他的秘密。

他猜不出他们会怎么做。

里拉兹称他为叛徒，说他让她恶心。哈梓只是呆呆地盯着他，脸色苍白，满脸厌恶。

但他们让他走，没有相互残杀。正是他所希望的结果。无论他们如何向司令官或皇帝报告，回来追捕他或庇护他，他无从知晓。他根本不去想它。手握许愿骨在地中海上空飞翔时，他心里想的全是卡鲁。他想象她在混乱不堪的摩洛哥广场等他。他在那里第一次看见她。他清楚地想起，她会不知不觉把手举到喉咙口的位置握住许愿骨，每次都紧张不安，担心失去它。

许愿骨在他手里。这个掌握过去、将来的东西就握在他手中，几乎像魔术般神奇，正如玛德加对他说过的那样。

在他再次见到玛德加的那个晚上之前，他对许愿骨为何物一无所知。她的脖子上挂着一件用线绳系着的东西，与她的丝质长袍、光滑的肌肤极不协调。

“它是许愿骨。”她告诉他，把它从脖子上取下来，“像这样，你用手指勾住一头，我们各自许个愿，然后用力一拉。谁得到大的那一块，谁的愿望就会实现。”

“魔术？”阿吉瓦问道，“它是从什么鸟身上取下来的？它的骨头会变魔术？”

“噢，不是魔术。许下的愿不一定成真。”

“那为什么还要许愿？”

她耸耸肩。“希望？希望是股强大的力量。也许它没有真正的魔力，但当你知道自己最期望得到什么时，把这个愿望像盏明灯一样放在心中，你就可以实现它，几乎和变魔术一样。”

他为她神魂颠倒。她闪闪发亮的眸子点燃他身上的某种东西，他意识到自己浑浑噩噩过了半辈子。“你的愿望是什么？”他问，很想——不管它是什么——替她实现。

她不肯明说。“不应该说出来。来吧，和我一起许愿。”

阿吉瓦伸出手，用一只手指勾住许愿骨细长的边。他最渴望的事是一件在找到她之前，他根本不曾想过的事。那晚及以后许多个晚上，他的梦想成真。短暂、炫目的快乐成了他的整个生活中心。此后，他所做的每一件事都是以她为中心。他爱玛德加，失去她，他就失去了自我。

现在？他手握许愿骨飞向卡鲁，它能告诉她真相。许愿骨很脆弱，“几乎像魔术般神奇。”

几乎？这次不会了。

许愿骨上布满魔法。布里斯通施在上面的魔力与他施在时空转换口上的魔力一样强大。它发出的气味令阿吉瓦的牙根发软。真相就藏在许愿骨里。得知真相，卡鲁一定会恨他的。

假如它消失了——一件小东西掉进海里——会发生什么事呢？卡鲁没必要事事皆知。那他就能拥有她，他能爱她。更重要的是，如果没有许愿骨，她能爱他。

这个想法很恶毒，阿吉瓦厌恶自己。他尽力把它压下去。许愿骨在嘲笑他。它躺在他张开的掌心，似乎在说，她永远不必知道，地中海可以作证。它就在下面的远处，在阳光照耀下，波光点点，让人眼花缭乱，深不可测。

她永远不必知道。

41
首字母

正如阿吉瓦所想，卡鲁正坐在德吉玛广场边上的一张咖啡桌旁。他想得一点儿没错，没有许愿骨，卡鲁心烦意乱。以前，她的手指只要握住铅笔就行了。现在，她面前摆着素描本，一张张空白页在北非的阳光下发出刺目的光芒。她坐立不安，心神恍惚，眼睛一直在露天市场寻找阿吉瓦的身影。

她对自己说，他会来的。他会带着许愿骨来的。他会的。

如果他还活着的话。

那些六翼天使，他们会伤害他吗？已经过去两天了。要是……不会的。他不会死的。想想别的——卡鲁无法再想下去。很荒唐，她不断想起多年前，基什一口吞下那只蛾翅蜂鸟——突如其来发生的事：活着——死去。就是那样。

不。

她的思路突然改变，注意力集中在许愿骨上。它对阿吉瓦造成如此大的影响，到底是怎么回事？此外，他会跟她说什么？是什么使得他跪在地上？她对自己的身世产生怀疑，忧心忡忡。她不由自主地想起苏珊娜和米克，以及他们脸上的表情——吃惊、害怕。怕她。在卡萨布兰卡机场做短暂的停留时，她曾打电话给苏珊娜。她们发生了争执。

“你在干什么？”苏珊娜要求知道发生了什么事，“不要把事情弄得神神秘秘，卡鲁。”

现在她没必要遮遮掩掩。于是，她把所发生的事全部告诉苏珊娜。毫不奇怪，苏珊娜站在阿吉瓦一边，说太危险，布里斯通不会要她这么做。

“我要你住进我的公寓。”卡鲁说，“我已经打电话给房东了。他会把钥匙给你。余下的房租我已付清……”

“我不要你的蠢公寓。”苏珊娜说。她寄住在爱吃大白菜的大姨妈家中，时不时开玩笑说要谋杀卡鲁，只为得到她那套公寓。“因为你住在那里。你不能就这样消失，卡鲁。这不是该死的《纳尼亚传奇》讲述的故事。”

卡鲁没法和她讲道理。两个人气呼呼地结束了通话。卡鲁坐在那里，手机被她握得发热，却找不到可以打电话的人。她突然清醒地意识到，她的朋友寥寥无几。她想起假扮她奶奶的伊丝塔，令她伤心的是她居然同意找一个替身。她差点把手机扔进垃圾桶——反正她没带充电器——但第二天早上她很庆幸自己没把手机扔掉。在咖啡馆时，放在口袋里的手机在嗡嗡作响，她来不及抹去沾在嘴上的果汁泡沫，赶快查看手机的信息。

没有。食物。任何地方。多谢让我挨饿。*呱呱叫的吸血鬼*

她笑起来，随即又捂住脸哭起来。一位旧识问她是否还好时，她说不上是好还是不好。

她坐在这里等了两天。在附近那间租来的房里，两个晚上，她无法入睡。她找到拉兹古，确保她要走时能找到他。她离开时，拉兹古哭叫着让她把加夫里给他。她没有答应。到要走的时候，她会用它许下愿望，让他飞起来。

要不要与阿吉瓦一起走？带不带上她的许愿骨？

她会等多久？

两天加上两个漫漫长夜，她焦虑的目光四处张望，空荡荡的心忐忑不安。不管心里有过怎样的挣扎，她已放弃抗争。她的手知道它们想要什么：它们想要抚摸阿吉瓦，感受他身上的温暖、抖落的火花。春天的摩洛哥暖意融融，可她感到身上冷飕飕的，仿佛唯一能让她暖起来的东西是他。第三个早上，穿过露天广场到德吉玛广场时，她买了件奇怪的物品。

无指手套。她在一个小摊上看见它们。手套很厚实，用柏柏尔羊毛织成，掌心的位置还加了层牛皮。她买了一双戴在手上。手套完全盖住她的汉萨斯。她无法骗自己说，买手套是为了保暖。她知道自己要什么。她要做双手想要做的事：抚摸阿吉瓦，不光用指尖小心翼翼抚摸他，害怕汉萨斯会伤着他，给他造成痛苦。她要紧紧抱住他，被他紧紧抱住，两人紧紧贴在一起，像跳慢舞一样。她要把自己给他，与他同呼吸，偎在他怀里，激情如火，像他捧着她的脸那样，深情地捧着他的脸凝视着他。

充满爱意。

“爱情到来时，你自然会知道。”布里斯通曾向她承诺过。虽然他做梦也想不到那个人会是敌人，现在她知道他没有说错。她的的确确知道爱情的到来。它简单自然，与饥饿或幸福的感觉完全相同。第三个早上，她放下茶杯抬起头时，突然看见阿吉瓦站在离她二十码远的广场上望着她。霎时，她感到全身战栗，仿佛有束星光注入了她的神经。他安然无恙。

他在这里。她从椅子上站起来。

她很吃惊，他只是远远地站在那里。

当他向她走过来时，动作迟缓，步履沉重，表情严肃，一副不情不愿的样子。她的自信消失了。她没有伸出手，甚至没有从桌子后走出来。所有的星光嗖地缩回她的神经末梢，她感到浑身冰冷。她凝视着他——沉重缓慢的步履、没有一丝笑容的表情——怀疑发生在他们之间的一切都是她臆想出来的。

“嗨。”她小声地说，犹豫不决，希望她可能误解了他，希望他仍然会对她报以灿烂的笑容，他的笑容会令她融化。那是她一直想得到的。她以为她已经找到了：他只为她而生，如同她也只为他而生一样，他肚子里的蝴蝶对着她的蝴蝶唱歌，并回应它们的歌声，声音和谐动听。

然而阿吉瓦什么也没说。他严肃地点了一下头，站着不动，没有靠近她。

“你没事。”她说，声音没有流露出喜悦之情。

“你一直在等我。”他说。

“我……我说我会等。”

“尽可能等。”

他是不是因为她没有答应等他而生气？卡鲁想告诉他，那时她并不知道她现在的感受——“尽可能”实际上是很长时间，她觉得自己好像等了他一辈子。但他僵硬的表情令她说不出话来。

他伸出一只手说：“给你。”那是她的许愿骨，挂在线绳上。

她接过来，小声说谢谢你，把许愿骨戴在脖子上。现在它重新回到她咽喉下方，它原来的位置。

“我还带来这些，”阿吉瓦说，把装着双月弯刀的盒子放在桌子上，“你会用得上它们。”

这句话听起来硬邦邦的，像是威胁。卡鲁站在那里，眨着眼忍住泪水。

“你还想知道你是谁吗？”阿吉瓦问。他甚至没有看她，目光穿过她，望着别的地方。

“我当然想。”她说，虽然那不是她一直在想的事。她现在最想做的事是回到过去，回到布拉格。那时，她既兴奋又欣慰，十拿九稳地认为，像死人般的阿吉瓦因为她而重新活过来。现在，他好像又变成死人一般，虽然她拿回许愿骨，虽然她终于能解开有关她的身世之谜，她感觉自己的心也死了。

“发生了什么事？”她问，“和那两个天使？”

他没有回答她的问题。“我们能否到别的地方？”

"到别的地方？"

他指了指广场上的人群、把橙子堆得像金字塔的小贩、手持相机和拎着大包小包的游客。"在了解自己的身世时，你不希望被人打搅的。"他说。

"你……你要告诉我什么事，为什么我要单独听你说？"

"我不打算和你说什么事。"整个过程，阿吉瓦的目光越过她，心不在焉地望着别的地方。泪水涌了出来，模糊她的视线，但他现在把目光转到她身上，双眼闪闪发亮，像被黄玉裹住的太阳。在他把视线移开之前，她看见他眼中流露出深深的渴望，让人不忍心直视。她的心骤然一跳。

"我们要拉断许愿骨。"他说。

她会知道一切，她会恨他。一旦她明白一切，看他的眼光会完全不一样。阿吉瓦努力为那一刻的到来做好心理准备。在她抬头之前，他在广场那边观察她好一阵子。他看见她见到他时脸上变幻的表情——从焦急不安、失魂落魄到容光焕发。她身上好像释放出一股能量。它向他汹涌而来，涌到他站立的地方，它冲击着他，燃烧着他。

他不值得、永远不值得她那样对他。现在他最想做的是把她揽入怀中，轻轻抚摸那一头洗得干干净净、如瀑布般披在她肩上的头发，迷失在芬芳、甜蜜的气息中。

他想起玛德加给他讲过一个故事：人类传说中的石魔人。它是根据人的形状用陶土捏出来的一件东西，后来有人在它的额头上刻了个咒语"阿列夫"，激活它的生命。"阿列夫"是人类祖先字母表上的第一个字母，也是希伯来文真理的第一个字母。它是开始。他看见了卡鲁：穿件橘红色棉布连衣裙，脖子上挂着一条银色的珠链，如瀑布般披在肩上的蓝发闪闪发亮。一见到他，卡鲁马上站起来，表情既快乐又欣慰，还有——爱情——闪现在她美丽的脸上。阿吉瓦知道她激活了他，给了他新的生命，让他有新的开始。她是他的灵魂。

翅膀的关节隐隐作痛，他渴望展翅向她飞去，但他只是走着，步伐沉重，心情忧伤。他的手臂像被铁链绑住，不让他触摸她。她的表情、她的样子——看到他冷冷地朝她走来，她脸上失去光彩，她犹豫不决，声音中流露出希望——所有这一切令他觉得有人在拿刀子戳他。这样会好些。要是他退让，得到他想要的东西，一旦她知道他是什么人时，她只会更加恨他。

所以他有意疏远她。虽然心如刀绞，但他知道那一刻一定会来，他要有心理准备。

“扯断它？”卡鲁问，吃惊地看着许愿骨，“布里斯通从不——”

“那不是他的，”阿吉瓦说，“许愿骨不是他的。他只是保存它。为你。”

他没有把许愿骨扔进海里。他厌恶自己居然产生过这种的念头——他不配得到她的另一个证明。她有权知道一切，虽然真相残酷无情、令人心碎。如果他猜得没错，她很快就会知道真相。

她似乎意识到那一刻的重要性。“阿吉瓦，”她低声说，“它是什么东西？”

当她用小鸟似的黑眼睛望着他、惊恐不安地恳求他时，他只好再次把脸扭开。强烈的渴望令他身体扭曲。抑制自己不去触碰她，是他做过的最难的事之一。

他们两人本可以继续这样错位地僵持下去，但是卡鲁看到她以前见到、也感觉到的东西——阿吉瓦的渴望，与她的渴望在心灵深处发生碰撞——当他把头别开时，她突然觉得神经像电缆断裂似的啪一声绷断了。她克制不住自己。她再也无法忍下去。她手上戴着露出手指、盖住汉萨斯的手套。她伸出戴着手套的手，轻轻地拉住他的手臂，把整个手覆在他手上，让他对着自己。她走上前，向后侧着头，向上凝视他，然后去拉他的另一只手。

“阿吉瓦，”她喃喃地说，不再恐慌，声音低沉、热烈、甜蜜，“它是什么东西？”她的手顺着他僵硬的手臂和肩膀向上游走，从背部的斜方肌移到喉咙，再到皮肤光滑、胡子拉碴的下巴，指尖碰到柔软的嘴唇。她感到他的嘴唇在颤抖。“阿吉瓦，”她不停地叫着他的名字，“阿吉瓦，阿吉瓦。”她似乎在说，够了，别再伪装了。

阿吉瓦哆嗦了一下，听从她的命令。他卸下伪装，低下头，眉毛刚好碰在她被太阳晒得温热的头顶。他用手环住她，把她拉进怀里。卡鲁和阿吉瓦就像两根火柴相互碰撞在一起，闪着星光。轻叹了一口气，卡鲁身体柔软下来。靠在他的怀里，她就像回到了家。当他抚摸她水一般光滑的发丝时，她感到他未刮胡子、粗糙的下巴蹭着她的脸颊。两人默不作声，就那样站了很长时间。但是，他们的血液、神经和蝴蝶却不肯安静——它们极其活跃，欢快地上蹿下跳，相互回应。

小而尖的许愿骨夹在他们中间。

42

快乐、盐味及全部

“到了。”卡鲁说，领着阿吉瓦来到一扇天蓝色的门前。门装在一堵布满灰尘的墙上。他们十指相扣，他们无法不去触摸对方。领着他穿过麦地那时，卡鲁觉得身体轻飘飘的。他们可以加快步伐，但相反，他们四处闲逛，一会儿停下来观看织毯工织毯子，一会儿瞧瞧篮子里的小狗，一会儿又用指尖在装饰精美的匕首尖上试试它的锋利度——就是不着急赶路。

然而，走得再慢，他们还是到达了目的地。阿吉瓦跟着卡鲁走下一段黑洞洞的过道。走出过道，他们来到一个敞亮的院子，是一处如世外桃源般隐秘的处所。院子四周点缀着几棵椰枣树，露天屋顶紫丽阁瓦发出耀眼的光芒。二楼有一条回廊，向上走几级台阶就到了卡鲁的房间，比她的公寓大些，木制的天花板很高。墙壁刷了一层土黄色的防水石膏。床上铺着一条柏柏尔毛毯，上面布满各种符号，表达某种神秘的祝福。

阿吉瓦关上门，松开卡鲁的手，她一直在把扯断许愿骨这一刻往后推，阻止它的到来。现在时候到了。

就在这里。

就在这里。

阿吉瓦从她身边走开，看着窗外。他举起手，以她熟悉的姿势用手指梳着头发，然后转身面对着她。

“卡鲁，你准备好了吗？”

没有。

突然，她心里叫道还没有。她还没有准备好。她惊慌失措，那感觉如她体内的蝴蝶胡乱扑腾着翅膀。“我们可以等，”她假装轻快地说，“我们可以等夜幕降临后才出发。”她计划太阳下山后，她就去接拉兹古，然后和他一起在黑夜的掩护下飞向入口，无论它在哪里。

阿吉瓦朝她走去。他踌躇不决地走了几步，在她够不到的地方停下来。“我们可以等。”他表示赞成，似乎被这个想法所吸引。接着，他加了一句，语气很温和：“但不会使事情变得更容易。”

“你会告诉我，对吗？它是否是可怕的事？”

他又靠近些，伸出手，缓慢轻柔地抚摸她的头发。她像只猫似的依偎在他怀里。他说：“你不必害怕，卡鲁。它怎么会可怕呢？是你。你永远是美丽的。”

她唇边不觉漾起一抹羞怯的笑容。她吸口气，毅然决然地说：“那好吧，我要不要，唔，坐下来？”

“随你的意。”

她向床走去，爬到床中间，盘腿坐下，掖好橘红色连衣裙的边。裙子是她在露天广场上买的，想让阿吉瓦看见。为了这趟旅行以及随之而来可能发生的事，除了买些必需品外，她还买了几件实用的服装。因为突然逃离布拉格城，她什么东西都没有带。她很高兴阿吉瓦把双月弯刀带来给她——就是说，很高兴有弯刀作武器，但又害怕真需要用到它们。

他和她面对面坐着，他的长腿很随意地摆放着，肩前倾，使得他宽阔的肩膀更为突出。

这时，卡鲁脑子里又闪过另一幅景象：时光转换，她在另一个时空里看见阿吉瓦。他就像现在这样：肩膀宽厚，很随意地坐着。不过，他赤裸着肩和胸，肌肉发达，肌肤呈浅棕色，右肩有一大块疤痕组织。他脸上又一次露出笑容，美得让人心痛的笑容。和上次一样，这一幕一闪而过。

她眨着眼，歪着脑袋，喃喃地说：“噢。”

“怎么了？”阿吉瓦问。

“有时，我觉得我见过你，在另一个时空或什么的，我不知道。”她摇摇头，驱走那个念头，“你的肩膀。你的肩膀怎么了？”

他摸了摸它，聚精会神地望着她。“你看到了什么？”

她的脸涨得通红。那一刻，他光着身子快乐地坐在那里，好像沉溺在感官的享受中。她只说：“你——在微笑。我没见过你那样的笑，真的。”

“那是很久以前的事。”

“我希望你会再笑，”她说，“为我。”

他没有笑，脸上现出痛苦的表情，低头望着手指，然后抬头看着她。“来吧，”他说，伸出手把许愿骨从她脖子上取下来，用一个手指勾住一边，“像这样。”

她没按他说的做，急切地说：“不管发生什么事，我们不必是敌人，如果我们不想成为敌人，我们就不是敌人。由我们来决定，对吗？”

“由你来决定。”他说。

“可是我已经知道……”

他悲伤地摇头：“你无法知道。你要了解全部真相后才会知道。”

她恼火地吁口气。“你的话听起来与布里斯通说的很像。”她小声说，重新坐好。终于，她抬起手用小指勾住许愿骨的另一边。她的手关节碰到阿吉瓦的关节。一碰到他，她不禁春心荡漾，意乱神迷。

现在，他们只需合力一拉就行了。卡鲁等着，以为阿吉瓦会先用力，但她突然意识到阿吉瓦在等她先拉。她看了看他——他目光灼灼地注视着她——绷紧她的手。唯一的办法就是用力拉。她开始用力拉。

阿吉瓦猛地松开手。“等等，”他说，“等等。”

他抚摸着她的脸，卡鲁把手放在他手上，让它紧贴住自己的脸。

他说："我要你知道……"他咽了咽口水，"我要你知道我为你着迷——为你，卡鲁，在拉断许愿骨之前。在我知道之前，我想，我想我总会找到你，无论你躲在哪里。"他目不转睛地看着她，"你的灵魂牵引着我的灵魂，我的灵魂是你的，在任何一个世界里，它都将是你的。无论发生任何事……"他的声音嘶哑，喘了口气，"请一定记住我爱你。"

爱。卡鲁仿佛沐浴在阳光中。珍藏在心中的字涌到唇边，她正想回答，但他恳求她："说你记住了。答应我。"

她可以答应他。她答应了他。阿吉瓦安静下来。卡鲁坐着，身体前倾，屏住呼吸。她想，这就完了——他只说这些而没吻她。这有点不近情理，如果他想吻她，她可能会扭捏一下。但他没有。

他的一只手已经贴在她的脸颊上，他抬起另一只手，双手捧着她的脸。他们的脸自然而然地靠在一起。他的唇轻轻拂过她的嘴，如蜻蜓点水、如微风吹过——阿吉瓦整个下唇非常非常轻地向上蹭了一下卡鲁的双唇。现在，他们的脸离得非常近，呼吸着彼此的气息，感受着彼此的心跳。他们的双唇慢慢地靠近，接着四唇相接，忘记了周围的一切，只有火热的吻、激情如火的吻。

甜蜜、温暖、震颤。

卡鲁嘴里带着薄荷的气息，阿吉瓦的身上有盐的味道。

他的手插在她的发丝里，任它如流水般滑落到他手腕上。她用手掌抚摸他的胸膛，除了他的心跳，她什么也感受不到，许愿骨被遗忘在一边。

甜蜜的初吻渐渐被别的东西所取代。冲动。愉悦。卡鲁真切地感到阿吉瓦是个真实的人，一个看得见、摸得着的人——他身上有盐和麝香的味道；肌肉结实、翅膀闪闪发亮、有血有肉、心跳有力——他是个实实在在的人。她用唇寻找他的味道，轻轻地亲吻他——从他的嘴、下巴、脖子到耳根。当她亲吻他的耳根时，他浑身颤抖。不知不觉，她的手滑到他的衬衣下面。她的手向上游走，手和他的胸膛之间只隔着手套，指尖在他身上跳动。他不由自主全身战栗起来，双臂紧紧箍住她，回应她的吻，吻着她的唇、脸、脖子、下巴、颈后……

卡鲁向后仰，带他一起倒在床上。他压在她身上，身体紧贴着她，发出滚烫的气息,还有似曾相识的感觉。她是她自己，又不是她自己。她弓起身，轻声呻吟。

突然，阿吉瓦推开她，站了起来。

他的动作快如闪电——突然侧旋，随即站了起来，把刚才那一刻的毛躁之举抛在后面。卡鲁很快坐起来，不知所措。她的裙子被拉到大腿根，许愿骨被弃在毯子上。阿吉瓦站在床脚边，倒背双手，把脸转到一边，低着头，没有看她。即使是现在，他俩的呼吸仍然节奏一致。卡鲁静静地坐着，回味刚才的强烈冲动。她以前从来没有那种感觉。现在他们俩拉开了距离，她变得谨慎起来——是什么令她变得如此冲动——但她渴望刚才的一切重新回来，快乐、他身上的咸味以及全部感受。

“对不起。”阿吉瓦说，态度很不自然。

“不，是我的错。没关系。阿吉瓦，我也爱你……”

“这是不对的，”他说，望着别处，虎眼闪闪发亮，“这是不对的，卡鲁。我没想到会变成样，我不想让你更恨我……”

“恨你？我怎么会……”

“卡鲁，”他打断她，“你得了解实情。你现在就得了解它。我们得拉断许愿骨。”

最后，他们拉断了它。

43

咔嚓

一件小而脆的东西，发出咔嚓一声脆响。

44

完整无缺

咔嚓。

一股气流朝她涌来。像风穿过一扇门。卡鲁是那扇门。风正在回家。她也是风。她是全部：风、家、门。

她冲进自己的身体。霎时，气流流遍她全身。

她让自己进入身体。现在，她全身充盈起来。

她把门关上。风停了。就这么简单。

她变得完整无缺。

45

玛德加

她是个孩子。

她在飞行。空气稀薄，呼吸困难。下面的世界离她非常遥远，她可以看见月亮在空中相互追逐，像孩子们头上亮闪闪的王冠。

她不再是个孩子。

她从空中滑翔而下，从安魂树枝中间穿过。天很黑，树林里到处是蛇鸟发出的窸窣声。它们喜欢黑夜，喜欢喝安魂树花蕊上的花蜜。它们被她吸引，窸窸窣窣地飞到她头顶的角上。它们到花丛里乱搅，金黄色的花粉纷纷落下来，掉到她的肩上。

稍后，当她的情人吸吮她的嘴时，花粉会令他嘴唇发麻。

她在战场上。六翼天使拖着火焰从空中俯冲而下。

她在恋爱。她容光焕发，像吞下一颗星星。

她登上断头台。成千上万张面孔注视着她，但她眼里只有一个人。

她在战场上，跪在一个生命垂危的天使身边。

翅膀把她围在中间。滚烫的皮肤，炙热的爱情。

她登上断头台。她的手被绑在身后。她的翅膀被反剪。成千上万张面孔注视着她，跺着脚或蹄子。他们发出尖叫声或嘲笑声，但有个声音盖过所有的声音。阿吉瓦的声音。令人肝胆俱裂的叫声能把幽灵从巢穴里赶出来。

她叫玛德加·麒麟。她竟然想过一种新生活。

巨大的刀刃闪闪发亮，像缓缓下落的月亮。

突然……

46
突 然

卡鲁倒吸口冷气。她飞快地把手绕在脖子上。它完好无损。

她看着阿吉瓦，吃了一惊。她低声叫着他的名字，声音有了新变化，仿佛注入了惊奇、爱情、恳求，变得丰富多彩。它似乎穿越了时光。的确是这样。“阿吉瓦。”她低声叫他。她回归了自我。

带着渴望，带着痛苦，他注视着她，等待着。

她松开绕在脖子上的手。她脱下手套，露出掌心，手在颤抖。她盯着掌上的汉萨斯。

它们也盯着她。

它们盯着她——两个扁平的靛青色眼睛——她终于明白布里斯通做了些什么。

终于，她明白了一切。

从前，有两个月亮，它们是姐妹。

……

尼蒂德是泪水和生命女神，天空属于她。

除了秘密情人，无人崇拜埃拉。

47

灰飞烟灭

玛德加登上断头台。她的手被绑在身后，翅膀被反剪，这样她就无法飞走。这是一个不必要的预防措施，他们头顶是高高拱起的铁栏。这些铁栏是为了把天使挡在外面，而不是要挡住奇美拉人出去。不过，今天它们发挥了那个作用。玛德加哪儿也去不了，只有死亡在等待着她。

“没那个必要。”当堤亚戈下令反剪她的翅膀时，布里斯通表示反对。他发出的刮擦声像是什么东西在地上拖过似的，低得几乎听不见。

堤亚戈，白发狼人，是个将军，领主的儿子和得力助手，对布里斯通的意见置之不理。他知道没必要那么做，但他要羞辱她。处死玛德加他还不解气。他要她在自己面前卑躬屈膝，忏悔她的过错。他要她跪倒在自己面前。

不过，他会大失所望。他可以绑住她的手和翅膀，他可以迫使她下跪，他可以看着她死去，但他却不能令她悔过自新。

她并不后悔自己所做的事。

在宫殿的阳台上，领主正襟危坐。他长着雄鹿头，鹿角尖上镶着金子。堤亚戈坐在父亲右手边。领主左手边的位置是布里斯通的，现在空着。

成千上万张面孔注视着玛德加。人群发出刺耳的叫声，而且越来越刺耳，嘲笑声一浪高过一浪。他们跺着脚，吼声震耳欲聋。他们有生以来第一次在广场上观看行刑过程，但是聚在广场的人们知道怎么做。好像仇恨是一种返祖现象，正等着重新露面。

有人尖声指控：“天使的情人！”

人群中有些人很吃惊，不敢确定。玛德加是个美人，是个开心果，她真的犯下这种不可饶恕的罪行?

接着，阿吉瓦被押出来。是堤亚戈下的命令。他强迫阿吉瓦观看整个行刑过程。卫兵把他推倒在地，强迫他跪在对面的平台上。从那里，他可以把整个行刑过程看得一清二楚。他戴着镣铐，满身血污，被折磨得奄奄一息，但这些都掩盖不了他与生俱来的优雅气质。他的翅膀闪闪发亮，眼睛炯炯有神，燃着熊熊烈火。他凝视着她。玛德加心中涌起一股暖流，回想起他们度过的每一个夜晚，他的柔情、他的拥抱。她十分遗憾，她再也不能与他缠绵，双唇再也碰不到他的柔唇，他们的梦想再也无法实现。

她眼里充满泪水。她朝对面的他微笑，脸上露出浓浓的爱意。铁证如山，围观的人群不再质疑她犯下的罪行。

玛德加·麒麟犯下叛国罪——爱上了敌人——被处以死刑。这种判决已经有好几百年未执行过：死后灰飞烟灭。

再也无法复活。

她独自一人与扎着头巾的刽子手在一起。高昂着头，她走向断头台，跪了下来。就在这时，阿吉瓦开始尖叫。尖啸声飞向喧嚣的人群，尖厉的叫声冲击着聚在广场上所有人的灵魂，撕心裂肺的叫声能把幽灵从巢穴里赶出来。

叫声击穿玛德加的心，她渴望把他搂在怀里。她知道堤亚戈想让她崩溃、尖叫、乞求，但她不会。那样做毫无意义。她没有一点儿生还的希望。没有了。

她看了爱人最后一眼。她把头搁在断头台上。那是一块黑色岩石，与洛拉迪其他的岩石一模一样。它很热，像块铁砧一样紧贴着她的脸上。阿吉瓦一直在尖叫，玛德加的心回应着他。她的脉搏加快——她就要死了——但她保持冷静。她心里有个计划。当刽子手举起刀——巨大的刀刃闪闪发亮，像缓缓下落的月亮——正是这个计划支撑着她。她提前做了准备工作，不能分散注意力。一切还远没有结束。

死后，她要去救阿吉瓦。

48
纯 洁

玛德加·麒麟的意思是麒麟部落的玛德加。这个部落位于阿帕斯山脉，是幸存下来的羽族部落之一。阿帕斯山脉是天使帝国和各独立王国之间的天然屏障。奇美拉人在山顶上生活了好几个世纪了。麒麟部落的人，行动快如闪电，人人都是一流的弓箭手，比许多部落延续的时间长一些。他们在十年前被消灭。那时，玛德加只有七岁。她在洛拉迪长大，不得不成天待在塔楼和屋顶上，而不是山顶。

洛拉迪——笼中之城或黑城堡，是领主的老巢，是几百万奇美拉人的家。要不是因为六翼天使，各种生物永远不会居住在一起，或肩并肩一起战斗，甚至说同一种语言。从前，各个种族散居各地，除了偶尔相互贸易，或发生些小冲突外，他们基本上互不来往。例如，像玛德加这种来自麒麟部落的人与来自伊希米的安东人毫无相同之处，就像狼与老虎是完全不同的动物一样，但帝国改变了这一切。天使自称为世界的统治者，把大地上的所有生物看作是他们的共同敌人。现在，经过几个世纪的斗争，奇美拉人拥有共同的文化遗产、语言、历史、事业、英雄人物及一个目标。他们成为一个民族——领主是他们的领袖，洛拉迪是他们的首都。

洛拉迪是个港口城市。宽阔的港口停满战舰、渔船，还有坚固的商船。水面荡起的波纹表明水陆两栖动物护送着船队。它们是奇美拉人的盟友，和奇美拉人一起战斗。被高大的黑墙和堡垒周围的铁栏围住的城市里面住着各种不同的生物。虽然他们混杂在一起生活了好几个世纪，但基本上他们是同类就住在同一个街区，或离得很近。根据体貌特征形成的社会等级制度占据主导地位。

玛德加具有高阶动物的特征，高阶动物具有人类的头和躯体的魔兽。她的羚羊角不仅黑而且高高突起，从她的额头伸出来，向后呈弯刀形。她的腿从膝盖以下变成优雅修长的羚羊腿，皮肤变成毛皮。直立时，她差不多有六英尺高，这还不包括她的羚羊角，长长的腿与身体的其他部分比例有点失衡。她很苗条，椭圆的脸线条柔和，肤色白皙；大而亮的棕色眼睛间距很宽，和鹿眼一样，但没有鹿眼透出的淡漠，而是闪着机敏、聪慧、机灵的光芒，像跳动的火花；她的大嘴不安分地微微上翘，好像时时都在微笑。

在所有人看来，她天生丽质。她并不太在意自己的美貌，留着短得像绒毛的黑发，不化妆，不戴首饰。没关系，她是个美人。美总会引人注意。

她引起了堤亚戈的注意。

玛德加正把自己藏起来，但是，若是有人指责她躲起来，她会百般抵赖。她正四脚朝天躺在北面营房的屋顶上，好像刚从天上掉了下来似的。不，不是从天上。如果她从天上掉下来，她会落在铁栏上。她在笼中之城里，在屋顶上，张开的翅膀懒洋洋地靠在她的两侧。

她不仅感觉到这个城市的躁动，也听到、闻到它们——兴高采烈、忙忙碌碌。人们忙着烤肉，给乐器调音。用来做试验的鞭炮发出嘶嘶声，像作孽的天使翅膀上发出的声音。她也应该做准备，但相反，她躺在屋顶上躲起来。她没有盛装打扮，只穿着平常穿的士兵皮服——长及膝盖的紧身马裤，一件背后有饰带的背心。为了向月亮两姐妹表示敬意，她的刀设计成双月形。现在，双月弯刀正挂在她身上。她似乎很放松，甚至有点虚弱无力。但她紧握拳头，心烦意乱。

月亮帮不上她的忙。尽管太阳出来了——现在是阳光明媚的下午——尼蒂德已经出现在空中，好像玛德加真的需要一个预兆。尼蒂德是姐姐，她是光芒四射的月亮。麒麟部落的人认为，当尼蒂德早早升起时，表明她心情迫切，预示着有事要发生。嗯，今晚一定会发生点什么事，但玛德加还不知道到底是什么事。

一切要由她来决定。她焦躁不安。难做的决定像只绷得太紧的弓，令人精神紧张。

一团阴影。翅膀扬起一阵风。她姐姐齐洛从空中滑翔而下，落到她身边。“你在这里，”她说，“躲起来了。”

“我没有……”玛德加抗议，但齐洛不听她的。

“起来。”她踢着玛德加的蹄子，“起来，起来，起来。我是来带你去洗澡的。”

“洗澡？你想告诉我什么，”玛德加闻了闻身子，“我敢肯定身上没有臭味。”

“也许没有，你身上虽然没臭味，但并没有打扮得干干净净、光彩照人。这两者之间有天壤之别。”

像玛德加一样，齐洛长着蝙蝠翅膀。与她不同的是，齐洛带有明显的低阶动物的外貌。她长着豺狗的头。她们不是亲姐妹。有一次，天使偷袭玛德加的部落，部落的人不是被抓去做奴隶就是被杀死，玛德加成了孤儿。幸存者来到洛拉迪——几个大人带着几个小孩，他们躲在山洞里才幸免于难。当时玛德加才七岁。她没被抓走是因为她当时不在家。她到山顶空气元素精灵[①]遗弃的巢里采集它们蜕下的皮。等她回来后，发现村子都处是残垣断壁，遍地尸体，村里的人死的死、失踪的失踪。她的父母没有死，被抓走了。有很长一段时间，她梦想着她会找到他们。但帝国很大，奴隶分散到各地，非常难找。她长大后，坚持梦想就更难了。

---

① 元素精灵，某些宗教教义中构成世界的要素，分别是土、空气、水、火。

在洛拉迪，来自沙漠沙巴族的齐洛家决定收养她。他们选中她，主要是因为他们都有翅膀，可以跟上她的速度。她和齐洛一起长大。除了血源不同外，她们就像亲姐妹一样。

齐洛的腰腿部分像猫，说得更具体一些，像猞猁。当她趴在玛德加旁边时，她的姿势与埃及的狮身人面像的姿势极为相似。“为了舞会，”她说，“我希望你打扮得干干净净、光彩照人。”

玛德加叹口气：“舞会。”

“你没有忘记，”齐洛说，“别假装忘记。”

当然，她说得没错。玛德加没有忘记。她怎么可能忘记?

“起来。”齐洛又踢她的脚，“起来，起来，起来。”

“别闹了。”玛德加嘴里嘟哝着，待着不动，心不在焉地回踢她姐姐。

齐洛说：“你起码得穿上礼服，戴上面具。”

“我哪有时间弄礼服和面具啊？我从埃泽雷特回来还不到……”

“不到一周，这点时间足够了。老实说，这次舞会与过去的舞会不同。”

没错，玛德加心想。要是与过去一样，她就不会躲在屋顶上，试图不去想越逼越近的那件事，想到它，她心里就七上八下。她会早早做好准备，兴奋地参加一年一度的盛会：领土的生日晚会。

“堤亚戈会盯着你看。”齐洛说，好像她忘记似的。

“你是说色迷迷地看吧。”色迷迷地盯着她，舔着他的牙齿，等待着她的反应。

“因为你值得他色迷迷地看。得了，他是堤亚戈。别说你一点儿也不动心。”

她会吗？堤亚戈将军——白发狼人——一个有权有势的人物，声名显赫、威震八方、天使的克星、战无不胜。他也很英俊。在他身边，玛德加不由得瑟瑟发抖。她说不清是激动还是害怕。他放出风说他准备再婚，以及谁是他的意中人：她。他的关注令她身上发热，心情激动，沾沾自喜。同时她产生叛逆心理，好像她需要做些事对抗他的强势，以免迷失在他的巨大阴影中。

现在得由她来决定是否答应他的求婚。这事一点儿也不浪漫，但她也不能说不兴奋。

堤亚戈高大魁梧，肌肉结实，像一尊雕像。他是高阶动物，腿从膝盖以下不是像她那样变成羚羊腿，而是变成狼腿和狼爪，上面覆盖着一层光滑柔软的白绒毛。他的头发也是白的，光滑柔软。虽然他的脸很年轻，但玛德加有一次透过他的行军帐篷的门帘缝隙瞥见他的胸脯，知道那里也长着白绒毛。

当时她正大步走过他的帐篷，恰好有个仆人冲出来。她看见将军的随从正服侍他穿铠甲。他们站在他的侧边，他伸直手臂好让他们固定他的皮护胸。他的身躯呈V字形，充满惊人的雄性力量，往下渐渐变细，延伸至结实的臀部，低腰马裤紧贴着平坦结实的腹部。虽说她只是瞥了一眼，但他穿衣的样子从此一直印在玛德加的脑海里。一想起他，她的身子微微颤了一下。

"嗯，也许有点兴奋。"她承认。齐洛咯咯笑起来。她的笑声在玛德加听来有点假。她心头一震，意识到姐姐在嫉妒她。她清楚地意识到，堤亚戈看中她是她的荣幸。他可以得到他想要的任何人，他选中了她。

不过，她中意他吗？如果她真的喜欢他，一切都好办，不是吗？她可能早早就洗过澡，喷上香水，给头上的角抹上油，对他的抚爱想入非非。她身子又微微颤了一下。她告诉自己那是因为紧张的缘故。

"如果……如果我拒绝他，你认为他会怎么做？"她大着胆子问。

齐洛大为愤慨："拒绝他？你在说胡话吧。"她伸手摸摸玛德加的额头，"你今天吃饭了吗？你喝醉了？"

"别闹了，"玛德加说，把她的手推开，"只是……我是说，你能想象……和他在一起吗？"当玛德加想到与他在一起时，她脑子里浮出堤亚戈沉重的身躯、粗重的呼吸……还有刺痛。想到这里，她真想躲到角落里。但是那个时候，她对男女之事了解不多，没法再想下去。也许她只是紧张而已，对他产生不好的印象。

“为什么我要想象这事？”齐洛问，“他中意的人又不是我。”她的声音没有流露出一丝的痛苦。如果它有什么不同的话，那就是有点太高兴。

齐洛当然指的是她的体貌特征——奇美拉各种族之间也相互通婚，虽然这种结合受到体貌特征的限制，但远不止于此。即使齐洛是高阶动物，她也不能满足堤亚戈的另外一个标准。那条标准与等级无关。是他的喜好。玛德加达到他的标准是她的运气——运气好不好，她还没法判断。与齐洛不同，她的掌上没有表示特殊意义的汉萨斯。她从没有躺在石桌上，被缭绕在周围的复活烟雾唤醒。她的手掌干干净净。

她仍然“纯洁”。

“真虚伪，”她说，“他对纯洁的迷恋。他自己并不纯洁！他甚至不——”

齐洛打断她。“是的，他是堤亚戈，不是吗？与我们中一些人不同，他可以变成他想要的样子。”她话里带刺，把目标对准玛德加。因为她有机会得到齐洛再怎么努力也无法得到的东西。玛德加突然坐起来。

“我们中一些人，”她重复道，“要学会珍惜自己拥有的东西。布里斯通说——”

“哦，布里斯通说，布里斯通说。万能的布里斯通有没有对堤亚戈求婚这件事屈尊给你一些建议？”

“没有，”玛德加说，“他没有。”

她相信布里斯通一定知道堤亚戈向她求婚这件事，如果可以把它称为求婚的话，其实他并没有提过它。他那么做令她很高兴。布里斯通身上有种别人所没有的圣洁气质。他心无旁骛的工作精神无人能及，他那光辉、绮丽、令人讨厌的工作。地下大教堂和商店里堆着成千上万窸窣作响的牙齿，到处弥漫着尘埃，但那里有让人浮想联翩的时空转换口，它能通往另一个世界。它才最令玛德加心驰神往。

她一忙完自己的事，就跑到布里斯通那里。她缠了他好多年，终于让他同意收她为徒——她是他的第一个学生——得到他的信任远比被堤亚戈看中更让她高兴。

齐洛说："也许你该问问他，如果你真的不知道怎么办？"

"我不会问他，"玛德加生气地说，"我自己会处理。"

"处理那件事？你真不知好歹。不是每个人都有这种机会成为堤亚戈的妻子，玛德加。你可以用皮草换丝绸，从军营搬进宫殿，生命无忧，百般宠爱于一身，有地位，可以生儿育女，慢慢变老……"齐洛的声音在发抖。玛德加知道她接下来会说些什么。她希望她不要说。她已经愧疚不已。对掌上带有汉萨斯的齐洛来说，她的问题根本不是问题。

齐洛知道死亡的感觉是什么。

齐洛的手颤抖着贴在心口上。去年，在围攻卡拉特时，有个天使的箭穿过她的心脏，她当场就死了。她说："疯子，你有机会在父母赐予你的身体中变老，等着我们这些人的，只有更多的死亡。死亡，死亡，死亡。"

玛德加看着自己干干净净的双手说道："我知道。"

49

牙齿

牙齿是奇美拉人对抗天使的秘密武器。它一直困扰着天使，撞击着他们的神经，啃咬着他们的心，令他们夜不能寐。无论天使屠杀了多少怪兽，怪兽仍如噩梦一般不断涌来，从不减少。牙齿是解开这个谜团的关键。

一年前，当齐洛在卡拉特中箭身亡时，玛德加就在她身边。她死的时候，玛德加抱着她。血从她尖利的狗牙缝里冒出来，她全身抽搐，乱踢乱蹬，垂死挣扎。没多久，她就一动不动。玛德加按照训练时学到的方法去做。虽然以前她做过许多次，但从来没有为如此亲密的朋友做过。

她稳住手，点燃像灯笼一样的香炉。它挂在收集棒的另一端——一条长长的、弯曲的拐杖，奇美拉战士每人身上都背着这样一根拐杖——当烟雾缠绕着齐洛的尸体时，她静静地等待着。箭如雨点般飞落下来，离她非常近。为了确保万无一失，她需要等上两分钟，因为标准时间就是两分钟。两分钟后她才能离开。然而，在箭如雨下的战场上，两分钟就像两个小时那么漫长，但玛德加没有退却。机不可失，时不再来。凶悍的天使正把他们赶离卡拉特。她面临两种选择，把齐洛的尸体拖走；或者完成采集任务，把尸体丢在那里。

最不可取的办法是把齐洛的尸体连同灵魂一起扔在那里。

玛德加向后退时，她采集到姐姐的灵魂，把它安全地存放在香炉里。它只不过是那天她采集到的灵魂中的一个。尸体被扔在那里腐烂。尸体只是尸体而已，只是东西。

回到洛拉迪，布里斯通将造出新的身体。

布里斯通让人死而复生。

他不是给被砍得残破不堪的尸体注入新生命。他制造躯体。这就是他在地下大教堂创造出来的魔法。只需一点点遗骨——牙齿——布里斯通可以用魔法变出新躯体，然后把被杀死的战士的灵魂放进新躯体里，让他们复活。用这种方法，奇美拉军队年复一年地抵挡威力更强大的天使的进攻。

没有布里斯通，没有牙齿，奇美拉人会减少一半。毫无疑问，他们会被打垮。

“这是为齐洛准备的。”玛德加说，递给布里斯通一串牙齿项链。项链上串有人类、蝙蝠、猞猁和豺狗的牙齿。那是她从卡拉特回来后，废寝忘食，辛苦工作了好几个小时才串成的。她的眼皮重得像灌了铅一样。她把罐子里的每一颗豺狗牙都取出来，凝神倾听，直到她认为找到最合适的那只为止——最干净、最光滑、最尖利、最强壮。她用同样的办法挑选项链上的其他牙齿和宝石：翡翠代表优雅，钻石代表力量和美丽。钻石是奢侈品，一般不给普通的战士。但玛德加大胆启用它们，布里斯通默许了她的行为。

他只需要拿着项链看一下，检查它是否有差错。像他教她那样，她为即将被召来的躯体小心地编排牙齿和宝石。如果用不同的顺序编排项链，被召来的躯体也相应地变得不同：也许是蝙蝠头，而不是豺狗头，是人腿而不是猞猁腿。编项链时一半靠配方，一半靠直觉。玛德加肯定这串项链做得完美无缺。

复活后，齐洛的模样看上去会与原来的她完全相同。

“干得不错。”布里斯通说，然后他做了件少有的事：他触了一下她的身体。在他把头扭开之前，他的一只大手碰了下她的颈背。

她脸唰地红了，感到很自豪。阿萨看见了，笑了起来。布里斯通那句“干得不错”已经很不平常了，用手碰她更是特别。他们之间发生的一切都很不寻常，对玛德加来说，这一切来之不易。

布里斯通是个隐士，极少在洛拉迪的西塔楼——他管辖范围之外的地方出现。当他偶尔露面时，他总是在领主的左边。人们像尊敬领主一样尊敬他，虽然那种尊敬不太相同。他俩创造出活生生的神话，人们几乎像对待神灵一样对他们顶礼膜拜。毕竟是他俩精心策划了特赖亚的起义。在那次事变中，奇美拉人大量屠杀他们的主人，让他们血流成河。天使的统治受到重挫，多年之后才慢慢恢复过来。奇美拉人从帝国那里夺回了一大片土地并建立了自治区。他们作为一个种族，终于有了立足之地。

领主所起的作用很清楚，他是将军，代表叛军的形象与呼声。作为联军首领，他倍受爱戴。但布里斯通所起的作用就不太为人所知。他令人生畏的外表给人一种神秘莫测之感，不容易接近。有许多关于他的谣传，有些是真的，有些完全是捕风捉影。

例如，他并不吃人类。

他的确有一扇通往人间世界的门。在玛德加十岁时，她被派去做他的听差，所以有机会直接了解这事。

年轻的领主夫人选中她，除了因为她有翅膀外，纯属偶然。她也可以选齐洛，但夫人没有选她。她选中玛德加。那时，玛德加来到洛拉迪已经三年了，她孤单一人，骨瘦如柴，勤学好问。女主人派她到布里斯通那里，没有告诉她具体做些什么，只让她服从命令，对她的所学所见要保密。

她会学些什么东西呢？小玛德加心里充满好奇。她来到西塔楼，睁大眼睛，紧张不安。一个面容甜美的眼镜蛇女人把她领进商店，端给她一杯茶。她双手接过茶，但没有喝，全神贯注、目不转睛地打量周围的一切：首先，是布里斯通。以前她只是远远见过他几次，现在从近处看，他比她想象的要高大得多。他那庞大的身躯坐在桌子后面没有理会她。在暗影里，他成簇状的尾巴像猫尾似的甩动令她更加紧张。她环顾四周，看到书架和布满灰土的书，一扇安有涡形青铜铰链的宽门。那扇门，也许，只是也许，通向另一个世界。当然，她也看到了牙齿。

真是出乎意料。到处都是牙齿：一串串嘎吱嘎吱作响的牙齿，一只只布满灰尘的罐子装满牙齿。里面的牙齿有尖的、钝的、大的、怪的，还有的小如冰雹。她的小手痒痒的，很想去摸摸它们。不过，她脑子里刚闪过这个念头，布里斯通便用他那双鳄鱼眼扫了她一眼，好像他听到它闪动的声音。她的冲动顿时僵在脑里，她整个人也僵住了，一动不动地坐着至少有整整一分钟。然后，她壮着胆子伸出一个手指，想去敲一颗野公猪的弯长牙。

“别动。”

噢，他的声音！低沉的声音如同发自地下墓穴，实在太可怕了。她应该害怕，也许她有点害怕，不过，好奇心占了上风。“这些牙齿用来干什么？”她敬畏地问。这是她许多问题中的第一个。她有许许多多问题要问。布里斯通没有回答。他在一张乳白色的厚纸上写了几个字，然后派她送给领主的侍从。传传信息，跑跑腿，免得特维加和亚西里在长长的螺旋楼梯跑上跑下。这就是他要她来的目的。他要的是听差，不是学徒。

然而，当玛德加了解他全部的魔法后——让人死而复生——她不再满足做个听差。死而复生无异于永生。它保存奇美拉军队的实力，是他们获得永久自由、自治的所有希望。

为了证明她的价值，她递给他一沓画，上面画着所有奇美拉人可能的外形。“这是长着公牛角的老虎，看见了吗？这是山魈猎豹。你能做出它吗？我肯定我能做出来。”

她很好学，尖声说：“我能帮忙。”

她很渴望，陶醉地说：“我可以学。”

她很坚定，固执地说：“我可以学。”

不知道为什么，布里斯通不愿教她。后来，她意识到那是因为他不想与任何人分担这个重负——他做的事非常美好，但也极其恐怖。它带来的恐怖远远超过它带来的美好。不过，等到她明白这点时，她已不在乎了。她被他的魔法迷住了。

“给你，把它们分类。”一天，布里斯通对她说，把一盘牙齿从桌子那边推过来给她。她做他的听差已经有几个年头了，他一直让她替他跑腿，传信息，直到现在。

亚西里、阿萨和特维加全都停下手中的活，扭头过来看他。会不会……是测试？布里斯通不理睬他们，在他的保险箱里忙着找东西。玛德加屏住呼吸，把盘子拉到自己面前，安静地开始工作。

它们全是熊齿。布里斯通可能希望她按大小分类。到那时为止，玛德加观察他有好几个月了。她把每颗牙拿起来，然后……仔细地听。她用指尖捏着牙齿认真地听，挑出几颗不好的牙齿——腐烂的，后来布里斯通告诉她——扔掉它们。她把其他牙齿按感觉，而不是按大小分为几堆。当她把盘子推回给他时，她极其满意地看到他睁大眼睛，抬起头以一种全新的方式注视她。

“干得不错。”他第一次这么对她说。她的心情异常激动。在角落里，阿萨朝她眨了眨眼。

从此以后，他开始教他，但一直假装他没有教。

她得知魔法是丑陋的——与宇宙进行苛刻的交易，从痛苦演变而来。很久以前，为了利用身上痛苦的能量，医生们鞭打自己，把自己打得皮开肉绽，甚至自残，折断骨头，故意接错位从而制造出源源不断的痛苦。但是，宇宙为了保持自身的平衡，自然而然地控制医生们使用痛苦的数量。于是，一些巫师想出办法欺骗宇宙，从别人身上提取痛苦。

“那就是牙齿的用途？作弊的办法？”它似乎不太光明正大。“可怜的动物。”玛德加低声说道。

阿萨极其严厉地看她一眼。“也许你更喜欢折磨奴隶。”

她的话很难听，也很晦涩，玛德加只能盯着她看。多年之后，她才明白阿萨当时的意思——那是在玛德加临死的前夕，布里斯通和她终于无所不谈——她很惭愧自己没有猜出来。他的疤痕，它非常显眼——纵横交错的疤痕，似乎年岁久远，十字交叉的细鞭痕布满整个肩膀和背部。可是她怎么能猜到呢？即使用上她所有的人生经历——被洗劫一空的山村，人们死的死，失踪的失踪，她参加过的围城战——她也无法想象布里斯通早年过着如何恐怖的生活，他没有向她提及过。

他教她如何识别牙齿，如何从它们那里提取能量，如何操纵尸体和积聚在里面的痛苦，变出和原来的身体一样真实的躯体。这是他自己创造出来的魔法，不是学来的，而是他的独创。汉萨斯也是他的独创。它们根本不是什么文身，而是魔法的一部分。身体一经复活，掌上便带有充满魔力的汉萨斯。未被复活过的人掌上没有这个标志。

亡魂——对被复活的人的称呼——他们不必缴痛苦税以换取能量。他们早已缴过。汉萨斯是他们用死亡的痛苦支付的魔法武器。那些士兵死了又死，正如齐洛所说，死亡，死亡还是死亡。即使这样，士兵的数量还是远远不够。新的士兵不断被补充进来，洛拉迪的孩子和所有其他自治区的孩子，他们一能抓紧武器就开始参加训练，但战争的死亡率很高。就算有复活术，奇美拉人目前仍处在被消灭的边缘。

“怪兽一定会被消灭。”约兰每次在军事会议发言后都要大吼一声。天使像是长长的死亡阴影，所有的奇美拉人都战战兢兢地生活在其中。

当他们打了胜仗，采集死者的灵魂就很容易。幸存者到城里城外寻找战死的士兵，采集他们的灵魂带回给布里斯通。一旦他们打了败仗，虽然他们冒死回去收集倒下的战士的灵魂，还是有许多灵魂没有被采回来，永远遗失掉。

香炉里的烟雾把身体里的灵魂吸出来，然后它们被封好，灵魂可以无期限地保存。如果没有封好，它们则成为空气元素人的猎物，几天之后它们就会消失，像在风中呼出的气，被风一吹，转瞬即逝。

灵魂消亡本身并不糟糕，而是很自然的事。在自然死亡中这种事每天都在发生。对活在一个躯壳中死了又死的亡魂来说，灵魂消亡似乎是个恬静的梦境。

“你想要永生吗？”有一次布里斯通问她，“但要在痛苦中一次次死去。”

这几年来，她看到永生对他意味着什么：为了不让那些已死的优秀怪兽安息，强行改变他们的命运，他每天低头工作，疲惫不堪，变得性格孤僻，脾气暴躁。

齐洛用冷静的语气提到她变成亡魂时，玛德加却在想是否要接受堤亚戈的求婚。现在她有机会不用成为亡魂。堤亚戈希望她“纯洁”。他会保证她一直保持这个样子。他已经做了，他暗中命令指挥官让她所在的营队远离危险。如果她选择了他，她手中永远都不会有汉萨斯。她永远也不会再去参加战斗。

也许这是最好的结果，对她，对她的战友们都是如此。她知道她有多么不适合打仗。她憎恨杀人，即使是天使。她从没有告诉任何人两年前她在布利芬奇所做的事。她饶恕天使的性命，不仅如此，她还救了他。她到底是哪根神经错乱了？她包扎他的伤口，抚摸他的脸庞。一想到那件事，她感到阵阵羞愧，至少，她宁愿称之为羞愧，她的脉搏加快，脸上浮起淡淡的红晕。

天使的皮肤像发烧一样滚烫，他的眼睛像火一样燃烧。

她一直想知道他是否还活着。她希望他死了，这样的话，有关她背叛的证据便湮灭在布利芬奇的迷雾中。她这样安慰自己。只有在睡梦中醒来，梦的痕迹尚清晰可见的那一刻，真相才逐渐显现出来。她梦见天使还活着。她希望他活着。虽然她心里一直否认这事，但时不时它在她脑里一闪而过，把她吓一大跳。与此同时，她不禁耳热心跳，满脸通红，异样的感觉从全身漫延到指尖。

有时她觉得布里斯通知道她的秘密。有一两次她无意中想起它，顿时心慌意乱，全身颤抖。他停下工作望着她，好像某个东西引起他的注意。栖息在他角上的基什也望着她。他们目不转睛地盯着她。不过，不管布里斯通知道或不知道，他对这事一直不做任何评判，就像对堤亚戈向她求婚那件事一样，虽然他知道玛德加做出选择并不容易。

今晚，在舞会上，不管怎样，她必须做出决定。

一定会发生点什么事。

可是，是什么事呢?

她对自己说，当她站在堤亚戈面前，她知道怎么做。红着脸向他行屈膝礼，扮成害羞少女和他跳舞，清楚无误地笑着表明她的意思。或者冷冷地站着，对他不理不睬，仍然做一个士兵。

“来吧。”齐洛说，摇摇头，好像玛德加注定要失败，“恩韦拉有你能穿的衣服，但你得接受它，不许抱怨。”

“好的，”玛德加叹口气，“去洗澡，把我们打扮得容光焕发。”

她暗想，就像进炖锅前的蔬菜。

50

甜蜜甘美

“不，”玛德加说，看着镜子，“噢，不，不，不，不。”

恩韦拉确实为她准备了礼服。它用深蓝色闪闪发亮的蚕丝织成，领子呈V字形。这条做工精致的紧身礼服薄如蝉翼，她感觉轻轻一碰它就会化掉，上面饰有细小的水晶。遇到光照时，水晶像星星般在闪闪发光。礼服的后背挖空，玛德加整个背部——从长长的白色脊椎一直到她的尾骨——露在外面，非常引人注目。此外，胸部的一大片露了出来。背部、肩膀、手臂和胸部全都引人注目。“不。”她想脱掉它，但齐洛阻止她。

“想想我说过的话：不许抱怨。”

“我收回我说的话，我保留抱怨的权力。”

“太迟了。不管怎样，是你的过错。你有一个星期的时间准备礼服。你看到当你犹豫不决时发生什么事了吧？别人为你做决定。”

玛德加心想，她现在不是在谈论礼服。“什么，这是对我的惩罚了？”

在她另一侧，恩韦拉很开心。她具有蜥蜴体征，体质羸弱。她和玛德加、齐洛一起上学。后来，玛德加和齐洛去参军，她则去做宫女。“惩罚？你是说把你打扮得美丽动人？看看你自己吧！”

玛德加看到了，但她只看见自己的皮肤。几股极其纤细、几乎看不见的丝线交织着绕在她的脖子上，将礼服挂在她身上。“我好像一丝不挂。”

“你看起来十分惊艳。”恩韦拉说。她是领主比较年轻的妻子们的裁缝。即使是最年轻的，说得好听点，也不年轻。几个世纪以前，领主认为他不适合再娶新娘。与布里斯通一样，他拥有自然肉身，样子看起来也与他的年纪相仿。堤亚戈，他的大儿子，虽然他的外表很年轻，也有好几百岁了。他的手上有汉萨斯。

正如玛德加所说，这位将军对“纯洁”的迷恋是非常虚伪的，他自己复活了许多次；他的虚伪是双重的，他不仅不“纯洁”，而且他不是生来就是高阶动物。

领主来自鹿族，长着一个鹿头，有着动物外貌，他的那些妻子也和他一样，所以堤亚戈最初也有明显的动物外貌。一个亡魂在一个与自己原来不同的躯壳里复活的情况并非没有。布里斯通有时也会出错，无法把新旧两个躯壳完全匹配起来，由于时间和牙齿供应状况的缘故。但堤亚戈的躯壳是另一回事。它们是为他量身定做的，甚至在他要用之前。他可以检查它们，看看有没有瑕疵并提出建议。她曾看见过一次：堤亚戈检查一具他自己的裸体复制品——下次他死后接纳他的躯壳。真是令人毛骨悚然。

她轻拉礼服，想检测它的承受能力，她相信跳舞时舞伴稍微用力就能把它全部拉开。“恩韦拉，”她恳求道，“你有没有更……结实的衣服？”

“不是为你准备的，”恩韦拉说，“有这么好的身材，你为什么要遮住它？”她和齐洛在低声嘀咕着什么。

“不许交头接耳，”玛德加说，“我起码可以披件披肩吧？”

“不行。”他们异口同声地说。

“我觉得自己一丝不挂，像在澡堂一样。”

当天下午，当她和齐洛一起走进雾气腾腾的澡堂洗澡时，她这辈子还没有遇到过那么尴尬的情形。现在每个人都知道堤亚戈看中她，女浴池里的每双眼睛都在审视她。她只好沉到水里，离开她们的视线，留下头上的角露出水面。

“让堤亚戈看看他将得到什么。”恩韦拉恶意地说。

玛德加身子一僵。“谁说他会得到它？”她听见自己说它。这个词似乎很合适，好像她是某种无生命的东西，衣架上的礼服。“我。”她纠正自己，“谁说他会得到我？”

恩韦拉对玛德加可能拒绝他的想法一笑置之。“给你。”她手拿面具朝她走来。“我们准许你盖住脸。”这是一只展开翅膀的小鸟面具，用很轻的卡扎木雕成。黑色的面具上饰有羽毛。它们从她的脸侧呈扇形散开。变换的灯光在羽毛上留下一道道彩虹一般的波痕。

“太好了。现在没人知道我是谁。”玛德加苦笑着说。她的角和翅膀无法伪装。

领主的舞会是化装舞会，具有人类特征的奇美拉人戴着各式动物的面具，而具有动物外貌的奇美拉人则戴着雕着人类肖像的面具，人人极尽夸张之能。这是一年中人们可以尽情玩耍、开怀大笑的一个晚上，一个远离正常生活的晚上。但对玛德加来说，今年的舞会是决定她一生命运的晚上。

她叹着气，向朋友屈服，坐在凳子上，让她们为她描眉画眼，用玫瑰色花瓣膏涂嘴唇，用超细的金链层层绕在她的角上。一闪一闪的细小水晶从角上垂下来。恩韦拉和齐洛两人咯咯地笑着，好像她们在为洞房花烛夜给新娘做准备。玛德加突然想到这事极有可能发生，如果不是在仪式上，至少是在另一方面。

如果她接受堤亚戈的求婚，今晚她很可能不会回军营了。

她哆嗦了一下，想象他的爪子放在她身上。那会是什么感觉？她没做过爱——在那方面，她也是“纯洁”的，她想堤亚戈对此一定很清楚。她想过做爱的事，她当然想过。她已成年。像任何人一样，她也有性冲动。奇美拉人不是苦行僧，他们对男女婚前性行为比较宽容。但玛德加一直没有找到自己心仪的男人。

"好了，你打扮好了。"齐洛说。她和恩韦拉把玛德加拉起来，然后站在她后面来审视她们的杰作。"噢。"恩韦拉小声说。她们沉默了一下。当齐洛再次开口时，她声音很平淡。她说："你很美。"

她的话听起来不像恭维她。

在卡拉特战斗之后，当齐洛在地下大教堂醒过来时，玛德加在她身边。"你没事了。"当齐洛睁开眼睛时，玛德加安慰她。这是齐洛第一次复活。据亡魂说复活会令人失去方向感。玛德加希望，在与原来身体几乎一模一样的新躯壳里，她姐姐会减轻阴阳转换带来的不适。"你没事了。"她又说了一次，紧紧抓住齐洛有汉萨斯的手。那是她新身份的象征。

玛德加告诉齐洛："布里斯通让我帮你做躯壳。我用了钻石。"她偷偷地说，"不要告诉别人。"

她帮助齐洛坐起来。她如猫般的腰腿上毛很柔软，手臂的肌肉也是如此。齐洛摸着她的新皮肤——臀部、肋骨、像人类的胸部。她的手迫不及待地移到脖子，再到她的头上，摸着那里的毛发，豺狗的鼻子。她僵住了。

她的声音像是被什么堵住似的。一开始，玛德加以为那是新做的喉咙和嘴没有发出过声音的缘故。但情况并非那样。

齐洛推开玛德加的手。"这是你做的？"

玛德加向后退了一步。"它……它很完美。"她结结巴巴地说，"它几乎与你真的——"

"这就是我应得的？动物外貌？谢谢你，我的好妹妹。谢谢你。"

"齐洛——"

"你就不能把我做成高阶动物？对你，对布里斯通来说，只不过多用几颗牙齿罢了。"

玛德加从来没起过这个念头。"可是……齐洛。这才是你。"

"我。"她的声音也变了。它比她原来的声音更深沉。玛德加分不清她声音有多少是新的，但不管怎样，她的声音尖酸难听。“你想变成我吗？”

玛德加感到伤心、迷惑。她说：“我不知道。”

“是的，你才不想变成我，”齐洛说，“你很美。”

后来，她向玛德加道歉。她说她太震惊了。新躯体没有弹性，令她感到压抑，几乎喘不过气来。一旦她习惯了新躯体，她称赞它充满力量、动作柔软。她比以前飞得更快，动作像闪电，牙齿和眼力也更尖利。她说她像一把被调过音的小提琴——同一把琴，但音色更美。

“谢谢你，我的好妹妹。”她说，似乎是认真的。

然而，玛德加记得她充满怨恨的样子：“你很美。”她的声音听起来与那次一模一样。

恩韦拉兴高采烈。“太美了！”她叫起来。她皱起鳞状的眉，拉了拉玛德加脖子上的小饰物。“这东西当然要取下来。”她说，但玛德加拨开她的手。

“不行。”她说，用手护住它。

“只是今晚，疯子，”恩韦拉哄她说，“它不适合那种场合。”

“别管它，”玛德加说，“一码归一码。”她的音调阻止了恩韦拉对她施压。

“好吧。”她说，叹了口气。玛德加松开握住许愿骨的手，许愿骨落回锁骨中间，回到它原来的位置上。它既不漂亮也不精致，只是一根骨头。她简单地说它与袒胸露背的衣服并不相配，但她不介意。那是她戴的物品。

恩韦拉注视着它，表情痛苦，然后到装满化妆瓶、软膏的抽屉东翻西找。“这里，至少你得用它。”她取出一只银碗和一个大软刷。玛德加还没明白是怎么回事，恩韦拉已经在她胸口、脖子、肩膀上撒了一层闪闪发亮的东西。

“什么？”

“糖。”她说，咯咯地笑。

“恩韦拉。”玛德加想把它拂掉，但它像细尘，沾得到处都是，是糖粉。当女孩们计划和情人共浴爱河时，会把糖粉撒在身上。玛德加想，如果玫瑰色口红和裸露的后背还不足以诱惑堤亚戈的话，这一招肯定会的。闪闪发光的糖粉倒不如说是一个信号，它在暗示：“舔我。”

“你现在看起来不像战士。”恩韦拉说。

一点儿没错。她看上去就像答应堤亚戈求婚的女孩。她有吗？每个人都认为她做出了决定，或差不多是那么一回事。不过，现在还来得及。她可以不去参加舞会——与她甜蜜甘美地出现在舞会上刚好相反，那会传递另一种信息。她不得不决定她想要什么。

她盯着镜子里的自己看了很长时间，感到头重脚轻，好像未来在朝她汹涌而来。

然而，那时她并不知道，她的未来正朝她走来，带着隐形的翅膀和一双戴上面具也掩饰不住的眼睛；她的选择，虽然算不上什么选择，很快会被一扫而光，像鸟儿振翅扬起的灰土，只留下不可想象的事。

爱情。

“我们走吧。”她说，与齐洛和恩韦拉手挽着手，去迎接她的未来。

51

蛇形大道

领主生日那天，洛拉迪的主要大道，蛇行大道，变成了人们游行的必经之路。习惯的做法是一路狂欢，从一个舞伴转移到另一个戴面具的舞伴，不停地跳舞，一直跳到市场——平时市民聚会的地方。舞会就在那里举行。成千上万盏灯高高挂在笼中之城上空的铁栏上，像一簇簇星星。那晚，笼中之城像一个拥有自己天空的迷你世界。

玛德加像往年一样，和朋友们一起冲进人群中。但今年，她马上意识到，情况大不相同。

她虽然戴上面具，但她没法伪装自己——她的外表太显眼——她身上撒满糖粉，可是无人把她肩上亮晶晶的糖粉看作是种邀约。他们知道那不是为他们准备的。在狂欢的人群中，她被大家隔开，好像在一个水晶球中随波逐流。

一次又一次，齐洛和恩韦拉滑进陌生人的怀抱里，面具对面具相互亲吻。这是传统的做法：跺着脚，旋转一圈，停下来大方地接吻，以庆祝各个种族的统一。一路上都有乐师在演奏，狂欢的人群一首接一首地跳着，不停歇地从一个人旋向另一人。狂野的音乐让狂欢的人群不停地旋转，舞动着向前行，但无人理睬玛德加。好几次，有几个士兵旋向她，有一个甚至握住她的手，但他旁边的朋友把拉他回去，低声警告他。玛德加听不清他们说些什么，但能猜个八九不离十。

她是堤亚戈的女人。

无人碰她。她随着狂欢的人群孤独地向前走着。

她暗想，堤亚戈在哪里。她的眼睛从一个面具移向另一个面具。每当她看到长长的白发或具有狼的体貌特征时，心便怦怦直跳，以为是他，但每次都不是他。长着长发的是个老女人。玛德加暗自嘲笑自己的轻佻。

洛拉迪的每个人都涌上大街，然而无人靠近她。她跟在朋友的后面朝着集市的方向独自向前走。她猜想堤亚戈会在那里，也许和他父亲一起站在宫殿的阳台上，观看狂欢的人群不断地涌来，因为游行的奇美拉人群正川流不息地涌向广场。

他会留意她的。

不知不觉中，她放慢脚步。戴着面具的齐洛和恩韦拉在她的前面跳着舞，和舞伴亲吻，快乐地向前行进。大多数人只是用面具的嘴唇碰碰另一些面具的嘴唇——鸟喙、狗嘴和猫嘴。但也有人真吻，根本不考虑外貌特征。自从上一次舞会后，她知道了亲吻的滋味：陌生人呼出的香草酒的气息，人、老虎或龙带须下巴的触觉。但今晚无人亲吻她。

今晚她孤独地走着——炙热的眼睛望着她，但无人上来与她共舞，当然更没人敢亲吻她。她一个人走着，蛇形大道似乎变得很长。

突然，有人抓住她的胳膊肘，把她吓了一跳。终于有人与她共舞，她不再孤单了。想到这个人一定是堤亚戈，她的身体收紧，变得硬邦邦的。

然而，他不是堤亚戈。在她身边的人戴着用模具制作的皮革马头面具，面具把他的头全部遮住。堤亚戈从不戴马头面具或别的什么面具隐住他的脸。每年他只戴同样的面具：一个真狼头；它的下巴被割掉，令它看起来像个头饰；眼睛用蓝玻璃代替，看上去毫无生气，令人望而生畏。

他是谁呢？有人蠢到敢碰她？好吧。他很高，比她要高出一个头，玛德加只好侧着头向上看，把手搭在他肩上，用她面具上的鸟喙轻碰他的马嘴。一个“吻”证明她还属于自己。

突然，仿佛她身上的符咒被解除似的，她又回到欢歌笑语的人群中，与陌生的舞伴在胡乱跺脚的人群中跳着，旋着。他带着她向前移动，保护她不被更高大的动物推挤。她感觉到他的力量。他可以轻易地把她托起。转了一两圈后，他应该松开她，把她转给另一个舞伴，但他没有。他的手戴着手套，一直搂着她。她想如果他松手让她离开，别人也不会和她跳舞，所以她也没有离开他。跳舞的感觉真好，她沉浸在快乐之中，甚至忘了她对礼服的担忧。它似乎吹弹即破，但其实经得起考验。当她旋转时，裙摆像波浪一样滚在她的蹄子周围，轻盈可爱。

在人声鼎沸的人潮中，他们不停地向前移动。玛德加与朋友走散了，但戴着马头面具的陌生人一直陪着她。当行进的队伍快走到蛇形大道的尽头时，队伍被堵住了。狂欢的人群慢了下来，变成跳摇摆舞。她发现自己站在他身边，他们气喘吁吁。她向上看，戴面具的脸兴奋得通红。她笑着说：“谢谢。”

“女士，谢谢你。是我的荣幸。”他声音浑厚，口音听起来很奇怪。玛德加没法辨认出来。可能是东部地区的口音。

她说：“和我一起跳舞，你比其他人勇敢。”

“勇敢？”当然，他的面具毫无表情，但他把头扭向一边。从他的语气判断，玛德加意识到他并不明白她的意思。有没有可能他不知道她是谁——她属于谁的。他问：“你很凶狠？”她笑起来。

“当然。我能让人魂飞魄散。”

她又歪着头。

“你不知道我是谁？”很奇怪，她有点失望。她以为他很勇敢，不像其他人那样惧怕堤亚戈。没想到他只是个无知的冒失鬼。

他低下头，面具上的马嘴轻拂她的耳朵。当他靠近她时，她感到一股温暖的气息。他说：“我知道你是谁。我来这里就是为了找你。”

“真的？”她觉得头有点晕，好像她一直在喝香草酒，但她只是尝了一小口，“告诉我，马先生。我是谁？”

"哦，这不公平，鸟女士。你从未告诉过我你的名字。"

"你看，你不知道吧。但我有个秘密。"她轻叩面具上的鸟喙，低声笑着说，"这是个面具。我不是真的鸟。"

他假装吃惊，后退一步，但他的手仍拉着她的手臂。"不是鸟？我上当了。"

"你看，不管你找哪位女士，她正孤零零地在某个地方等着你。"她几乎舍不得把他支走，但现在集市就快到了。在他把她从独自一人走完整条蛇形大道的苦难中拯救出来之后，她不想让堤亚戈厌恶他。"去吧，"她催促他，"去找她吧。"

"我已经找到我要找的人，"他说，"我也许不知道你的名字，但我知道你。我也有个秘密。"

"别告诉我你不是真的马。"她抬头望着他，他的声音似曾相识，但她就是想不起在哪里听过，像在梦中梦见的某件事，醒来后怎么也记不起。她试图透过他的面具看清他的面容，但他太高，从她的角度，透过眼孔她只能看见暗影。

"没错，"他承认，"我不是真的马。"

"你是什么？"现在她真的很想知道——他是谁？她认识的某个人？戴上面具有利于恶作剧，在领主生日这天，有不少人被捉弄，但她觉得没人会在今晚捉弄她。

当他们靠近沿路最后一组乐师时，一组管弦乐骤然响起，乐声吞没了他的回答。有乐器奏出像鸟儿在鸣叫的颤声，有鲁特琴发出中空的咚咚声，有歌手从喉咙深处发出嗥叫。在这些乐声伴奏下，咚咚的鼓点有节奏地响了起来。在鼓声的带动下，兴奋的人群又舞动起来。四周都是身体，陌生人的身体与她贴得最近。不断涌上来的人群把他推向玛德加，他不得不紧贴着她。隔着他的斗篷，她感到他肩膀又厚又宽。

还有热气。

她突然想起自己裸露的背部和身上亮晶晶的糖粉，意识到自己呼吸急促，体温不断升高。

她面红耳赤，退到一边，或者想退到一边，但又被推回到他怀里。他的气息温暖，无处不在：香味、盐味、面具透出来的辛辣的皮革味。某种她无法辨认的浓烈的气道使她想依偎在他怀里，闭上双眼，轻轻呼吸。他用一只胳膊搂着她，推开涌过来的人群，让她不被挤压。当游行的队伍川流不息走进集市时，除了随着人群向前走外无处可去。他们在人流中，没有办法后退。

陌生人在她身后，声音很低。“我来这里找你，”他说，“我来感谢你。”

“感谢我？为什么？”她没有转身。她的一侧站着一个半人半马的怪兽，另一侧盘着一条眼镜蛇。她想她在旋转的人群中瞥见过齐洛。她现在可以看到集市了——正前方，在兵工厂和军事院校之间。头顶的灯笼像群星闪烁，发出的亮光遮住真正的星光和月光。她很想知道月神尼蒂德是否感到好奇，想知道正在窥视的尼蒂德——能否看进来。

一定会发生点什么事。

“我来感谢你，”陌生人靠近她的耳朵说，“救了我一命。”

玛德加救过许多生命。她曾在黑夜中爬过布满尸体的战场，穿过天使的巡逻队去采集灵魂。否则的话，那些灵魂会消亡。她带领小分队袭击天使的一个阵地——她的战友们被困在那里的一条山沟里——让他们有时间撤退。她把一个天使射向她战友的致命一箭射飞。她救过许多生命。但所有那些记忆在弹指之间穿过她的意识，只留下一个回忆。

布利芬奇。迷雾。敌人。

“我听从你的建议，”他说，“我活了下来。”

霎时，她的静脉像着火似的，血液直往头上涌。她转过身。他们的脸相距咫尺，他的头向下偏。现在她能够透过他的面具看到他的眼。

他的眼睛闪闪发光。

她低声说：“你。”

52
疯 狂

人潮把他们卷进集市，人群摩肩接踵，翅膀相碰，角对着角，兽皮、兽角、毛皮、肌肤挤挤挨挨。她被人潮带着向前走，她的蹄子几乎没有碰到路上的鹅卵石。她难以置信，一时惊得说不出话来。

一个天使，在洛拉迪城里。

不是一个天使。是这个天使。她曾经触摸过、救过的天使。在这里，在笼中之城里。他的手拉着她的手，热气从他的皮手套透过来。因为她，这个天使还活着。

他在这里。

实在太疯狂了。她的脑子一片混乱，比周围混乱不堪的人群还要混乱。她的思维停滞。她能说什么？她能做什么？

后来回想起来，她根本就没想过做全城人都会不假思索去做的事：取下他的面具，尖声大叫：“天使！”

她长长地吸了一口气，呼吸有些不匀称。她说：“你来这里真是疯了。你为什么要来？”

“我告诉过你，我来感谢你。”

她脑子浮现出一个可怕的想法。“暗杀？你不可能靠近领主……”

他热切地说：“不。我不会用你族人的血玷污你送给我的礼物。”

椭圆形的集市很大，大得足够一支军队排成许多方阵在那里集结。

但今晚，它的中心地带没有部队，只有舞蹈演员在跳着一种花样复杂的低地旋转舞蹈。从蛇形大道蜂拥而至的人群沿着广场的边上旋出来，因此，广场周围的人群最为密集。一桶桶香草酒放在桌子中间，桌上摆满了食物。大伙成群结队，肩上扛着孩子，每个人都在笑着、唱着。

玛德加和天使仍然陷在乱成一团的蛇形大道的三角地带里。他像防波堤一样稳稳地护着她。她脑子一片空白，呆若木鸡，没想到要往前挪。

“礼物？”她怀疑地说，“你来这里必死无疑，你轻率地对待那件礼物。”

“我不会死的，”他说，“今晚不会。无数的事情可能阻止我此刻在这里，可是，相反，无数的事情把我带到这里。老天爷自有安排，好像它是注定……”

“注定！”她惊愕地说，转身面对着他。在拥挤的人潮中，她只能紧紧贴在他的胸前，好像他们仍在跳舞。她奋力向后退，在两人之间挤出点空间。“好像什么是注定的？”

“你，”他说，“和我。”

她好像肺里的气体被吸走，喘不上气来。他和她，天使和奇美拉人？这太荒谬了。但她想不出说什么，只能再说：“你疯了。”

“你也疯了。你救了我一命。你为什么那么做？”

玛德加没有回答。两年来，这个念头一直挥之不去。当她发现他生命垂危时，她心里油然升起他是她的，她要保护他的感觉。她的。现在，他在这里，生龙活虎、不可能思议地来到这里。她仍然不相信这个人是他，他的脸——轮廓分明的脸庞清晰地出现在她的脑海里——隐藏在那张面具之后。

“今晚，”他说，“上百万人涌到城里，我也许根本找不到你。我也许整夜寻找却连你的影子都找不到。但是，天助我也，你来了，好像被空降到我面前。你一个人在游行的队伍中行走，与人拉开距离，像在等我。”

他继续说下去，但玛德加已听不见他在说什么。提起与人拉开距离，被人冷落，顿时她像被炸雷惊醒似的。天使的到来带给她的震撼使她一时忘了此事。她朝宫殿领主的阳台上望去。在这么远的距离，她只能看见阳台上模模糊糊的人影。但她知道那些人影是谁的：领主、身材庞大的布里斯通、一群头上长着鹿角的女人，她们是领主的妻子。堤亚戈不在那里。

那只能表示他下到这里来了。恐惧的电流瞬间从角到蹄贯穿她的全身。“你不明白，”她说，朝人群四处张望，“无人与我跳舞是有原因的。我以为你很勇敢。我不知道你是疯子……”

“什么原因？”天使问，离她很近，太近了。

“相信我，”她急急地说，“你在这里不安全。如果你想活命，赶快离开我。”

“我花了很长时间才找到你……”

“我被人订购了。”她脱口而出，话未出口，她就痛恨自己要说的话。

他身体突然一震：“被人订购？订婚了？”

被人强行订购，她想，但她说：“差不多。走吧。如果堤亚戈见到你……”

“堤亚戈？”听到这个名字，他厌恶地朝后退了退，“你和那个狼人订婚了？”

就在他吐出狼人这两个字时，有人从她身后搂住她的腰。她惊呆了。

一瞬间，她看见会发生什么。堤亚戈会发现天使。他不仅会杀了他，他还会把整件事弄得戏剧化。天使在领主的舞会上探测情报。这种事从未发生过！他会被严刑拷打。他会求生不得，求死不能。所有这一切在她脑子里快速闪过。她的心立刻被恐惧攫住。这时，她听到耳边传来咯咯的笑声，她松了一口气，几乎要瘫倒在地。

不是堤亚戈，是齐洛。“你在这里，”她姐姐说，“我们和你走散了。”

玛德加的心扑扑直跳。齐洛看看她，又看看陌生人。此刻，玛德加感到他身上炙人的热气就像灯塔一样显而易见。“哈罗。”齐洛说，好奇地瞄着马头面具。透过面具，玛德加仍能辨别出虎眼发出的橙色光芒。

她想，为了找她，他竟然用如此简单的伪装潜入敌巢。她感到胸口有种奇异的压迫感。两年来，她一直把布利芬奇的行为看作是一时的疯狂，虽然当时她并不觉得是疯狂之举。现在她也不觉得那是疯狂的事，她希望这个天使活下去——她真的希望。她镇静下来，转身看着齐洛。恩韦拉正好在她的后面。

“你们是哪门子的朋友啊，”她责备她们，“把我打扮成这个样子，然后把我扔到蛇形大道。我很可能被抓伤。”

“我们以为你跟在我们的后面。”恩韦拉说，刚才的跳舞令她喘息未定。

“我是，”玛德加说，“远远落在你们后面。”她背对天使，没有再看他一眼。利用人潮的移动，她开始若无其事地让朋友离开天使，拉开她们与他的距离。

“那人是谁？”齐洛问。

“谁？”玛德加问。

“戴着马头面具、和你跳舞的那个人。”

“我没有和任何人跳舞。也许你注意到了，没人会和我跳舞。我是个弃儿。”

她听到朋友挖苦她的声音：“弃儿！才不是。更像是位公主。”齐洛用怀疑的眼光向后看了看。玛德加极想知道她看见了什么。天使是不是在注视着她们，还是有了自我保护意识，自行消失了？

“你看见堤亚戈没有？”恩韦拉问，“更确切地说，他看见你了吗？”

“没——”玛德加刚要开口，突然齐洛大叫，“他来了！”她顿时浑身发冷。

他来了。

毫无疑问，那肯定是他：他的狼头上戴着一个砍掉一部分的狼头。

那是他丑陋的招牌面具。它的獠牙悬在他的额头上方，嘴向后缩，像是在咆哮。他的白发梳得油光发亮，整齐地披在肩上。他穿件乳白色绸缎背心——如此多的白色，白上加白，在白色的映衬下，那张古铜色的脸——英俊、强悍——显得更突出，使得那双苍白的眼睛如同幽灵一般。

他还没有看到她。人群自动分开一条道。即使是喝得烂醉如泥的醉鬼也认出了他，给他让道。当他带着一群侍卫走过时，欢歌笑语的人群鸦雀无声，老老实实向前移动。

玛德加想到今晚对她意味着什么：她的选择、她的未来。

“他真是帅呆了。”恩韦拉小声说，紧靠玛德加站着。玛德加不得不同意她的说法，但她把他英俊的外表归功于布里斯通。是他制作了这副美丽的皮囊。一脸傲慢的堤亚戈只不过是有权披着这副皮囊的人。

“他在找你。”齐洛说。玛德加知道她说得没错。将军不慌不忙，苍白的眼睛扫向人群，一副自信的神情，相信他能得到他想要的东西。突然，他的视线落到她身上。她觉得全身被他看穿。惊慌之下，她急忙后退一步。

“我们去跳舞吧。”她脱口而出，令她的朋友大为吃惊。

“可是——”齐洛说。

“听。”乐师们奏起新的舞曲，“是弗立安舞曲。我最喜欢的舞曲。”

那并不是她最爱的舞曲，但没有关系。跳舞的人们排成两排，男人在一边，女人在另一边。齐洛和恩韦拉还来不及说话，玛德加转身逃到女人那队中，觉得堤亚戈的目光投到她的颈背，像用爪子在触摸她。

她心想：其他的眼睛看到哪里了？

弗立安舞曲以轻盈的舞步开始。齐洛和恩韦拉急忙冲进队列中。玛德加优雅地踏着舞步，没有错过一个节拍。但她只是人在那里，思绪已飞到外面，和蛾翅蜂鸟一起忽上忽下急速飞动。成千上万只蛾翅蜂鸟成群结队向高高挂在头顶上的灯笼冲去。她心急如焚，急切地想知道她的天使到哪里去了。

53

爱是一种元素

跳弗立安舞时，无人再像在蛇形大道那样避开玛德加的手——那样做会太显眼，但当她从一个舞伴转到另一个舞伴时，他们的动作僵硬。在他们应该抓住她的手时，有几个舞伴几乎连她的指尖都没有碰到。

堤亚戈走上前观看他们跳舞。每个人都感觉到了。顿时，欢快的人群安静下来。堤亚戈就有这样的影响力，但玛德加知道，这是她的错。她从他身边跑开，试图躲来这里，好像她能躲得起来。

她只是在拖延时间，至少弗立安舞曲可以拖延一点儿时间。它长达十五分钟，其间不停地交换舞伴。玛德加从一个彬彬有礼的老兵转到一个半人半马兽，再转到一个戴着龙头面具的高阶动物。每次她从堤亚戈身边旋过，她都发现他的眼睛一刻不离开她。她的下一个舞伴戴着老虎面具。当他握住她的手时……他居然真的握住她的手。他把她的手紧紧地握在他戴着手套的手里。两手轻触，一股暖流传到她的胳膊上。她无须看就知道他是谁。

他还在这里——与堤亚戈距离如此近。太鲁莽了，她想，不由得心惊胆战。过了一会儿，她才镇静下来。她说："老虎面具比马头面具更适合你。"

"我不知道你在说什么，女士，"他答道，"这是我的真面目。"

"当然。"

“如果我是你认为的那个人，他仍然待在这里实在是太蠢了。”

“是的。别人会以为他有求死的愿望。”

“不。”他的语气很严肃，“绝不是那样。是活下去的愿望，为了一种不同的生活。”

一种不同的生活。但愿如此，玛德加想。她自己的生活、选择——或没有选择——已经令她心烦意乱。她让自己的声音听起来很轻快。“你想成为我们中的一员？对不起，我们不接纳皈依者。”

他笑起来：“即使你们接受我，也没有多大作用。我们的命运被绑在一起。相同的战争把我们绑在一起。”

虽然一生都憎恨天使，但玛德加从未想过他们和她过着相同的生活。但天使说得很对。他们都被绑在同样的战争中。他们把整个世界与战争绑在一起。“没有别的生活。”她说，突然紧张起来，因为他们转到堤亚戈站立的地方。

在将军的直视下，她感到难以呼吸，几乎无法再忍受下去。天使觉察到她的紧张，温柔地紧握着她的手，一直到从将军身边转开。一离开将军的视线，她如释重负。

“你得离开这里，”她轻声说，“如果你被发现……”

天使不出声，过了一个节拍后，他才轻声问：“你不是真的要和他结婚吧？”

“我……我不知道。”

他举起她的手，这样她才能在他们抬起的手臂下方转圈，这是舞步的一部分。但她的身高和角阻碍她转圈，他们只能松开手，在她转圈后重新握住。

“你想说什么？”他问，“你爱他吗？”

“爱？”这个问题让她很吃惊。她不禁笑起来。她很快止住笑，不想引起堤亚戈的注意。

“这个问题很可笑吗？”

“不是，”她说，“是的。”爱上堤亚戈？她能吗？或许。你怎么知道这种事情。“可笑的是，你是第一个问我这个问题的人。”

“请原谅，”天使说，“我不知道奇美拉人不是出于爱才结婚。”

玛德加想起她的父母。他们在她的记忆中笼罩在年代久远的铜绿般的光影中，变得很模糊。他们的脸模糊不清——即使她找到他们，她还能认出他们来吗——但她清楚地记得他们相亲相爱，他们好像常常相互拥抱。“我们族人是因爱结合的。”她不再笑，“我父母相爱。”

“那你是爱情的结晶。看起来没错，你是爱播下的种子。”

她以前从没有那样想过自己。但听了他的话后，她觉得她因爱而来到这个世界是件美好的事。她想念父母，想念温暖的家。“你呢，你的父母相爱吗？”

她听到自己问他，令人昏乱的超现实环境把她弄得神志不清。她居然问天使他的父母是否相爱。

“不，”他说，没有再作任何解释，“但我希望我孩子的父母会。”

他再次举起她的手，好让她在他们抬起的手臂下方转圈。她的角又碍着她转圈，他们只好暂时分开。转着圈，玛德加觉得他话中有话。当他们再次面对面时，她为自己辩护，说道：“爱情是奢侈品。”

“不。爱情是种元素。”

一种元素。像用来呼吸的空气，用来站立的土地。他坚定的语气令她全身震颤，但她来不及回答他。他们跳完了他们的舞步。当他把她交给下一个舞伴时，她仍然沉浸在他非同寻常的说法带给她的震撼中。她的舞伴喝醉了，和她跳舞的整个过程一言不发。

她企图寻找天使的身影。和她跳过后，他应该是恩韦拉的舞伴。然而他走了。整个队列找不到戴着老虎面具的人。他自行消失了。她感到他的缺席像是空中被切掉一个空间，一切变得残缺不全。

弗立安舞曲的节奏逐渐慢下来。当它在吉卜赛人小手鼓发出的响亮的叮当声中结束时，好像经过精心安排似的，玛德加被送到了白发狼人的怀中。

54
命中注定

“殿下。”玛德加嗓子发干，她的声音听起来很刺耳，沙哑的声音几乎要把两个字说成一个字。

恩韦拉和齐洛挤在她身后。堤亚戈微笑着，丰润的红唇间露出狼一样的尖牙。他的目光肆无忌惮。他没看她的眼睛，而是向下打量着她，赤裸裸的目光不带一丝含蓄。玛德加的皮肤阵阵发热，但她的心在变冷。她低下头向他行屈膝礼，希望永远不必抬头与他对视。但她必须抬头。终于，她把头抬起来。

“你今晚很美。”堤亚戈说。玛德加根本不必担心与他对视。即使她没有头，他也不会注意到。他一直盯着她穿着深蓝色紧身礼服的身体，她恨不得张开双臂护住胸口。

“谢谢。”她说，拼命压下护住胸口的冲动。为了礼貌起见，她必须回应他一句问候，她简单地说了句：“你也是。”

他觉得很有趣，终于抬起头。“我很美？”

她低下头。“作为一只冬狼，殿下。”她说。她的话令他很高兴。他看起来很放松，样子懒散，眼睑下垂。他十拿九稳地认为，她会答应他的求婚。玛德加明白，他根本没想到要试探她。他觉得此事已是板上钉钉。堤亚戈总能得到他想要的。一贯如此。

他今晚会得到他想要的吗?

新舞曲响起来。他侧着头听。“是波林舞曲。”他说，“女士请。”他伸出手臂给她挽。玛德加站着不动，觉得自己成了他的战利品。

如果她挽他的手臂，是不是表示那事已定，她接纳了他？

但是如果她拒绝的话，就表示公然冷落他，那会羞辱他。没人敢公然羞辱白发狼人。

那是一个跳舞的邀请，感觉却像是陷阱。玛德加呆呆地站了一节拍之久。在那段时间，她看到堤亚戈的眼神变得犀利起来。他身上的懒散消失了，取而代之的是……她不敢肯定。它来不及成形。也许是难以置信。要不是恩韦拉惊恐地尖叫着，把掌心放在玛德加的后腰猛地推她一下，他那难以置信的神情会转化成令人战栗的愤怒。

被人猛然一推，玛德加向前跨了一步。没有别的办法。当她撞到他的胳膊时，她来不及挽住它。他伸出手挽住她的手臂，好像它专属于他，然后陪着她进入舞场。

当然，如同所有人想的那样，走进未来。

他紧紧搂着她的腰，这是跳波林舞的正确姿势。在跳舞时，男舞伴把女伴像祭品一样举向空中。堤亚戈的手差不多把她的细腰全部搂住，爪子贴在她的裸背上。她能感觉到触及她皮肤的每只爪尖。

他们交谈了几句——玛德加一定会问候领主的健康，而堤亚戈一定会回答。但她几乎想不起她说了些什么。她可能是个糖壳，因为她身上撒满了糖粉来参加舞会。

她做了些什么？她刚做了些什么？

她无法假装不知道把她妆扮成这样是她们一时兴起，不知道恩韦拉那轻轻一推的含义。是她让她们把自己打扮成这副模样。她知道她为什么来这里。她可能不承认她知道自己在做什么，但她肯定知道。她让别人来摆布自己。被堤亚戈看中……被人嫉妒令她感到刺激、满足。现在，她为自己的虚荣感到羞愧，为今晚妆扮成这样来到这里，准备扮演一个瑟瑟发抖的新娘，为接纳一个她不爱的男人而感到羞愧。

然而……她还没有接受他的求婚。她想她不会接受的。她内心有了变化。

什么也没有改变，她与自己辩论。爱情是种元素，的确如此。天使来这里，为它冒险！爱情令她震惊，但它改变不了什么。

他现在在哪里？每次堤亚戈把她举起时，她都四处张望，但看不见戴着马头面具或老虎面具的人。她希望他已经安全离开。

到目前为止，堤亚戈似乎很满意他怀里的人。同时，他准是觉察到她心不在焉。在一次托举后让她下来时，他有意让她滑倒，这样他不得不搂着她往怀里拉。惊吓之余，她的翅膀自动张开，像一对鼓满风的三角帆。

“对不起，女士。”堤亚戈说。他小心地把她放下，但仍然搂着她。她觉察他肌肉发达、硬邦邦的胸部碰到她的胸部。这个不正常的情况令她惊慌失措，拼命克制住想从他怀里挣脱出来的欲望。因为真的很想逃跑，所以她很难把翅膀合上。

“这件礼服是不是从影子上裁下来的？”将军问，“我的手几乎感觉不到它的存在。”

玛德加心想，你也没少去“感觉”。

“也许是夜空的倒影，”他说，“从池塘轻轻掠过？”

她意识到他想说些富有诗意、甚至煽情的话。回答时，她小心避开煽情的字眼——像抱怨一块洗不掉的污痕，她说：“是的，殿下。我去泡了一会儿澡，倒影就附在我身上。”

“那它随时可能像水一样滑走。真想知道它下面藏着什么。”

玛德加想，他在向她求爱。她的脸嗖地红了，很高兴面具盖住了她的整个脸，只露出嘴和下巴。她决定撇开她穿什么内衣的话题，说道：“我向您保证，它比看起来结实。”

她没有挑逗他的意图，但他把这话看作是挑逗，把手伸向纤细的丝线——像蜘蛛网的蛛丝一样绕在她脖子上好让礼服不脱落——然后用力一拉。丝线一下被他的爪子勾断。玛德加大惊失色。还好，礼服没有脱落，但是联结礼服的那束纤丝被扯断了。

“也许不那么结实，”堤亚戈说，“别担心，女士，我帮你把礼服拉起来。”

他的手放在她的心脏，即她乳房的上方。玛德加浑身颤抖。她对自己被吓得发抖极为愤怒。她是麒麟部落的玛德加，不是风一吹就倒的温室花朵。“您太好了，殿下，”她答道，退到一边摆脱他的手，“但现在该换舞伴了。我还是自己整理我的礼服吧。”

当被交到下一个新舞伴的手里时，她高兴得不得了。这次，她的舞伴是个像公麋鹿一样强壮的人，动作极为难看，多次踩中她的蹄子。但她几乎没有注意到。

一种不同的生活，她边跳边在心里念叨，一种不同的生活，一种不同的生活。

她思忖着，天使现在在哪里？她心中充满渴望，身上散发出芳香，如同巧克力在她的舌尖上融化。

在她回过神之前，壮如公麋鹿的舞伴已把她交给堤亚戈。他紧紧地抓住她，把她拉进怀里。

“我想你，”他说，“与你相比，其他女人都俗不可耐。”

他对她喃喃低语，说些撩人的情话，但在天使对她说过那番话后，她觉得堤亚戈笨嘴拙舌，说出的情话粗俗刺耳。

堤亚戈两次把她交给新舞伴，没过多久，她又两次转回到堤亚戈身边，一次比一次令她难以忍受，感到自己像是离家出走后被迫返回家中的孩子。

突然，当她被交到下一个舞伴时，她感到戴着皮手套的手紧紧抓住她的手指。她一下轻松起来，轻盈地飘向他。痛苦烟消云散，难堪烟消云散。天使的手环着她的腰，她的脚离开地面，她闭上眼睛，陶醉在这种感觉中。

他把她放下来，但仍然搂着她。“哈罗。”她低声快乐地说。

快乐。

“哈罗。”他回应她，像分享一个秘密。

她微笑地望着他的新面具。他戴了个人脸面具。它的样子非常有趣：两只招风耳，鼻子红彤彤，像酒鬼一样。“另一张面孔。”她说，“你是魔术师，会变出面具来？”

“不需要变魔术。有多少醉鬼就有多少面具可选。”

“这张面具最不适合你。”

“那是你的想法。两年能发生许多事。”

她笑起来，想起他美得惊人的脸，心里涌起想再看看他的脸的念头。

“女士，可以告诉我你的名字吗？”他问。

她告诉了他。他像念咒语一样重复了好几遍，“玛德加，玛德加，玛德加。”

玛德加想，多奇怪呀，这个她不知道名字、戴着面具的男人的出现，竟然给她带来如此这般的快乐。“你的名字？”她问。

“阿吉瓦。”

“阿吉瓦。”她非常高兴地念着他的名字。她名字的意思是音乐，但他的名字听起来像音乐。念着念着，她想要唱出他的名字，探出窗外喊他回家，在黑暗中低声呼唤他。

“你已经决定了，”他说，“接受他的求婚。”

她挑衅地说：“没有，我没有。”

“没有？他看你的样子好像你是他的私有财产。”

“那你肯定在别的地方……”

“你的礼服，”他说，注意到它，“它被撕破了。是他？”玛德加感到一股热气朝她扑来，他的怒气一闪而过，像一股风吹过篝火。

她看见堤亚戈正边和齐洛跳舞，边越过齐洛两只线条清晰的豺耳朵盯着她看。她一直等到阿吉瓦转回她面前，用宽阔的背部护住她的脸时，才回答他：“没什么。我不习惯穿这么薄的衣服。这是别人为我选的。我很想要条披肩。”

他的身体因生气绷得很紧，但他的手仍轻轻地揽着她的腰。他说：“我送你一条披肩。”

她歪着头。“你会编织？对一个士兵来说，那可是罕有的技能。”

“不。”他说。这时，玛德加感到有样如羽毛般轻柔的东西落到她肩上。她没有误以为是阿吉瓦在轻触她，因为他的手正搂着她的腰。她向下看，看见一只灰青色的蛾翅蜂鸟落在身上。它只是许多在头顶上飞舞的蛾翅蜂鸟中的一只，它们被灯笼发出的巨大亮光所吸引。在它们看来，那些光一定像一个世界。当毛茸茸的蛾虫翅膀在她皮肤上呈扇形张开时，细小的鸟身上的羽毛像宝石一样亮闪闪的。很快又飞来一只，这只是淡粉色。又来了一只，还是粉色，翅膀的边上带有斑眼。更多的蛾翅蜂鸟从空中飞来，一瞬间，一大群蛾翅蜂鸟盖住玛德加的胸部和肩膀。

“给你，女士，”阿吉瓦说，“一条有生命的披肩。”

她真是太惊讶了。“怎么——你是魔术师？”

“不是，只是个戏法。”

“是魔法。”

“只用来集合蛾翅蜂鸟，不是很有用的魔法。”

“没有用？你给我变了一条披肩！”她对这个魔法感到敬畏。她从布里斯通那里了解到的魔法平淡无奇。太美了。不仅是它的样子——蛾虫翅膀的颜色各异、深浅不一，而且像小羊羔的耳朵一样柔软；还有他的想法。他用披肩盖住她裸露的肩膀。堤亚戈撕破她的礼服，阿吉瓦为她遮挡。

“它们在挠我，”她笑起来，“噢，不。噢。”

“怎么回事？”

“噢，让它们离开。”她笑得更猛，感到细小的舌头从蛾翅蜂鸟小小的嘴里伸出来。“它们在吃我身上的糖。”

“糖？”

身上痒痒使得她扭动肩膀。“让它们离开。求你了。”

他设法让蛾翅蜂鸟飞走。有几只飞起来，在她的角上绕成一圈，但更多的蜂鸟待在原处不动。“恐怕它们坠入情网了，”他一本正经地说，“它们不想离开你。”他抬起一只手，轻轻地把两只停在她脖子上的蜂鸟从她颈上掸走，它们的翅膀蹭到她下巴了。“我知道它们的感受。”

她的心剧烈地跳动起来。又到阿吉瓦托举她的时候了，虽然肩上仍然披着蜂鸟披肩，他把她举了起来。从人群上方，看见堤亚戈的脸偏向另一边时，她松了一口气。但是，被堤亚戈举起的齐洛看见了她，忍不住多瞥了一眼。

阿吉瓦把玛德加放下来。在她触地之前，他们望着对方，面具对着面具，棕色眼睛对着橙色眸子。一种异样的情感在他们之间悄然涌动。玛德加不知道是不是有魔法，但她身上大多数的蜂鸟都飞了起来，盘旋着离开，好像被一股风带走。她又被放下来，她的脚在轻快移动，她的心在怦怦直跳。她跟不上舞步，但意识到舞曲正接近尾声，她随时会转到堤亚戈那里。

届时，阿吉瓦只好把她交还给将军。

她的身心都在反抗。她没法和将军待在一起。因为想要逃走，她的四肢变轻。她的心急速地跳着，很不规律。仍然附在她身上的蜂鸟像受到惊吓般纷纷飞走。玛德加辨认出了身上显现的种种迹象：做好一切准备，心乱如麻但外表冷静，发动攻击前心里七上八下。

一定会发生点什么事。

月神尼蒂德，她想，你是不是自始至终都知道会发生什么事？

“玛德加？”阿吉瓦问。像蛾翅蜂鸟一样，他也觉察到她身上的变化。当他温暖的手环住她时，她的呼吸加快，身上的肌肤收紧。“怎么了？”

“我要……”她说。她知道自己要什么，感觉到自己被拉向它，呈弧形飞向它，却不知如何表达它。

“什么？你想要什么？”阿吉瓦问，声音轻柔但很急迫。他也要它。他侧着头，面具碰了她的角一下，她不由得意乱情迷。

白发狼人离他们只有一个翼幅。他会看见。如果她想逃走，他会跟上来。阿吉瓦会被逮住。

玛德加想尖叫。

突然，传来烟火的爆炸声。

后来，她回忆阿吉瓦说过老天自有安排的话。机缘巧合，他们注定要相遇、相爱，因为宇宙也是他们的同谋。从烟花响起时开始，事情变得容易起来。

五彩缤纷的焰火在头顶上盛开，形状各异，大小不一。有巨大无比、光芒璀璨的大丽花，有小巧可爱、色彩斑斓的转轮焰火，有亮如新星、明亮耀眼的星星焰火。黑色粉末不停地在空中爆炸，听起来有的像战场上的隆隆炮声，有的像鼓手擂起的咚咚鼓声。跳舞的人们纷纷摘下面具，仰头望着天空，没人再跳波林舞。

玛德加开始行动。她拉着阿吉瓦的手迅速躲进混乱的人群中。她低下身子，快速移动。拥挤的人们似乎自动为他们让出一条通道。他们顺着通道走。它把他们带离人群。

55

悔恨之子

从前，在天使和奇美拉人出现之前，只有太阳和一对月亮姐妹。太阳向光芒四射的月亮尼蒂德求婚，但唤起他欲望的却是羞答答的埃拉。她总是躲在勇敢的姐姐后面。一天，她在海里洗澡时，他突然出现在她面前，抱住她向她求欢。她拼命挣扎，但他是太阳，认为他理应得到想要的东西。埃拉扎了他一刀，设法逃回家。流着血的太阳飞过天空，血像火花一样撒落到地上，变成了天使——火的孽子。像他们父亲一样，他们认为索要、获取、拥有是他们的专利。

埃拉把所发生的事告诉姐姐。尼蒂德悔恨得哭起来，泪水落到地上，变成了奇美拉人——悔恨之子。

当太阳再来找月亮姐妹俩时，谁也不理他。尼蒂德让埃拉躲在她身后，保护她。太阳仍然流着血，他知道埃拉并不像她看起来那样柔弱。他恳求尼蒂德原谅他，但被她拒绝了。直到今天，他仍跟在月亮姐妹俩后面，不断地向她们示爱，但再也得不到她们的爱了。那是对他永久的惩罚。

尼蒂德是泪水、生命、狩猎和战争女神，供奉她的寺庙多得数也数不清。是她让女人怀孕，减缓濒死之人的心率，带领她的孩子们对抗天使。她的光像个小太阳，她把阴暗赶走。

埃拉更诡秘。她是幻影月亮，很少能见到她的踪迹。一年之中，她独占整个天空的时间只有几个晚上。这些夜晚被称为埃拉之夜。每逢这时候，夜黑星稀，最适合做些见不得光的事情。埃拉是暗杀和秘密情人的女神。供奉她的寺庙少之又少，位置也很隐蔽，像洛拉迪城山上安魂树丛中的那座一样。

他们从领主的舞会上偷偷溜走后，那里正是玛德加带阿吉瓦去的地方。

他们在空中飞翔。他仍旧隐起翅膀，不过，那样并不影响他飞行。从陆路无法到达安魂树丛，因为山上有好几个大峡谷。人们有时在峡谷上空搭起简易的绳桥——在埃拉之夜，埃拉女神的狂热崇拜者会乔装打扮到寺庙朝拜她——但今晚那里空无一人。玛德加知道他们可以独占整个寺庙。

今晚属于他们。尼蒂德还高高挂在天上。他们还有很多时间。

“这就是你们的传说？”阿吉瓦问，半信半疑。在来的路上，玛德加给他讲述了太阳和埃拉的故事。“太阳是个强奸犯，天使是他的血变的？”

玛德加开心地说：“你不喜欢的话，和太阳理论去。”

“这个故事真恶心。你们奇美拉人的想象力真是狂野。”

“我们奇美拉人有着狂野的灵感。”

他们到达丛林的上空。从树梢望过去，他们可以看见寺庙的圆顶。透过树枝，闪闪发光的银色马赛克图案隐约可见。

“到了。”玛德加说，放慢速度向下飞去，从树荫下的一个口子钻过去。清爽宜人的夜风、摆脱将军的纠缠、对即将来临的爱情的期待令她全身微微颤抖。与此同时，她心里惴惴不安，不知道晚些时候会发生什么事——冒失地离开舞会带来的后果。不过，当她在树丛里穿行，她的不安被树叶的沙沙声、音乐般悦耳动听的风声以及周围的嘶嘶声所淹没。嘶嘶声是喜欢喝安魂树花蜜的蛇鸟发出来的。在树丛的暗处，它们的眼睛像寺庙顶的马赛克一样闪着银光。

玛德加落到地上，阿吉瓦带着一股暖流也落到她身旁。她面对着他。他们还戴着面具。在来这里的路上，他们可以摘下面具，但他们没有。玛德加一直在想着他们面对面站着的这一刻。她没摘下面具是因为在她的想象中，阿吉瓦先取下她的面具，她再取下他的。

他一定与她想到一块儿去了。他走近她。

真实的世界变得很遥远，烟火的爆炸声像从天边传来，渐渐完全消失。她全身洋溢着甜蜜的幸福，好像她是一根鲁特琴弦，正被人快乐地拨动着。阿吉瓦脱下手套，指尖沿着她的手臂、脖子向上游走，轻轻地触摸她。他把手伸到她的脑后，解下她的面具。一整夜她只能透过面具上的两个小孔看东西，现在她的视线一下子开阔起来。阿吉瓦出现在她的视野中，仍然戴着那张可笑的面具。她听见他轻呼一口气，喃喃地说："太美了。"她伸手取下他脸上的伪装。

"哈罗。"她轻声和他打招呼，像跳波林舞时再见到他一样，心中洋溢着幸福。不过，与现在的幸福相比，那时的幸福如烟花般短暂。他比记忆中的更完美。在布利芬奇，他躺在地上奄奄一息，脸色苍白，目光呆滞，即使那样，他仍然美得惊人。现在，他身强体健，在爱情的滋润下，气宇不凡，英气逼人。他热烈地凝视着她，眼里充满神奇与快乐，满怀希望与期待。他如此富有活力。

因为她，他活了下来。

他低声回应一句"嗨"。

他们凝视着对方。两年后，他们惊奇地凝视着对方，好像他们是用魔咒变出来的虚构人物。

只有触摸才能使这一刻变得真实。

玛德加抬起手。她的手抖得很厉害。但当她把手放在阿吉瓦宽阔结实的胸口时，它不再抖了。热气从他的衬衫涌出来。树丛里的空气多得能让人开怀畅饮，与它翩翩起舞。它像个影子隔在他们中间——当她靠近他时，它消失了。

他搂着她，她向后扬起脸，又说了一声："嗨。"

这次，他轻声回应她时，炽热的气息喷在她的唇上。他们的眼睛仍然张开，仍然因惊奇而睁得大大的。当两人的嘴唇终于碰在一起时，他们才轻轻合上双眼。另一种感觉——抚摸——代替了它，使他们相信这一切是真的。

56

创造新生活

从前，宇宙漆黑一片，一种被称为基博林的巨型怪兽在那里游走。他们喜爱黑暗，因为黑暗能隐藏他们的丑陋。只要别的生物弄点亮光，他们就会扑灭它。每当有星星出现，他们便把它们吞掉。黑暗似乎将永远持续下去。

然而，一群光明战士听说了基博林，从遥远的世界过来与他们作战。光明对抗黑暗的战争持续了很长时间，许多光明战士被杀死。最后，当他们战胜怪兽时，只有一百人活了下来。这一百人成为把光明带给宇宙的星神。

他们造出其他星星，包括我们的太阳。世界不再黑暗，只有无尽的光明。他们仿照自己的模样造出孩子——天使——然后派这些天使把光明带给在宇宙间旋转的其他世界。一切都很顺利。但是，有一天，最后一位名叫赞苏明的巨兽哄骗星神说，世界需要阴影，在阴影的反衬下，光变得更明亮。星神信以为真，造出了阴影。

赞苏明是个魔术师。他只要一点点的黑暗供他使用。他向黑暗注入生命，模仿星神造天使的方法，赞苏明照着自己的样子造出奇美拉人，所以他们很丑陋。从此，天使站在光明这边，为光明而战，奇美拉人则站在黑暗一边，为黑暗而战。他们永远是敌人，直到世界末日。

玛德加困倦地笑起来。“赞苏明？这是一个名字？”

“别问我。他是你的先祖。”

“噢，是的。丑陋大叔赞苏明用一点儿阴影把我造出来。”

“一点儿丑陋的阴影。”阿吉瓦说，“所以你很丑陋。”

她又笑起来，快乐的笑声懒散而响亮。“我一直不知道我为什么丑陋。现在我知道了。我的角是遗传我父亲的，我的丑陋是来自身躯庞大、非常邪恶的叔叔的。”阿吉瓦用脸蹭着她的脖子，她停了一下，补充说：“我更喜欢我的故事。我更愿意我是用泪水而不是黑暗造出来的。”

“两个故事都很沉闷。”阿吉瓦说。

“我知道。我们需要一个更开心的神话。我们来编一个吧。”

埃拉寺庙旁有条小溪在涓涓流淌，他们的衣服摊在寺庙后面长有青苔的溪岸上。现在他们躺在衣服上面，身体缠绕在一起。月亮姐妹已不见踪影。蛇鸟在沉沉入睡，因为安魂树花已合上白色的花蕊。不久，玛德加就要离开了，但他们尽量撇开这件事，不去想它，好像他们能推迟黎明的到来。

“从前……”阿吉瓦说，话未说完，嘴唇便移到玛德加的脖子上，“唔唔，糖。我还以为我全吃完了。现在我得四处再查看一遍。”

玛德加扭动身躯，娇笑起来：“不，不要。好痒。”

但阿吉瓦的嘴唇已蹭到她的脖子上，他的吻与其说令她发痒，倒不如说使她兴奋。她很快停止抗议。

过了好一会儿，他们才重新回过神来编他们的新神话。

“从前，”玛德加喃喃地说，她的脸贴在阿吉瓦胸前，头上左角的弯靠在阿吉瓦的脸侧，他额头一偏就能触到它，“有个完美的世界，里面有各种各样的鸟儿、带斑纹的生物、蜂蜜百合、星星、黄鼠狼等等可爱的生物……”

“黄鼠狼？”

“嘘。这个世界已经有光和阴影，所以不需要暴戾的星星给它光明。它也不需要流血的太阳或哭泣的月亮。最为重要的是，它对战争——一种可怕、破坏极强、没有哪个世界需要的东西——一无所知。这个世界有大地、水、空气和火四种元素，但缺少一种元素——爱。”

阿吉瓦闭上眼睛，微笑着听她讲故事，抚摸着她短如绒毛的头发、头上高高的角。

“这个天堂般的世界像一个里面没有珠宝的珠宝盒。它沐浴在玫瑰色的朝阳中，聆听各种生物的美妙叫声，闻着扑鼻而来的种种花香。就这样，它过了一天又一天，等待情人们找到它，用他们的幸福把它填满。”她停顿片刻，“讲完了。”

“就完了？”阿吉瓦睁开眼睛，“讲完了，什么意思？”

她的脸在他的胸口蹭来蹭去，说：“故事还没有结束。世界仍在等待。”

他伤感地说：“你知道如何找到它吗？我们在太阳升起之前离开吧。”

太阳。她的双唇正沿着阿吉瓦肩部的一条新伤痕——在布利芬奇他们第一次见面时留下来的——一路吻上去，听他这么一说，她立刻停下来。她想，她本可以让他躺在那里流血而死，或更糟，杀了他。然而，冥冥之中自有定数，某种东西阻止她那么做，所以他们现在才能在这里。想到要起身，穿衣，离开，她就心如刀割。

此外，还有恐惧。她不知道她的失踪在洛拉迪会引起什么轩然大波。想起气急败坏的堤亚戈，原本快乐的心情一扫而光。她尽量把它撇到一边，但她无法让太阳晚一点儿升起。她悲伤地说：“我得走了。”

阿吉瓦说：“我知道。”她从他肩上抬起脸，看见他的伤悲与她的伤悲不相上下。他没有问，“我们怎么办？”她也没有问。以后他们会谈起那个话题。但在第一个晚上，他们不愿谈论未来，虽然他们做爱，裸身相对，但还不能完全却除羞涩感。

玛德加握住戴在脖子上的小饰物。“知道这是什么吗？”她问他，解开绳子。

"一根骨头？"

"嗯，是的。它是许愿骨。你把手指勾住它的一边，像这样。我们各自许个愿，然后用力一拉。谁手上那一块大，谁的愿望就能实现。"

"魔法？"阿吉瓦问，坐起身子，"哪种鸟身上的骨头会变魔法？"

"噢，它不是魔法。许下的愿望不一定会实现。"

"那干吗要许愿？"

她耸耸肩。"希望？希望是一股强大的力量。也许它里面没有真正的魔法，但当你心里有了梦想，把它像一束光一样藏在心中，你可以让梦想实现。几乎像魔法一样。"

"你的梦想是什么？"

"不许说出来，和我一起许愿。"

她把许愿骨竖起来。

她用绳子把许愿骨穿起来的原因一半是心血来潮，一半是为了藐视布里斯通。那年她十四岁，给布里斯通当了四年小听差，同时她也参加军事训练，觉得自己浑身充满力量。一天下午，她走进商店，看见特维加从模具中取下新造出来的勒克瑙，她好说歹说，从他那里要了一个。

布里斯通还没有给她讲过有关魔法的来由以及痛苦税，她仍然把许愿当成好玩的事。当他拒绝给她的勒克瑙施魔法时——他一向如此，除了卡皮外——她居然躲在角落里大哭一场。她现在想不起为什么那个勒克瑙对她这么重要，但她清楚记得阿萨从晚上吃剩的菜里抽出一根骨头——令人讨厌的红烧松鸡肉——然后给她讲与许愿骨有关的人类传说来安慰她。

阿萨有许许多多的人类故事。正是因为听了阿萨的故事，玛德加对人类和他们的世界着了迷。为了挑战布里斯通，她赌气拿走骨头，假装对着它许愿。

"就那东西？"布里斯通问。他听说她为了一件小事大发脾气。"你把一个许愿币浪费在那东西上？"

她和阿萨正要拉断许愿骨，此时停了下来。

“玛德加，你不傻，”布里斯通说，“如果你希望得到什么，就努力去争取。希望就是力量。别把它浪费在蠢事上。”

“好，”她说，把许愿骨握在手里，“我会留着它直到我的希望达到你的高要求。”她用绳子把许愿骨系起来。有好几个星期，她坚持大声许下一些可笑的愿望，假装在琢磨它们。

“我希望我的脚能像蝴蝶一样津津有味地去品尝东西。”

“我希望蝎子鼠会说话。我打赌它们知道最轰动的流言蜚语。”

“我希望我的头发变成蓝色的。”

但她再没有拉断许愿骨。一件孩童时赌气做的事慢慢有了新含义。日子一天天过去，她留着许愿骨的时间越长，它似乎显得越重要，好像当她真的拉断它时，愿望——更准确地说，希望便能成真。

与阿吉瓦一起在安魂树丛过夜的那个晚上，它终于被拉断了。

她在心里许了个愿，看着他，用力一拉。骨头从中间被分开。当他们把手中的许愿骨进行比对时，发现两块的大小完全一样。

“噢，我不知道这什么意思。也许指我们两人都实现了愿望。”

“也许指我们许下了相同的愿望。”

玛德加喜欢这个说法。她的愿望第一次变得如此简单清晰、情意绵绵：希望再见到他。与他分离的唯一方式是相信她能再见到他。

他们从压得皱巴巴的衣服上起来。玛德加不得不蠕动着身体钻进晚礼服里，像蛇钻回蜕下的皮里。寺庙里有眼圣泉，他们走进去，喝了几口圣泉水。她用水拍了拍脸，然后拜了拜保护他们秘密的埃拉，发誓下次再来时会带些蜡烛过来。

她当然会再回来。

分别像是一出夸张至极的舞台剧。在这一刻发生之前，她不相信分别——飞走，把阿吉瓦留在那里——竟会如此艰难。她不断飞走又飞回来，与他依依不舍地吻别。因为不习惯接那么多的吻，她觉得嘴唇肿胀发麻，相当显眼，一副充满情欲的样子。她想象自己红红的嘴唇清楚地表明她是如何度过那个晚上。

她终于飞走了，手上握着面具上的一根丝带，面具像一只鸟儿在她身旁翻飞。她向洛拉迪飞去时，天渐渐亮了起来。城市静悄悄的，空气中弥漫着烟花的残屑，充斥着刺鼻的呛味。她通过秘密通道走进地下大教堂。布里斯通用魔法把通道的所有门都锁了起来，但她可以用声音打开它们。门口没有守卫，没人看见她走进去。

这很容易。

第一天，她心神不宁，小心谨慎，不知道在她失踪期间发生了什么事，或者有什么样的惩罚在等待着她。然而，冥冥之中自有天意。那天早上，一个侦察兵从米雷亚海岸赶到洛拉迪，带来六翼天使的大型帆船在海上活动的消息。于是，堤亚戈立刻动身前往那里，玛德加前脚刚到城里，他后脚就离开了洛拉迪。

齐洛问她上哪儿了，她含糊其辞地应付过去。从那以后，她姐姐对她的态度有了变化。玛德加发现齐洛带着一种奇怪、平淡的表情注视着她。被她发现后，齐洛马上转身，装着忙于做事，好像她根本没有在注视她。玛德加与姐姐见面的次数也少了很多，一方面她沉醉在自己的秘密新世界里，另一方面布里斯通正好需要她帮忙，她被免除了其他的事务，虽然那些事务并不太多。她的营队没有因为天使部队出现而被调离洛拉迪。真可笑，她想，她得感谢堤亚戈。他一直让她远离任何潜在的危险，这样在他和她结婚之前，她能保持“纯洁”。在他匆匆离开之前，他准是没有时间取消保护她的命令。

就这样，玛德加白天和布里斯通待在商店和大教堂里，串牙齿、造躯体，晚上则尽可能陪着阿吉瓦。

除了给埃拉带了些蜡烛、脆果、月亮最喜欢的香料外，她还偷偷拿些适合情人们吃的食物：蜜制的糖果、浆果、各种烤熟的鸟，让饥肠辘辘的他们大饱口福。每次吃完烤鸟后，他们总不忘从鸟胸上取下许愿骨。她把酒装在细长的瓶子里，把酒和石英小杯偷偷带过来。喝完酒后，他们用圣泉水把杯子洗净，藏在寺庙祭坛里以备下次再用。

每次分别，他们都在许愿骨上许愿，希望下一次再见面。

当玛德加静静地坐着和布里斯通一起工作时，她常想他知道她的秘密。他那双金绿色的眼睛会盯着她看，她觉得自己被他看穿，心事暴露无遗。于是她告诫自己不能再这样继续下去，这种事太疯狂，她得结束它。有一次，她事先还准备好飞到安魂树丛后要对阿吉瓦说的话。可是她一见到他，想说的话便忘得一干二净。她毫不犹豫地坠入幸福之中，坠入那个被他们看作是新编的神话故事中的世界——等待情人们用幸福去填满它的天堂。

他们的确用幸福填满了它。在他们偷偷摸摸在一起长达一个月的夜晚，以及玛德加偶尔偷溜出来的几个下午，他们用翅膀筑起一个幸福的小天地。虽然他们知道这个小天地只是一个躲避点，但它有着不同的含义。

头几个晚上，带着情人们想了解一切的急切心情，他们急切地探索着对方的身体——说着炽热的情话，热烈地拥吻，轻柔地抚摸，低声地呻吟，快乐地合为一体，细细回味幸福的时刻。当所有的羞涩褪去，他们不得不承认：现实是存在的，他们不能装作它不存在。他们都知道这不是他们要过的生活，对阿吉瓦来说更是这样。除了玛德加外，他不能见任何人，白天像蛇鸟一样睡觉，渴望夜晚的到来。

阿吉瓦坦承他是皇帝的私生子，是为杀戮而生的众多私生子中的一员。他向她讲述卫兵来后宫把他从母亲身边抓走的那天所发生的事：她母亲是怎样转过身，让他们为所欲为，好像他根本不是她的孩子，只是她不得不缴纳的痛苦税；他是多么憎恨他的父亲，因为他生孩子是为了让他们去送死。有好几次她注意到他谴责自己成为私生子中的一员。

玛德加轻抚他手关节上凸起的疤痕，想象着每条纹线所代表的奇美拉人。她不知道他们中有多少人的灵魂被采集回来，又有多少人的灵魂被丢失。

她没有告诉阿吉瓦有关复活的秘密。当他问起她手上为什么没有眼睛文身时，她撒了个谎。她不能告诉他亡魂的事。那件事太重要、太恐怖，整个奇美拉人的命运都悬在上面。她不能和他分享这个秘密，更不能为了减轻他的负罪感把这个秘密告诉他。她亲吻着他手上的纹线，对他说："我们在战争阴影中长大，但有别的生活方式。我们会找到它们。我们会创造新的生活方式。这是开始。在这里。"她摩挲着他的胸膛，对促使血液流通的心脏、平滑的肌肤、身上的疤痕和他流露出的与士兵不相称的柔情生出深深的爱。她拿起他的手，放到她的胸口说："我们是开始。"

他们相信他们能这么做。

阿吉瓦告诉她，自从布利芬奇战役后他再也没有杀过一个奇美拉人。

"真的？"她问，不敢相信。

"你让我明白一个人可以选择不去杀人。"

玛德加看着自己的手，承认："可我从那天起杀了不少天使。"阿吉瓦抬起她的下巴，让她直视着他。

"可是你救了我，改变了我。因为你救了我，我们才能在这里。在那之前，你想过这种事情可能发生吗？"

她摇摇头。

"你不认为其他人也会被改变？"

"一些，"她说，想起她的战友、朋友、白发狼人，"不是所有人。"

"一些，然后再多一些。"

一些，然后再多一些。玛德加点点头。他们一起幻想另一种生活，不光为他们自己，也为所有种族的人。在他们躲藏，做爱，梦想的那个月里，他们相信那一切也是注定的：他们被某种威力强大的神秘人物选中。这个人物是尼蒂德、星神还是别的什么，他们不知道。只知道他们心中充溢着强大的愿望，要给世界带来和平。

现在，当他们拉开许愿骨时，他们许下的正是这个愿望。他们知道他们不可能永远躲在安魂树丛里做白日梦。还有许多事情等着他们去做，他们只是开始把这种愿望变为现实。带着这种激情，他们希望可以制造奇迹，开始做些事，如果他们没有被出卖的话。

57
亡魂

“阿吉瓦。”回归自我的卡鲁低声叫着他的名字。

他们拉开许愿骨仅过了几秒钟而已，但是，在这短短的几秒钟内，她想起了一切。十七年前，玛德加死了。在那之后她过着另一种生活，但那是她的生活。她是卡鲁，她是玛德加。她既是人类，也是奇美拉人。

她是亡魂。

她的记忆在快速恢复之中，两种意识——实际上只有一种——交错在她的脑海里来回闪现。

她看着手上的汉萨斯，知道布里斯通做了些什么事。他藐视堤亚戈让她灵魂消亡的判决，他想办法采集到她的灵魂。因为她不可能在自己的世界里复活，他秘密地让她在这个世界复活。他是如何从灵魂中提取出她的记忆？他把她作为玛德加的生活记忆全部提走，放进许愿骨里，并一直为她保存着。

她想起最后一次见到伊兹尔时，他给了她一些乳牙，她拒绝收下。“曾有一次，”伊兹尔说，当时她并不相信他，“曾有一次他要了些乳牙。”

现在她相信他说得没错。

亡魂是专为战争制造出来的，布里斯通用各种恒牙变出来的躯壳是一具具成熟的躯壳。然而布里斯通把她变成一个婴儿，一个人，给她取名为希望，给她一个完整的生活，远离战争与死亡。想到这里，甜蜜、深沉、深情的爱涌上她的心头。他给了她一个童年、一个世界。他给了她希望，让她学习艺术。阿萨、亚西里和特维加知道这件事，帮助他把她隐藏起来。他们爱她。她很快就会再见到他们。这回她不会往后站，离布里斯通远远的，她要搂住他，对他说："谢谢你。"

她抬起头——又一个惊喜等待着她——阿吉瓦正站在她的面前。他仍站在床脚边。几分钟前，他俩仰面倒在床上，他整个人压在她身上。卡鲁突然明白，她当时如此快乐是因为她曾在另一个身体、另一种生活中与他分享过那些快乐。她两次爱上他。如今，她用双倍的爱去爱他。她的爱如此浓烈，几乎让她难以忍受。她泪眼婆娑地看着他。

"你逃出去了，"她说，"你活了下来。"

她从床上一跃而起，扑向他，靠在他身上，感受着她熟悉的身躯以及它散发出的温暖。

迟疑了一下，他伸手紧紧搂住她，没有说话，只是紧紧地搂着她，来回地晃动着。她感到他在发抖，在哭泣，他的双唇紧紧贴在她头上。

"你逃出来了，"她重复了一遍，又哭又笑，"你还活着。"

"我还活着，"他哽咽地说，"你还活着。我一直不知道。这些年来我从未想——"

"我们都活着。"卡鲁惊诧万分。她惊喜交加，觉得他们的神话变成了现实。他们有了一个世界，他们都在其中。布里斯通给了她这个世界，她的半个家在这里；另外的半个家在等着她，在空中穿过一个入口就到了。他们能拥有两个世界吗?

"我看着你死去，"阿吉瓦无助地说，"卡鲁……玛德加……我的爱人。"他的眼睛、表情看上去和十七年前被迫跪着看她受刑时一样。他又说了一遍："我看着你死去。"

"我知道。"她温柔地吻着他，想起他那令人肝胆俱裂的尖叫声，"我全都想起来了。"

他的确如此。

刽子手是个怪兽，扎着头巾。白发狼人和领主从阳台上观看，挤得水泄不通的人群疯狂地跺着脚，吼声震天，露出极强的杀戮欲。他们全是些怪兽，尽情地嘲笑阿吉瓦自从布利芬奇战役以来精心培育的和平之梦。因为他们之中有一个人触动了他的心扉，他便以为他们所有人都配拥有那个梦想。

她戴着镣铐站在那里——那个人，他的爱人——她的双翅被反剪，被压得变了形。不真实的梦消失了。这就是他们对待自己族人的方式。美丽的玛德加，现在比以往更优雅。

他无助地看着她跪下来，心中充满恐惧。她把头搁在断头台上。不可能，阿吉瓦的心在呐喊。这种事情不可能发生。暗中支持他们的神秘人物……它现在在哪里？玛德加的脖子伸得长长的，看上去非常柔弱；光滑的脸颊贴着炽热的黑色岩石，大刀被高高举起，准备落下。

他的尖叫声如同某件东西。它揪住他的五脏六腑，把它们拽出他的体外。它猛地撕扯着它们。他在召唤痛苦，试图施展他的魔法，但他太虚弱。白发狼人留意到这件事：即使是现在，阿吉瓦两侧也站着亡魂卫士，他们的汉萨斯对准他，接连不断地发出令他虚弱无力的魔力。但他仍在努力。声波穿过人群，令他们脚下的大地在颤动。断头台被震得晃来晃去，刽子手不得不向前跨出一步稳住身子，但他声音的威力太小，起不了多大作用。

撕心裂肺的尖叫令他双眼充血。但他还在尖叫，在努力。

刀光一闪，落了下来。阿吉瓦扑倒在平台上。他的心被撕碎，变得空荡荡的。爱情、和平、奇迹，没有了；希望、人性，没有了。

剩下的只有复仇。

巨大的刀刃闪闪发亮，像下落的月亮。

刀落了下来，她犹如被人咬了一口，身首分离。

她意识到肉体离她而去。

她仍然还在。她存在但没有身体。

从尸体上方这个有利的新位置，一切一览无余。她没法不看。眼睛是身体的器官，它们可以有选择地睁开和闭上。她现在没有这个能力。没有肉体把她与周围的空气隔开，她看到了一切，但视线模糊不清。她一下子看到四面八方，好像她变成了一只眼睛，但她看得并不清楚。集市、令人憎恨的人群。正对着她的平台，阿吉瓦双膝跪着，扑倒在平台上，悲痛欲绝。他的尖叫声仍在她周围回响。

在她下面，她看见自己的尸体。它侧向一边，倒在那里。它的生命结束了。玛德加觉得被它拴住——她意料之中的事。她知道灵魂会和尸体待上好几天才慢慢消失。那些在灵魂快要消失时被收回来的亡魂说，他们感觉有一股潮水要把他们带走。

堤亚戈下令把她的尸体丢在断头台上，并留下卫兵看守，不许任何人采集她的灵魂。她很遗憾自己的尸体落得如此下场。尽管布里斯通称躯体为“皮囊”，她很爱承载她生命的这副皮囊，希望它能有个体面的结局。不过，她对此无能为力。不管怎样，她不打算在这里看着它腐烂。她还有别的计划。

她不敢肯定她的计划能行得通。除了一个提示外，她没有任何依据可循，但她用所有的意志、所有的渴望和情感紧紧缠绕着它。她和阿吉瓦所有的梦想现在受挫，她要把梦想转为最后一个行动：她要救出阿吉瓦。

为了达到那个目的，她需要一个躯壳。她选中了一个。这个躯壳相当不错，是她自己亲手制作出来的。

制作它时，她还用上了钻石。

58

胜利归来，报仇雪恨

“你是怎么了，疯子？”

一个星期前，玛德加和齐洛躺在军营的床上。天刚亮，她和阿吉瓦缠绵一夜，半小时前才爬上她的床。“你什么意思？”

“你有没有睡觉？你昨晚去哪了？”

“工作。”她说。

“整夜？”

“是的，整夜。我可能在店里睡了几个小时。”她打着哈欠。她觉得自己的谎话不会穿帮。因为除了布里斯通等有关的人外，没有谁了解西塔楼里发生的事，或知道她进出的秘密通道。没错，她是小睡了一会儿——但不是在商店里。她偎在阿吉瓦胸前打了一会儿盹，醒来时发现他正注视着她。

“怎么了？”她羞赧地问。

“做美梦了？你睡着时一直在笑。”

“当然了，我很幸福。”

她想，那就是齐洛问“你是怎么了”的真正意思。玛德加有种再生的感觉。她根本想象不出会如此幸福。虽然她早年痛失双亲、时时生活在战争的阴影之下，但大数时候她觉得自己过得还算幸福。如果你努力去寻找，生活中总有值得高兴的事。可是这次不同，幸福关也关不住，她有时感到幸福像光一样从身上溢出来。

幸福。幸福是心慌意乱、心如捣鼓；幸福是炙热拥吻、全身战栗；幸福是返回故里、安然无忧、舒适惬意。她明亮的眸子闪着幸福之光，仿佛吞下了一颗星星。

与她无血缘关系的姐姐静静地审视着她。突然城里传来号角声，她姐姐跑到窗前张望，玛德加也走到她身边朝外望去。她们的营房位于军械库的后面，所以她们只能看见在集市另一端的宫殿正面。领主的旗帜——一块表明他驻在宫中的丝制大旗——高高挂在那里。旗上绣有他的纹章——鹿角长出代表新生力量的嫩叶。就在这时，在它的旁边，另一面旗帜被展开。这面旗上绣着一头白狼，虽然旗子离得太远，她们看不清上面的字，但她俩都知道它的座右铭。

胜利归来，报仇雪恨。

堤亚戈回到了洛拉迪。

齐洛的手在发抖，她不得不把手按在窗台上。玛德加看见她姐姐兴奋不已，而她拼命压下心里涌上来的恐惧。她把堤亚戈出征，不在城里看作是一个征兆——非常巧合地造就她幸福的征兆。如果他的离去是个征兆，那他的回来又代表着什么？一见到他的旗帜，她犹如被人迎面泼了一盆冰水。它无法浇灭她的幸福，但让她想抱住幸福，保护它。

她打了个寒战。

齐洛看见了：“怎么回事？你怕他吗？”

“不是怕，”玛德加说，“只是担心，因为我冒犯了他，消失得无影无踪。”她编的故事是她喝了太多香草酒，紧张得要命，于是躲在地下大教堂里，后来不知不觉睡着了。她审视姐姐的表情，问道：“他会……很生气吗？”

“没人喜欢被拒绝。”

她把这句话当成肯定的回答：“你觉得事情了结了吗？他不再生我的气了？”

“可以肯定的是，”齐洛油腔滑调地说，像在打趣她——她当然是——但双眼闪闪发亮。“你可以死，”她说，“复活后丑陋不堪。那样他就会放过你。”

那时她本该知道，至少要当心。但她生性不是多疑的人。她对齐洛的信任导致了她的死亡。

59

重塑世界

“我救不了你。”布里斯通说。

玛德加抬起头。她坐在空无一物的牢房一角。她并不指望得救：“我知道。”

他走近铁栏。她直起身，抬起下巴，面无表情。他会像其他人那样鄙视她吗？他不必那样。其他人的侮辱叫骂伤害不了她，但是他失望的表情就足以令她心如刀绞。

“他们有没有折磨你？”

“他们用不着，折磨他就等于折磨我。”

对阿吉瓦的严刑拷打比她想象的还要残酷得多。不管他们把他关在哪里，他痛苦的惨叫声在她听来都近在咫尺。他的叫声没有规律，变化不定，她不知道下一声惨叫什么时候会传过来，所以这几天她一直生活在恐惧之中。

布里斯通端详着她：“你爱他。”

她只能点点头。到目前为止，她表现得很好，外表坚强，坚贞不屈，不让他们看到她的内心已经崩溃，好像她的灵魂已经开始幻灭。但是，在布里斯通的审视下，她的下唇开始颤抖。她用指关节抵住它，竭力使它平静下来。他没有出声。过了一会儿，觉得心情平静一些，她说：“对不起。”

“为了什么，孩子？”

他在讽刺她吗？他那张绵羊脸的表情一向难以读懂。基什栖息在他的角上，小家伙模仿主人的姿势，歪着头，耸着肩。布里斯通问：“你后悔爱上他？”

“不，不为那事。”

“那为何事？”

她不知道他想要她说什么。过去他要求她尽可能简单地说出实情。什么是实情？她后悔、遗憾什么？

“遗憾被抓住，”她说，“还有……遗憾让你蒙羞。”

“我该感到羞愧？”

她吃惊地望着他。她不相信布里斯通会嘲笑她。她以为他不会来看她，以为最后一次见到他会是他站在宫殿阳台上，和其他人一样，等着看她受刑。

他说：“说说你犯了什么法？”

“你知道我犯了什么法。”

“说吧。”

尽管嘲笑好了。玛德加只能屈服。她像背书一样说道：“严重的叛国罪。与敌人勾结。给不朽的奇美拉人以及我们为之奋斗一千年的事业造成极大的危害。”

他打断她：“我清楚你的判决。用你自己的话说。”

她吞了一口唾沫，努力猜测他想知道什么，她支支吾吾地说：“我……我恋爱了。我——”她窘迫地看了他一眼。迄今为止，她从未把秘密透露给任何人。“这件事始于布利芬奇战役。战斗结束了。在战斗结束后，采集灵魂时，我发现他奄奄一息，就救了他。我不知道为什么，感到那是唯一能做的事。后来……后来，我想那是因为我们今生注定要做点事。”她的声音小了下来，脸上飞起红霞。她小声地说：“为了和平。”

“和平。”布里斯通重复了一遍。

就她目前的处境而言，相信他们的爱情带有某种神圣的目的是多么孩子气。然而，它是如此的美丽。她与阿吉瓦分享的东西绝不能用羞耻这个词来形容。玛德加提高声音说："我们一起梦想世界得以重塑。"

接下来是一阵长长的沉默。布里斯通只是看着她，要不是她小时候喜欢以目光压倒他，她会觉得难以忍受。即使是这样，在他开口前，他的目光仍让她难以招架。"为了那个原因，"他说，"我应该为你感到羞愧？"

玛德加身体僵住了，觉得全身血液停止流动。她不祈望……她不敢。他是什么意思？他会多说一些吗？

他发出沉重的叹息："我救不了你。"

"我……我知道。"

"亚西里让我把这些带给你。"他把一个布包塞进铁栏，玛德加接过来。布包暖暖的，散发出香味。她打开它，看到里面有些羊角糕。亚西里这些年来一直做羊角糕给她吃，却没能把她养胖。泪水一下子涌上她的眼眶。

她轻轻把它放到一边。"我吃不下，"她说，"不过……告诉她我吃了。"

"我会的。"

"还有……阿萨和特维加。"她喉咙感到一阵酸楚，"告诉他们……"她不得不再次用指关节抵住嘴唇。她几乎没法合拢双唇。为什么布里斯通的到来让她变得软弱？在他出现之前，愤怒使她变得强悍。

他说："他们知道，孩子。他们已经知道。他们也没有为你感到羞愧。"

他尽可能靠近她，这很好。玛德加突然大哭起来。她靠在铁栏上，低着头，不断抽泣。她感到他的手放在她的脖子上，她哭得更厉害了。

他陪着她。她知道除了布里斯通——救过领主的命——无人敢违抗堤亚戈不许任何人来看望她的命令。他有权力，但他无法推翻对她的判决。她犯下滔天大罪，罪行昭然若揭。

哭过之后，她觉得心空荡荡的，同时……感到好受一些，好像原先积聚在体内的泪水里的盐分一直分泌毒素毒害着她，哭出来后，她变得洁净了。她靠在铁栏上。布里斯通蹲在另一边。基什开始有规律地唧唧叫起来，玛德加知道它在发出请求。于是，她掰点亚西里做的羊角糕喂它。

“牢房野餐。”她说，努力挤出点笑容。但笑容陡然消失了。

他俩同时听到阿吉瓦凄厉的叫声。玛德加弯下腰，脸伏在膝上，手捂住耳朵，蜷缩在黑暗之中，不能言语，拒绝去听。但没有用，撕心裂肺的叫声钻入她的骨髓。叫声停止后，它的回音还在她体内回荡。

“谁先？”她问布里斯通。

他明白她的意思。“你。天使旁观。”

很奇怪，她仿佛得到解脱。她说：“我以为他会采取相反的做法，让他先上，我在一旁观看。”

“我想，”布里斯通迟疑了一下，“他还不想……了结他。”

玛德加低吟一声。多久？堤亚戈还要折磨他多久？

她问布里斯通：“还记得许愿骨的事吗？”

“记得。”

“我后来对着它许了个愿，或是……一个希望，因为它里面没有真正的魔法。”

“孩子，希望是真正的魔法。”

她脑海闪过一幕幕情景：阿吉瓦脸上露出阳光般的笑容；阿吉瓦被击倒在地，他的血流入圣泉中。卫兵把他们押走时，寺庙陷入一片火海。安魂树也开始着火，那里的蛇鸟全被烧死。她把手伸进口袋，掏出最后一次带到树丛来的许愿骨。它完好无损。他们再也没有机会拉开它。

她把它塞给布里斯通。“给你。拿去，踩上几脚，把它扔掉。没有希望了。”

“要是相信没有希望，”布里斯通说，“我就不会来这里。”

这话是什么意思？

“孩子，我除了日复一日与潮水作战，还能做什么？一浪高过一浪的潮水冲击海岸，每一浪都把沙子拖得更远。我们赢不了，玛德加。我们不可能打败六翼天使。”

“什么？可是——”

“我们赢不了这场战争。我一向清楚这点。他们太强大。我们能抵挡这么长时间是因为我们烧掉了图书馆。”

“图书馆？”

“特赖亚的图书馆。它是天使祭司的档案馆。那些笨蛋把所有的文本放在一个地方。他们不留副本，唯恐法力旁落。他们不想让新贵挑战他们，所以他们把所有的知识贮藏起来。此外，他们只收他们能掌控的学徒，并时刻把他们带在身边。那是他们犯下的第一个错误：把所有的知识放在一个地方。”

玛德加全神贯注地听。布里斯通在告诉她一些事。历史、秘密。她害怕他中断谈话，赶紧问他：“他们下一个错误是什么？”

“忘记害怕我们。”他沉默了一会儿。基什在他角上跳来跳去。“从他们奴役我们的方式来判断，他们认为我们是低级动物。”

“奴隶。”她小声说，脑子里似乎听到阿萨的声音。

“我们是痛苦奴隶。我们是他们力量的来源。”

“被百般折磨。”

“他们告诉自己我们是愚蠢的怪兽，好像那样才符合常理。他们把五千只怪兽关在坑洞里，不是所有的怪兽都蠢笨。但他们相信自己的说法。他们不怕我们，那就好办多了。”

“什么好办多了？”

“摧毁他们。有一半守卫甚至听不懂我们的语言。他们很乐意相信我们在极度痛苦中发出的只是低吼和咆哮。他们是笨蛋。我们杀了他们，烧毁了一切。没有魔法，天使失去了强势。这些年来，他们还没有从那次打击中恢复过来。但是，即使没有图书馆，他们也会恢复失去的魔法。你的天使爱人就是一个证明，他们正在恢复他们所失去的魔法。”

“可是……不。阿吉瓦的魔法，它不是那样——”她想起他为她变出的活披肩，“他绝不会把它当武器用。他只要和平。”

“魔法不是和平的工具。它的代价太高。我之所以能不断使用魔法、让人死而复生，是因为相信我们能活到……世界被重塑的那一天。”

他引用了她的话。

他清了清嗓子，声音听起来像石子在搅动。有没有可能，他在告诉她……

他说：“孩子，我也梦想和平。”

“魔法救不了我们。大规模变魔法所需的能量——从疼痛中提取的能量——会毁了我们。唯一的希望……是希望。”他仍握着许愿骨，“你无须任何替代物。它不在别的地方，它在你心中。孩子，在你的心里。它比我所见过的所有希望都强大。”他把许愿骨放进胸前口袋里，由狮式蹲姿改为站姿，然后转身走开。“不要走。”玛德加在心里叫喊，以为他会丢下她不管。

他只是走到另一面墙的小窗前，向外远眺。“是齐洛。”他说，突然转变了话题。

玛德加知道。

有翅膀的齐洛暗中跟踪她，躲在树丛中，看到了一切。

齐洛，成了堤亚戈的哈巴狗，为了他在她头上轻拍一下的奖励而背叛妹妹。

“堤亚戈答应给她一副人类躯壳，”布里斯通说，“似乎他会信守诺言。”

玛德加想，愚蠢的齐洛。如果那就是她的希望，她选错了盟友。“你不会答应他的要求吧？”

布里斯通的眼神阴森森的，他说：“她最好不再需要另一具躯体。我有一串海鳗牙。我以为我不会用到它。”

海鳗？玛德加搞不懂他是否当真。有可能。她几乎为姐姐感到遗憾。几乎。“我居然在她身上浪费了钻石。”

“你是真心对她，虽然她没有真心对你。孩子，永远不要懊悔你的善意。面对邪恶，保持真诚是力量的源泉。”

“力量？”她笑了笑，“我给她力量。瞧她用它来干什么。”

他嗤了一声。“齐洛并不强大。她的躯体能用钻石变出来，但她的灵魂是个软体，湿答答的，萎缩成一团。”

这个形象可不怎么可爱，不过他描述得相当传神。

布里斯通补充了一句：“而且很容易被撇到一边。”

玛德加歪着头：“什么？”

走廊外有声音。有人来了？时间到了吗？布里斯通面对着她。“亡魂烟，”他直截了当地说，“你知道它里面有什么吗？”

她很吃惊。他为什么提到烟雾？她死后不会有烟雾引导她的灵魂。他目不转睛地盯着她。她点点头。她当然知道。熏香是用海芋、甘菊、迷迭香加上带硫黄味的松香制作而成。

“你知道它的工作原理吗？”

“它是灵魂前往采集器、香炉或躯壳的通道。”

“它是魔法吗？”

玛德加犹豫了一下。她经常帮助特维加制作熏香。“不是，”她说，有点走神，因为走廊的声音越来越大，“它只是烟，引导灵魂的通道。”

布里斯通点点头。“与你的许愿骨一样。它不是魔法。只是集中意念而已。”他停顿片刻，“有强大意念的人不需要它。”

他双眼直盯盯看着她。他在向她暗示什么。为什么？

玛德加的手不由自主地颤抖起来。她不十分明白。但是，魔法和意念在她脑海慢慢幻化为某种具体的形状，亡魂烟与许愿骨。

门上的门闩被取下来。玛德加的心急速跳动。她的翅膀像笼中之鸟在做无谓的拍打。门开了，堤亚戈像幅画一样出现在门口。和以往一样，他穿着一身白衣。玛德加第一次意识到他为什么爱穿白色。衣服上沾有受害者的血迹，斑斑点点，看起来很像一块画布。现在，他的外套沾满暗黑色血迹。

沾满阿吉瓦的血迹。

看到布里斯通在牢房里，堤亚戈脸上蓦地掠过一股怒气。但他不会与布里斯通较量，因为他赢不了。他朝巫师点点头，然后面对玛德加。“是时候了。”他一反常态，声音柔和，好像在哄孩子入睡。

她一言不发，竭力平静下来。堤亚戈不好糊弄。狼的直觉能觉察出她内心的恐惧。他微笑着，转向等待他命令的卫兵。“绑起她的手，反剪她的翅膀。”

“没这个必要。”布里斯通说。

卫兵犹豫不决。堤亚戈转过脸对着亡魂复活师，他们俩互相瞪着对方。他们的敌意仅限于牙关紧闭，鼻孔重重地哼气。狼人一字一句地重复他的命令。卫兵赶紧去执行，扭起玛德加的翅膀，用铁丝穿过再固定住。绑她的手就容易多了。她没有挣扎。绑好后，他们推着她向门走去。

布里斯通说了句让所有人大吃一惊的话。他对堤亚戈说：“我派人去超度玛德加的亡灵。”

为亡灵做祷告是神圣的仪式。她以为自己失去了这个资格。显然，堤亚戈也有相同的想法。他眯起眼说：“你要派人采集她的——”

布里斯通打断他的话。“齐洛。”他说。玛德加心中一凛。他对堤亚戈说：“我想你不会反对她去吧。”

堤亚戈没有反对。“行。”他对卫兵说，“走。”

齐洛。背叛玛德加的人成了超度她灵魂的人，这太不对劲，太亵渎神灵了。一瞬间，她以为自己曲解了布里斯通刚才对她说的那番话，以为这是对她的最终惩罚。这时，他笑了，狡黠地弯起他严肃的羊嘴。她突然茅塞顿开。她全明白了。

一个软体，容易被撇到一边。

卫兵又推了玛德加一下，她走出门口。在所剩无几的时间里，她紧张地思索着这个令人激动的新念头。

60

如果找到，请归还

她以前从未听说过这种事。她敢说以前也没人想过，更没人做过这种事。当然，它不可能发生在从未复活过的正常躯体上。正常躯体与灵魂共生，就像沙粒与珠母共生，形成一个完美的统一体。只有死亡才能把它们分开。正常躯体里没有缝隙，谁也无法侵入。不过齐洛的躯体是个容器，是玛德加亲手做出来的，所以她非常熟悉它。

她也许不要烟雾引导，但要依附在某个物体上。她不能在空中移动，她没有控制力或推进力。齐洛一定会来的，因为布里斯通选她来超度亡灵。她真的来了。她拖着沉重的步子走上断头台，在曾经是她妹妹的尸体旁跪下。她浑身发抖，抬眼望着尸体上方。

她小声说："对不起，疯子。我不知道判决是灵魂消亡。对不起。"

玛德加忘不了看见自己断头的那一幕，也忘不了阿吉瓦的尖叫。她不为所动。齐洛希望看到什么结果？轻一点儿的判决或者复活成低阶动物？也许除了想吸引堤亚戈的注意之外，她根本没想到过玛德加。玛德加很清楚，爱情使人做出种种怪异行为。再也没有比她要做的事更怪的了。

没有亡魂烟引导她。正如布里斯通所说，她不需要它。带着强大的意念，她钻进她带着无限爱意制作的躯体中。

齐洛的抵抗比她想象的要小很多——讶异地、微弱地挣扎。齐洛的灵魂是个软体，因为嫉妒而变得软弱。它不是玛德加的对手，很快败下阵来。它没有被赶走，只是被挤到一边。观众看到的仍是齐洛本人。

做祷告时，她抖得厉害，但观众中没人觉得奇怪——她妹妹躺在她脚边死了。她全身很硬，从断台头上站起来时，动作僵硬，但没有人起疑心。

没有人怀疑她，因为没有这样的先例。在齐洛离开后，再没有灵魂依附在平台的尸体里。随后三天，卫兵看守的不过是肉体和空气——没有灵魂。

唯一能觉察出灵魂已经离开的人是布里斯通，但他不会说出来。

透过齐洛的眼睛，玛德加最后一次看见阿吉瓦。他被绑在刑架上，翅膀被反扭，两只手臂被固定在墙上。他的头向前垂着。当她进入牢房时，他抬起失神的眼望着她。

因为过于用力施展魔法，他眼中的毛细血管断裂，眼白充血，变得一片血红。不仅如此，眼中的金色——炽热的火焰——变得暗淡。玛德加觉得他心如死灰。这才是最糟的——比她自己的死还要糟。

现在，两种生活的记忆揉在一起，卡鲁想起第一次看见他时他如死人般的样子。从那时起，她一直猜测到底发生了什么事让他变成那样。现在她明白了。这些年来，她在另一个世界，在一具新躯壳里长大，一副孩子气、无忧无虑，用许愿币做不少无聊的事；而他一直在哀悼她，生不如死。想到这些，她肝肠寸断。

要是他能知道她还活着该多好。

在牢房里，她冲上去解开他的手臂。她很高兴制作齐洛的躯体时用了钻石，让她力量强大。铁链勒得很紧，他的手臂一定被扭伤了。她担心他太虚弱飞不起来，或无法变魔法，让他飞出门口而不被发现。她的担心是多余的。当她松开绑住他的铁链时，她了解到他的力量。他没有倒在刑架前，而是像一直匍匐在地的捕食动物那样，突然跃起。他扑向齐洛，也不想为什么这个陌生人会来释放他。她还来不及说话，就被他扔到墙上。她陷入黑暗之中，昏了过去。

记忆在那里终止。卡鲁不知道布里斯通是如何找到她，采集她的灵魂的。她只知道他做到了，因为她在这里。

“我不知道。”阿吉瓦说。他久久地、深情地抚着她的头发、头颈，然后是肩膀。“要是我知道他救了你……”他紧紧地把她搂在怀里。

“我无法告诉你那个人是我。”卡鲁说，“你怎么会相信呢？你不了解有关复活的秘密。”

他吞了一口唾沫，轻轻地说：“我知道。”

“什么？你是如何知道的？”

他们仍然站在床脚。卡鲁沉浸在回忆中，梳理着自己的记忆：阿吉瓦带给她的巨大快乐；奇怪的熟悉感以及……缺失。她的身体，陪伴她十七年的肌肤，完完全全是她的，同时也是全新的。翅膀不见了，角也不见了，头轻飘飘的，羚羊脚变成人脚，弯曲的肌肉错综复杂。

还有别的东西。惊恐、警觉、嗡嗡声。她还没有弄清到底是什么。

“堤亚戈，”阿吉瓦说，“他……当他……他爱说话，嗯。他幸灾乐祸。他把一切都告诉了我。”

卡鲁相信他的话。另一种记忆穿插进来：狼人在石桌上醒来，当时，她——卡鲁——正把他带有汉萨斯的手握在手里。要不是布里斯通来得及时，她想，他可能会杀了她。她终于明白为什么布里斯通会大发雷霆。这些年来，他把她藏起来，不让堤亚戈见到她；而她自投罗网，从螺旋楼梯下到大教堂，握着他的手。那只手和记忆里的手一样令人恶心。

她依偎着阿吉瓦。“我当时本可以说再见，”她说，“可我一点儿也没想到。我只想看见你自由。”

“卡鲁……”

“这样很好。我们在这里。”她吸着他身上熟悉的味道、热气、烟味，把嘴唇凑到他喉咙上。她兴奋不已。阿吉瓦活着。她也活着。他们还有很多事要做。她的嘴唇沿着他的喉咙向上一路吻到他的下巴，她回忆着过去的点点滴滴，重新找回过去的一切。她要像过去那样软在他怀里——两人身体紧贴，消除他们之间的所有间隙。她找到他的嘴唇，还不得不用手把他的头扭向她。

她为什么要那样做?

为什么……为什么阿吉瓦不回吻她？卡鲁睁开眼。他看着她，脸上没有渴望……而是……极度痛苦。

“怎么了？”她问，“怎么回事？”心里腾地闪过一个可怕的想法，倒退了几步，离开他的怀抱，用手抱着自己。“是不是……是不是因为我不纯洁？因为我是……被造出来的？”

不管他在为何事烦恼，她的问题使事情变得更糟。“不是，”他说，一脸痛苦，“你怎么能那样想？我不是堤亚戈。你答应我记住，卡鲁，你答应我记住我爱你。”

“到底是怎么回事，阿吉瓦？你为什么会这么怪？”

他说：“如果我知道……噢，卡鲁。如果我知道布里斯通救了你……”他用手挠着头，在房间里走来走去。“我以为他和他们是一伙儿的，他做了对你不利的事。糟糕的是，我以为他背叛了你，因为你爱他就像父亲。”

“不对。他和我们一样，阿吉瓦。他也希望和平。他能帮我们……”

他的表情阻止她说下去。他看上去极度悲伤绝望。他说：“我不知道。如果我知道，卡鲁，我相信还能补救。我绝对不会……我绝对不会……”

卡鲁的心狂跳起来。有点不对劲，非常不对劲。她知道是什么事，她害怕知道它，不想去听，却不得不听。“绝对不会什么？阿吉瓦，是什么？”

他停住脚步，手仍放在头上，紧揪着头发。“在布拉格，”他说，“你问我如何找到你。”

卡鲁记得："你说那并不难。"

他把手伸进衣袋，掏出一张折起的纸，十分不情愿地递给她。

"什么？"她刚开口便停下来，双手不禁颤抖起来。当她打开纸时，顺着折痕，她的自画像从中间裂开。她握着裂成两半的自画像。画像上她双手合十在祈祷，上面还有她的字迹：如果找到，请归还。

这张纸是从她放在布里斯通商店里的素描本上撕下来的。她立刻就明白过来，顿时觉得天旋地转。阿吉瓦只有一个办法得到它。

她喘不过气来。所有事情咔嗒一声各就各位：黑手印、吞噬门以及施在门上魔法的蓝色火焰、布里斯通牙齿交易的终结。阿吉瓦的声音在回响，告诉她发生这一切的原因。

结束战争。

很久以前，当她和他一起梦想结束战争时，他们是想通过和平的方式。然而，和平不是结束战争的唯一途径。

她明白了一切。堤亚戈把奇美拉人的核心机密告诉阿吉瓦，以为这个秘密会随他一起死去，但她——她——她释放了他，让他把秘密带走。

"你做了什么？"她问，似乎不相信，声音都变了。

"对不起。"他低声说。

黑手印，蓝火焰。

终止复活术。

阿吉瓦的手——她曾亲吻并原谅它的每个关节——上面新刻了黑纹。他的手刻满了黑纹。她大叫一声："不！"余音绵长，充满恳求。突然，她抓住他的肩，指甲掐进肉里，死死地抓住他，强迫他看着她。

"快说！"她尖叫起来。

阿吉瓦悲伤至极，极度愧疚地说："他们死了，卡鲁。太迟了。他们全死了。"

尾声

空中的一道斜线，那就是它的样子。它与布里斯通布置精巧、类似鸟舍的门口毫无共同之处。它根本不是门，也没有守卫。因为它位于阿帕斯山脉的苍穹之上，位置非常隐蔽。此外，入口很窄，宽度还不及一个天使的翼幅。

过了漫长的岁月，拉兹古还能找到它，真令人称奇。

看着那个怪物，卡鲁心想，人生最可怕的事情会铭刻在记忆里，比任何快乐的记忆还要清晰，看来不那么令人称奇。她现在明白为什么运用魔法要交痛苦税：痛苦比快乐更强大，比任何东西都强大。

比希望还强大?

她仿佛亲眼看到洛拉迪城里熊熊燃烧的柴堆：奇美拉人的尸体被扔进火堆，像片片飞舞的布片；阿吉瓦从塔上注视着它，呼吸着她家人被烧死时冒出的烟气。她猜想当她亲吻他时，他身上还残留有那些灰烬。她尝到了它。

因为她，他活下来并把她的家人烧死。

虽然他从布拉格把双月弯刀带来给她，跪在地上引颈受戮，她仍然无法对他痛下杀手。

她离开他，在经历了所有这一切之后，他们之间的距离像一个被拉得比例失衡的球体。他的罪恶，拉大了他们之间的距离。失落、痛苦重新包围着她。她多么不想知道阿吉瓦背信弃义，多么想回到过去，回到所有一切轰然倒塌前，充满激情的幸福生活。

“你来吗？”拉兹古问，侧着肩穿过入口，半个肩膀消失在埃泽雷特的苍穹里。

卡鲁点点头。他的另一半消失了。她深吸一口新鲜的空气，打起精神跟上他。再没有幸福了。但痛苦之中还有希望。

布里斯通给她起的名字远非他一时心血来潮。

事情还没有结束。

……未完待续……

图书在版编目（CIP）数据

烟雾和骨头的女儿 / (美) 泰勒著；叶品娟译. --重庆：重庆出版社, 2015.9

书名原文: Daughter of smoke and bone

ISBN 978-7-229-09960-2

Ⅰ. ①烟… Ⅱ. ①泰… ②叶… Ⅲ. ①长篇小说—美国—现代 Ⅳ. ①I712.45

中国版本图书馆CIP数据核字（2015）第113141号

烟雾和骨头的女儿
YANWUHEGUTOUDENVER

［美］莱妮·泰勒 著
叶品娟 译

出 版 人： 罗小卫
策　　划： 凤凰阿歇特文化发展（北京）有限公司
出版监制： 王舜平　张寓宇
策划编辑： 于　然　王怡翾
责任编辑： 王春霞
责任印制： 杨　宁
营销编辑： 刘　菲
装帧设计： 仙境工作室

重庆出版集团
重庆出版社　出版
（重庆市南岸区南滨路162号1幢）

投稿邮箱：bjhztr@vip.163.com
北京鹏润伟业印刷有限公司　印刷
重庆出版集团图书发行有限公司　发行
邮购电话：010-85869375/76/77转810
重庆出版社天猫旗舰店
cqcbs.tmall.com
全国新华书店经销

开本：880mm × 1230mm　1/32　印张：10.5　字数：254千
2015年9月第1版　2015年9月第1次印刷
定价：38.00元

如有印装质量问题，请致电023-61520678